谨以此译献给携手终身的妻子蒋秀琴

——译　者

欧·亨利短篇小说 第❶卷

爱情乐章

（美）欧·亨利 著
张经浩 译
冯志杰 编

当代中国出版社
Contemporary China Publishing House

图书在版编目（CIP）数据

爱情乐章 /（美）欧·亨利（O. Henry）著；张经浩译；冯志杰编 . —北京：当代中国出版社，2013. 7

（欧·亨利短篇小说）

ISBN 978 - 7 - 5154 - 0207 - 9 / I · 78

Ⅰ. ①爱… Ⅱ. ①亨… ②张… ③冯… Ⅲ. ①短篇小说 - 小说集 - 美国 - 现代 Ⅳ. ①I712. 45

中国版本图书馆 CIP 数据核字（2012）第 306703 号

出 版 人　周五一
责任编辑　晋璧东
出版发行　当代中国出版社
地　　址　北京市地安门西大街旌勇里 8 号
网　　址　http://www. ddzg. net　邮箱:ddzgcbs@ sina. com
邮政编码　100009
编 辑 部　(010)66572154　66572264　66572132
销售热线　(010)62193669
印　　刷　北京长宁印刷有限公司
开　　本　710 × 1000　1/16
印　　张　25
字　　数　300 千字
版　　次　2013 年 7 月第 1 版
印　　次　2013 年 7 月第 1 版第 1 次印刷
定　　价　46. 00 元

新编八卷本
欧·亨利短篇小说集
简　　介

呈现在读者眼前的，是新编欧·亨利短篇小说集，包括《爱情乐章》、《冷暖人生》、《山姆格言》、《西部情歌》、《万象人间》、《北南轶事》、《丛林笑剧》和《上帝磨房》八卷，由著名翻译家张经浩教授翻译、冯志杰博士按主题编排而成。

作为享誉世界的文学经典，欧·亨利短篇小说以情节曲折生动、语言诙谐幽默、结局出人意料而著称，不仅艺术上独树一帜，开创了特有的欧·亨利风格，而且富有深刻思想内涵。欧·亨利短篇小说构思新颖，手法巧妙，主题多样，令人赏心悦目、产生阅读欲望，是世界文学宝库中的一份珍品，已被译成多种语言行销全球，以其独特的艺术魅力，感动了全世界千百万读者。

张经浩教授的译文忠实、晓畅，达意、传神，被认为“最具欧·亨利味”，是名副其实的佳译。作为外国经典文学翻译的新成果，新编欧·亨利短篇小说集一定能给读者带来愉美的精神享受和深刻思想启迪，堪称读者生活旅途中有益的精神伴侣。

序

读来或妙趣横生，或发人深思；令你遐思无限，回味无穷。这就是欧·亨利短篇小说的艺术魅力。

美国短篇小说家欧·亨利是19世纪最伟大的文学家之一，同法国的莫泊桑和俄罗斯的契诃夫并称为世界三大短篇小说家。他的小说全部为短篇，数量多达二百七十篇，而且主题多样，特别是艺术上独树一帜，开创了独特的欧·亨利风格，已被译成多种语言行销全球，为美国和世界文学作出了不可磨灭的历史贡献，欧·亨利也因此被誉为“美国短篇小说之父”。为纪念他在文学上的卓越贡献并鼓励文学创作，美国以欧·亨利的名字命名设立了短篇小说奖，每年对优秀短篇小说作品予以奖励，这是美国文学界一项很高的荣誉。

在艺术表现上，欧·亨利小说构思新颖，语言诙谐，彰显情节变化，富于生活情趣，特别是精心设计的小说结局，总是让读者感到出乎预料，但又在情理之中，形成了特有的艺术风格。在思想性上，欧·亨利小说以现实主义手法，歌颂人间真情、爱心，弘扬正义、善良，鞭挞丑恶、虚伪，以其独特的艺术魅力，感动了全世界千百万读者。

欧·亨利的人生经历如同他的许多小说情节一样波荡曲折。他原名威廉·西德尼·波特（William Sydney Porter），1862年9月11日生于美国北卡罗来纳州格林斯堡镇。父亲是一名医生。小威廉三岁丧母，不久父亲也辞世，靠姑母养大成人。他从小喜爱文学。1882年在得克萨斯州土地局当绘图员时就开始业余写作。1887年与女友艾斯蒂私奔成婚，开始了甜蜜的爱情生活。后来曾当银行出纳员。1894－1895年创办幽默期刊《滚石》，后因亏损停刊。1895年受聘于《休斯敦邮报》，开设专栏撰写幽默小品。1896年波特因其供职的银行少了一笔资金受到指控，遂逃亡洪都拉斯，半年后因妻子病危回国，被捕入狱，被判五年监禁。服刑期间在监狱药房当药剂师，因表现良好减刑两年。在狱中，他用笔名欧·亨利（O. Henry）写作短篇小说，发表在各种报刊上，深受读者欢迎。入狱时的罪犯波特，到1901年出狱时成了深受读者欢迎的小说作家欧·亨利，就像他的小说结局一样，出人意料和富有戏剧性。

欧·亨利出狱后继续写作短篇小说。至1907年，他已发表短篇小说近两百篇，誉满全美，备受读者青睐，各地报刊纷纷慕名向他约稿。特别是《麦琪的礼物》（张经浩教授译为《圣贤的礼物》）等短篇小说发表后，更是轰动整个美国。

1907年，欧·亨利再婚，但因健康日益恶化，创作开始受到影响，经济上也陷入困境。1910年6月在贫困中告别人世。

欧·亨利在短短四十八年的生命旅程中，留下了宝贵的文学遗产，他的全部小说分十三集陆续出版（附部分诗歌和书信）。由于他的小说语言诙谐幽默，结局出人意料，许多作品读者读后不禁发出会心的微笑，得到极大精神快慰。有人因此把欧·亨利小说定义为消遣读物，这种观点失之偏颇。因为欧·亨利小说在带给读者精神愉悦的同时，更多的是给人以启迪。任何文学作品，如果缺乏思想性这一基石的支撑，最终经不起历史激流的荡涤，难以在历史的长河中积淀下来而得到久远传承。欧·亨利的作品之所以经久不衰，历久弥新，除了其高超的艺术性外，更主要的还在于其深刻的思想性，是思想性和艺术性俱佳的优秀文学作品。

作为与美国现实主义文学大师马克·吐温、威廉·豪威尔斯和亨利·詹姆斯同时代的小说家，欧·亨利的小说也是现实主义作品的代表，但同时也散发着浪漫主义的芳香。他的小说主题多样，反映了19世纪末和20世纪初美国的社会生活，是当时美国社会的一面镜子，一幅美国社会百态的全景图画，充分展示了他对不同题材的驾驭能力和高超的艺术技巧。欧·亨利也因此确立了其多样化通俗小说奠基人的地位。

讴歌人间真情，赞美挚诚挚爱，是欧·亨利小说的重要主题。大家熟悉的《麦琪的礼物》就是这一主题的代表作之一。该小说情节似乎简单，但故事感人至深。吉姆和黛拉是一对穷夫妻，清贫如洗，家里仅有两件贵重物品，就是黛拉美丽的秀发和吉姆的一只金表——他家的传家宝。圣诞节就要到了，夫妻都在想着买什么礼物送给对方。两人都默不作声。吉姆悄悄地把自己的金表卖了，给妻子买了用来梳秀发的梳子；妻子把秀发剪掉卖了，为丈夫买了一条表链，以替换早已不成样子的皮表带。回家后，两人相对无语，吉姆的金表没有了，妻子的秀发不见了，夫妻热烈拥抱，沉浸在幸福之中。夫妻之间的真诚挚爱令人感动，令人歆羡。又如，在《最后一片叶子》中，年轻的女画家乔安西身染重病，认为窗外的常青藤最后一片叶子谢落之际，就是她生命结束之时。一位穷困的老画家为挽救其生命，连夜在常青藤所依附的墙上画了一片叶子，使这位身患重病的年轻女画家透过窗户，看到这最后一片未落的藤叶，激起了她生的希望和信心。女画家康复了，而老画家却因当晚绘画受寒染病而离开了人世。故事无比感人，深深地打动着每一位读者的心。

弘扬正义、歌颂真善美也是欧·亨利短篇小说的主题之一。例如，在《二十年后的约会》中，两名年轻时的好伙伴吉米和鲍勃，长大后各奔东西，两人相约在二十年后相见。在二十年的光阴中，吉米成了一名警察，而鲍勃却成了一名罪犯。在二十年后两人相约见面的那个漆黑的夜晚，吉米借着擦着的火柴光亮，发现鲍勃是芝加哥警察局通缉的罪犯，却不徇私情，派人将其捉拿归案。这种惩恶扬善、大义灭亲之举，即使在今天也有其现实意义。

鞭挞丑恶、抨击虚伪是欧·亨利小说的又一主题。小说《走选定的路》，讽刺唯利是图的商人和强盗是一丘之貉，抨击当时华尔街老板和金融家巧取豪夺、损人利己的贪婪本性。在《贝尔二六九二号档案》中，欧·亨利描写了一位道貌岸然却贪婪成性的土地经纪人，伺机钻得克萨斯州土地局制度漏洞和官僚作风的空子，利用各种非法手段，将他人的土地在“合法”的外衣下转到自己的名下，而在劣迹败露后，撕去了自己正人君子的面孔，不惜杀人灭口，夺取他人的地产。小说让一个披着高贵外衣而贪婪成性的“天才”土地经纪人的丑恶嘴脸暴露无遗。

曲折的人生，丰富的经历，独特的观察视角，敏锐的洞察力，使欧·亨利用自己的作品十分自然巧妙地把当时美国社会的各种现象生动形象地展现给读者。他的作品也因此被誉为“美国生活的幽默百科全书”。

欧·亨利的全部作品原作曾在美国分十三卷出版。读者眼前的中文版“欧·亨利短篇小说集”由著名翻译家张经浩教授多年潜心翻译而成，除《抢劫火车》一篇因有过多犯罪细节描写未收录外，包括了欧·亨利的全部短篇小说，并将其诗歌和部分信札作为附录附在书后。张经浩教授的译文忠实，译笔晓畅、传神,被一些评论家认为“最具欧·亨利味”,是名副其实的佳译。读者可以通过译者前言所举例子领略其译笔的精妙。

出版“欧·亨利短篇小说集”中文版，是张经浩教授和我在2008年第十八届世界翻译大会上初步商定的一个计划。经过努力，现在夙愿得偿。需要说明的是，为了更适合我国读者的阅读习惯，现在的中文版“欧·亨利短篇小说集”并未沿用英文版的十三卷本体例，而是按照主题，对欧·亨利全部短篇小说重新编排，分为《爱情乐章》、《冷暖人生》、《山姆格言》、《西部情歌》、《万象人间》、《北南轶事》、《丛林笑剧》、《上帝磨房》等八卷，用精美的译文将大师经典之作以全新的面貌呈献给广大读者。为方便学人对欧·亨利作品及其译文的研究，我们在编辑过程中标明了每篇译作的来源，以便稽考。毋庸置疑，张经浩教授翻译付出了艰辛劳动，令我们钦佩不已。我们编辑班子也一丝不苟，不仅在编辑过程中对许多疑问之处反复同译者商讨，核对原文，查找旁证，力求精准，更为如何精准拟定各卷名称，并将作品确切、得体分篇费尽心思，为此反复研读每篇作品，时常踟蹰难夺。我们的目标是将其出版成精品，不仅译文传神，而且编辑上要有所突破，有所创新。现在，我们的目标即将成为现实，并且达到了最初制定的“收录作品全、翻译语言精、编排体系新”的目标要求，至于是否是精品，自然由读者和业界来评判。虽然我们尽了自己最大努力，但一定还存在这样或那样的不足和疏漏，期待读者和学人批评指正。

当代中国出版社的周五一、杨光、张永、陈捷、张建光、柯琳芳等诸位同仁和责任编辑晋璧东同志，以及北方译文（北京）图书有限公司为本书的出版做了大量努力，在此一并表示诚挚谢意。

新编八卷本“欧·亨利短篇小说集”的出版问世，是译者、编者和出版者共同为读者奉献的一席精神盛宴，是我国翻译文学的一项最新成果。愿这经典精彩短篇，给您带来愉悦和启迪。

2013 年 1 月 18 日

译者前言

美国的欧·亨利、法国的莫泊桑、俄国的契诃夫并称为世界最伟大的三大短篇小说家，但唯欧·亨利专写短篇小说。

欧·亨利真名威廉·西德尼·波特（William Sydney Porter），1862年9月11日生于美国北卡罗来纳州格林斯堡一位医生家庭。1887年首次发表作品，至1910年6月5日辞世，一生共创作短篇小说二百七十篇，是位高产作家。这些作品在他身后依然畅销不衰，历久弥新，并译成多种语言。1918年，美国设立欧·亨利文学奖，奖励每年最优秀的短篇小说，延续至今。欧·亨利的小说先是发表在各种期刊上，后陆续结集成册，在我国也深受读者喜爱，其中的《圣贤的礼物》（曾译《麦琪的礼物》）经简写曾以《礼物》为篇名收入我国的中学课本。

当代大翻译家傅雷认为："不妨假定理想的译文是原作者的中文写作。"学贯中西的学者钱钟书提出，文学翻译的最高标准是"化"，译作是原作的"投胎转世"。笔者在翻译中一直信奉和遵循这两位大师提出的原则，力求译文是规范的汉语且保存原作风味。仅举一例：

欧·亨利最享盛名的《圣贤的礼物》第二段原文为：

There was clearly nothing left to do but flop down on

the shabby little couch and howl. So Della did it. Which instigates the moral reflection that life is made up of sobs, sniffles, and smiles, with sniffles predominating.

有的译本的译文为：

除了倒在那张破旧的小榻上号哭之外，显然没有别的办法。德拉就那样做了。这使一种精神上的感慨油然而生，认为人生就是由啜泣、抽噎和微笑组成的，而啜泣占了其中绝大部分。

笔者译为：

除了扑到寒酸的小床上痛哭一场外，还能怎样呢？黛拉果然如此。她这一哭叫人顿生感慨，觉得人生就是哭哭笑笑，以哭为主。

1993 年，湖南文艺出版社首次出版了译者翻译的欧·亨利四十九个短篇。此后，又有多家出版社出版了这些小说及若干增译。出于自身并考虑到我国读者对欧·亨利的喜爱，笔者一直有翻译出版其全部小说的夙愿。前后耗时十年，终于圆梦。本译所依原著是 Garden City Publishing Co. ,Inc. 出版的十三卷本欧·亨利全集，但按冯志杰博士设想，以主题编排成八卷本，并承冯志杰博士、当代中国出版社和北方译文（北京）图书有限公司鼎力支持，得以出版。在此，笔者谨致以衷心感谢，也希望读者通过本译确能领略短篇小说大师欧·亨利作品的风采。

张经浩

2013 年 1 月于上海

目　录

圣贤的礼物*

一块八毛七，就这么点儿钱，其中六毛是小铜币，还是一个子儿一个子儿从杂货商、菜贩、商店老板那儿硬赖来的，每次闹得脸发臊。黛拉心里明白，买东西这样斤斤计较，免不了让人暗地里笑话。她数了三遍，数来数去还是一块八毛七，可第二天就要过圣诞节了。

除了扑到寒酸的小床上痛哭一场外，还能怎样呢？黛拉果然如此。她这一哭叫人顿生感慨，觉得人生就是哭哭笑笑，以哭为主。

趁这家女主人的哭声渐渐变小时，我们来看看她的家。一套带家具的公寓，每星期租金八元。虽然没到破烂得难以形容，但看上去确也称得上“叫化窝”。

楼下的过道里有个信箱，却绝不会有信放进去；还有个

---

* 原名The Gift of the Magi. 见：*The Four Millions*, *The Complete Works of O. Henry*. Garden City Publishing Co., Inc., 1937；以前多译为《麦琪的礼物》。——编者注

电铃按钮，那要等神仙下凡了才会按响。另外还有块牌子，上面印着“詹姆斯·迪林厄姆·杨先生”。

“迪林厄姆”几个字是牌子主人在过去每星期挣三十块钱的好时光里心血来潮加上的。现在收入减少到了二十块，这几个字也变得模糊了，仿佛是真想打退堂鼓。尽管如此，每当詹姆斯·迪林厄姆·杨先生回家走到楼上自己的房间，詹姆斯·迪林厄姆·杨太太，也就是前面提到的那位黛拉，总是亲切地叫他“吉姆”，还紧紧拥抱他。这当然是件好事。

黛拉哭过以后往脸上扑了一点点粉。她站到窗口朝外望，见到一只灰猫正在灰蒙蒙的后院的灰色围篱上走，便呆呆看着。第二天就是圣诞节，她给吉姆买礼物的钱却只有一块八毛七。她一个铜板一个铜板地积攒了好几个月，还只攒到这个数目。二十块一星期不好花，开销比她估计的大，周周如此。给吉姆买礼物的钱只有一块八毛七！她的吉姆！给吉姆买点好东西的如意算盘她已打了好多次。要买件漂亮、不寻常、珍贵的。就是说，既然是送给吉姆，这件东西总得像个样。

房间的两个窗户间有面穿衣镜。租金八块钱一套的房间里的穿衣镜你也许见过。一个瘦而灵活的人迅速一晃，靠接踵而过的长条片断影像，能大致准确看出自己的模样。黛拉身材苗条，她已掌握了这套本领。

她突然旋风般从窗口转到镜子前站着，眼睛变得闪亮，脸却失去血色，过了整整二十秒才复元。她三下两下解散头发，让它全披落下来。

现在，詹姆斯·迪林厄姆·杨夫妇引为自豪的财宝有两件。一件是吉姆的金表，他祖父传给他父亲，他父亲又传给了他；另一件是黛拉的长发。如果希巴女王①也住公寓，只相隔一条通道，黛拉哪天把一头秀发披散到窗外一晾，女王陛下的珍宝、礼物便会相形见绌。如果所罗门王把他的财宝堆在地下室，自己充当看门人，吉姆每次从门前走过时一亮出他的表，所罗门王便要嫉妒得直扯胡须。

黛拉的一头秀发披散开来，光闪闪、金灿灿，好似一道黄色的瀑布，头发拖过了膝盖，又似披在她身上的长衫。接着，她赶快又盘起来，六神不安。她稍一犹豫，站着没动，两滴大泪珠就溅落到了破红地毯上。

她穿上旧棕色上衣，戴上旧棕色帽，摆动长裙，脚步轻轻地走出房间，匆匆下了楼，来到大街上，眼里晶莹的泪花还在闪烁。

她走到一家店铺，招牌是“索弗罗尼夫人发制品店”。黛拉跑步上了一段楼梯，气喘吁吁，好不容易才定下神。那位夫人个子高，白得出奇，一副面孔冷冰冰，叫索弗罗尼名不符实。②

“我的头发你买吗?”黛拉问。

“我买头发。”女店主说，“你把帽子取下来，让我看看头发什么样。”

---

① 希巴为阿拉伯南部古国，今也门所在地，因香料、宝石买卖昌盛而闻名。《旧约·列王纪（上）》载，希巴女王曾带许多香料、宝石觐见所罗门王。

② 索弗罗尼是意大利诗人塔索（1544—1595）史诗《耶路撒冷的解放》中的人物，是舍己救人的典型。

一头棕色瀑布般的秀发披落下来。

女店主用一只手老练地托起头发，说："值二十块。"

"快拿钱来！"黛拉说。

啊，终于有钱了！接下的两个钟头是长着玫瑰色翅膀飞过的——我真是在乱用比喻，就只当我没说。反正，为了给吉姆买礼物，黛拉四处搜寻商店。

终于，她找到了。这东西无疑是为吉姆一人特制的，哪家店的哪件礼物都比不上，她已把所有商店上上下下找遍了。原来是根白金表链，款式简朴，不以外表装饰而单靠本身质地就能显示其身价。但凡好商品都应该如此。甚至，它与金表也相配。黛拉一眼看到就知道它注定要归吉姆。这东西与吉姆一样，朴实无华，惠在其中：这样形容两者都当之无愧。店里以二十一元的价格卖给了她。她匆匆赶回家，还剩下八毛七。金表配上这条表链，吉姆在任何场合都可以大大方方看时间。金表虽然华贵，但他没有表链，只有根旧皮表带，有时只好偷偷看时间。

黛拉回家以后没那么飘飘然，冷静和理智多了。爱情使她慷慨献出了秀发，现在她拿出卷发钳，点着煤气，做善后工作。亲爱的朋友，善后工作是件难上加难的工作——一件了不起的工作。

没出四十分钟，她头上盖满紧贴在头皮上的小发卷，活像一个逃学的学生。她对着镜子，左看右看，照了又照。

"吉姆一看不把我宰了也会说我是科尼游乐场的歌舞女。"她自言自语着，"可是，我有什么办法呢？哎，就一块八毛七，什么也买不了。"

晚上七点，咖啡煮好了，炉子上的煎锅也已经烧热，只等下牛排。

吉姆从来没晚回过家。黛拉把白金表链对折着攥在手心里，在靠近他必经之门一侧的桌子一角坐下来。刚坐下就听到了吉姆上楼的脚步声，她脸刷地一下白了。她有个习惯，就是对每天微不足道的小事都会默默祷告几句。于是，她在心里念着："上帝保佑，他还会觉得我漂亮！"

门开了，吉姆走进来后随手又关上，他显得消瘦，表情严肃。可怜这人，才二十二岁，就背上了家庭的包袱。他得新买件大衣，又没有手套。

进门后他站住了，一动不动，像是长毛猎狗嗅到了鹌鹑味，两只眼死死盯着黛拉，眼里的表情她看不明白，只觉得害怕。那是既非愤怒、也非惊奇，既非不满意、也非厌恶的神情，与她预料中的任何一种表情都不一样。他目不转睛地盯着她，脸上的神情异样。

黛拉慢慢地、慢慢地从椅子上站起身，向他走去。

"吉姆!"她大声喊了起来，"别这样看我，亲爱的！我把头发剪了，卖了，因为不给你买件礼物，圣诞节我没法过。头发还会长，你不会往心里去，对吗？我是没办法才干的。我的头发长得飞快。吉姆，说一句'圣诞快乐!'我们高高兴兴过个节吧。你还不知道我给你买了一件多好、多漂亮的礼物。"

"你把头发剪了?"吉姆不解地问道，仿佛他绞尽了脑汁也没弄明白这件明明摆在眼前的事。

"剪下来卖了。"黛拉说，"现在这个样子你不喜欢吗?

剪掉头发，我还是我，对吗?”

吉姆好奇地往四下里瞧。

“你说你的头发已经没有啦?”他问，神态几乎痴痴呆呆。

“你用不着找，”黛拉说，“我告诉你，卖都卖掉啦——卖掉就没有了！亲爱的，今晚是平安夜。原谅我，头发是为了你卖掉的。我头上的头发还能数清有多少根，可是我对你的爱谁也没法数。吉姆，我去烧牛排，好吗?”突然，她的语气变得严肃且带着温柔。

吉姆似乎一下从恍惚中清醒过来，他紧抱着他的黛拉。

现在暂放下他们俩不说，先让我们抽十秒钟时间清醒地思量一下一个与他们俩无关的问题：每周八块钱与每年一百万有什么差异？数学家与智者都会给你错误的答案。东方三圣贤曾送过珍贵的礼物，① 但礼物中没有这个问题的答案。这句晦涩的话是什么意思将在最后予以说明。

吉姆从大衣口袋里掏出一包东西扔到桌上。

他说：“你千万别误会。剪发也好，修脸也好，洗头也好，那有什么关系？我都会同样爱你。你把那个包打开看看，就会明白刚才我见到你为什么会有那种表情。”

黛拉一双白嫩嫩的手一下就解开绳子，打开了包。她顿时高兴得叫了起来。然而，唉！女人善变，她又嚎啕大哭了。这一来，她的丈夫不得不使出浑身解数来安慰她。

---

① 典出《马太福音》第二章第一节及第二章第七节至第十三节。耶稣在马厩出世时，东方三圣贤梅尔郎、加斯珀、巴尔撒泽分别送来象征富贵的黄金、象征神圣的乳香及预示着耶稣最终要遇难的没药。

原来，包里包着的是发梳——一整套发梳，两鬓用的、脑后用的，应有尽有，就是黛拉在百老汇一家商店橱窗里看得都舍不得离去的那套，漂亮极了，纯玳瑁的，边上镶着珠宝，插在她那头秀发上颜色也是再相称不过的了。这一套发梳价格昂贵，她从心眼里喜爱、赞叹，但压根儿却没想买过。现在发梳已经到手，但是该配这套久久向往的装饰品的头发却没有了！

她把发梳紧紧贴在胸口，好不容易才眼泪汪汪地抬起头来，露出了笑容，说："吉姆，我的头发长得快！"

接着黛拉像只被烫着的小猫般跳起来，大声嚷嚷："哎呀，哎呀！"

吉姆还没见到黛拉给他买的漂亮礼物呢！她一摊手掌，把礼物亮了出来。那无知无觉的贵重白金亮闪闪，似乎是在反射她那幸福的、充满热情的心的光辉。

"不是好极了吗，吉姆？我跑遍了纽约才买到的。现在你一天得看一百次表。把表给我，让我看看它配上了表链有多漂亮。"

吉姆没有照她说的办，歪倒在床上，头枕双手，笑了。

"黛，我们把圣诞节的礼物暂时收好，珍藏起来，两件东西都太宝贵，但现在都用不着了。我给你买梳子没钱，把表卖了。"他说，"现在赶快去烧牛排吧！"

附记 *

诸位知道，三圣贤是智者，是大智大慧的人，到马厩里给圣子送来了礼物，从而开创了送圣诞礼之风。由于人有智慧，无疑他们的礼物便是智慧的结晶，很可能也带来了收受回赠的资格。鄙人在本篇给诸位讲述的只是公寓里两个傻乎乎的年轻人平淡无奇的故事，他们太缺少智慧，为了爱人竟然白白牺牲了家中至宝。但最后让我对当今的聪明人说一句：在所有送礼的人中，这两人却又是最聪明的；在所有接受礼物的人中，像他们那样的人是最聪明的。无论海角天涯，他们都是最聪明的。他们就是圣贤。

* “附记”二字系编者所加。按照行文逻辑，在此之前小说已经结尾。作者加上这段议论意在向读者解释何为“圣贤（Magi）”这个晦涩的字言，实为小说的题解。——编者注

忙碌经纪人的爱情故事*

证券经纪人哈维·马克斯威尔事务所的机要秘书皮彻的脸上素来木无表情。然而，一天上午九点半，见老板带着年轻的女速记员快步走进办公室时，也略见了好奇与意外。马克斯威尔随口说了句“早上好，皮彻”，便径直往办公室冲，快得像要一纵身跳过办公桌。随后，一头扎进一大堆待阅的信件与电报中。

这位年轻姑娘给马克斯威尔当速记员已经了一年。她的美丽绝非谁几笔能速记得下。但发型不讲究，没有打一个高高的节显示风韵。项链、手镯、鸡心都不戴。你一望可知，要邀她吃顿饭她不大会答应奉陪。她的衣服朴素，灰颜色，却非常合身、得体。一顶黑色帽子式样大方，上插一根金刚鹦鹉的羽毛，绿里泛着金黄色。这天上午，她略显兴奋又稍

---

* 原名 The Romance of a Busy Broker. 见：*The Four Millions*，*The Complete Works of O. Henry*，Garden City Publishing Co.，Inc.，1937. ——编者注

带羞涩，一双眼睛亮晶晶，脸色艳如桃李，心里美滋滋，似有好事余兴未尽。

皮彻发现她的举动有些反常，心中几分好奇难消。她没有立刻到放着她桌子的里面房间，却在外面办公室踟蹰不前。有一次，她走到马克斯威尔办公桌边。就因为挨得太近，马克斯威尔觉察到了身边有人。

一坐到办公桌边，马克斯威尔就成了台机器，而不是人。纽约的证券经纪人忙得很。机器有上紧了的发条和咔咔响的齿轮推动着运转不停，经纪人也一样。

“嗯，怎么啦？有事吗？”马克斯威尔的问话声并不客气。拆开的邮件堆在他桌上，像舞台上的雪景。一双锐利的灰眼睛不大耐烦地扫了她一眼，显然不近人情，甚至粗鲁。

“没事。”速记员微微一笑答道，走开了。

她问机要秘书：“皮彻先生，昨天马克斯威尔先生有没有说再请一位速记员？”

皮彻先生答道：“说过，他叫我再找一位。昨天我通知了职业介绍所，请他们今天上午推荐几个人来。现在已是九点四十五，还没有见戴帽子的、嚼口香糖的露面。”

年轻姑娘说：“那我只好照常上班，等接替的人来。”说完她马上回到自己桌边，把插着绿里泛金黄色的金刚鹦鹉毛的黑帽子挂到老地方。

谁要是见不到曼哈顿忙碌的证券经纪人的大忙时刻，那就很难研究人类学。一位伟大诗人爱歌颂“辉煌生命的忙碌时刻”。经纪人不但时时忙，而且分分忙，秒秒忙，没有空闲，就像前前后后挤得不可开交的车，所有吊带全有人抓着，空隙全有人占着。

这一天正是哈维·马克斯威尔的大忙日。股票行情接收机一跳一跳打出一卷行情记录，电话机丁零零放下又响。大群人涌进他的事务所，站在栏杆外叫他，高兴的、担忧的、粗声大气的、恶言相向的，无所不有。投递员进进出出，送来大量信件与电报。事务所的几个办事员跳上跳下，活像与暴风搏斗的水手，即令皮彻那张素无表情的脸也出现了几分紧张的神色。

证券交易所里有飓风、山崩、冰川移动、火山爆发，这等等天地的巨变在证券经纪人的事务所里一应俱全，不过是缩微而已。马克斯威尔把椅子推到墙边，干脆站着办事，来来去去快得像跳脚尖舞。他一下从行情接收机旁跳到电话机旁，一下又从办公桌边跳到门边，动作之迅速比得过滑稽剧中训练有素的小丑。

就在他为要事忙得不可开交的时候，突然见到一头高梳的金发，金发上盖着天鹅绒帽，帽上插着鸵鸟毛，帽子会微微颤动；一件仿海豹皮短大衣，一串大如山胡桃的圆珠，长得几乎拖到地上，还挂着个鸡心。所有这一切都属于一位娴静的年轻女子，皮彻正等着介绍她。

“职业介绍所介绍来应聘的。”皮彻说。

马克斯威尔两手捧着信和行情记录，只转过半个身子。

“应聘什么？”他眉头一皱，问道。

“速记员。”皮彻说，“昨天你叫我给职业介绍所打电话，让他们今天上午介绍一个来。”

“皮彻，你怎么变糊涂了？我怎么会叫你办这种事？”马克斯威尔说道。“莱斯利小姐在这里干了一年，表现再好不过。只要她愿待下去，这份工作就是她的。小姐，我们这里不缺人。你再打个电话到介绍所，皮彻，叫他们别再来人。”

戴鸡心的人走出事务所时故意让鸡心荡来荡去，磕碰着事务所的家具，愤然而去。皮彻百忙中抢时间对会计员说了句：“老板越来越心不在焉，没记性。”

事情更多得要命，节奏更快得要命。交易所里，马克斯威尔的客户投下重金的几种股票受到重创。买进卖出的单据递来递去快如飞燕。马克斯威尔自己的几种股票也处境不妙。他活脱是台巧妙、结实、马力大的机器，紧张、快速、准确运转着，忙得不可开交，却没有半点迟疑，发话得当果断，动作干脆利落，完全可与时钟的运转媲美。证券经纪人的事务所是个金融世界，与人世间和自然界迥然不同，只容得股票、债券、借据、抵押品、保证金、担保品，其他一切免谈。

到吃午饭时，喧闹暂息。

马克斯威尔站在自己的办公桌边，两手捏着一大把电报、字条，右耳夹着支钢笔，头发乱蓬蓬，有的还耷拉在前额上。窗开着，因为可爱的春姑娘在大地的暖气管里送了些暖气。我们各家各户的房子统统是由她一个人照料的。

窗口飘进一股紫丁香醉人的芬芳，经纪人闻到竟发呆了。这股芬芳究竟是闲逛时飘进来的，还是走错路飘进来的，我们不得而知，只知道经纪人呆住了是因为这种芬芳为莱斯利小姐所有，别人没有，是她的特点。

他闻香如见其人，如触其人。突然间，金融世界变成了一个小黑点。她就在隔壁，仅隔二十步。

“哎呀呀，我这就得去。”马克斯威尔几乎把想的事说出了声。“我这就找她，其实早就该办了。”

他急匆匆闯进里屋，像抛股票赚一笔的人那样等不得半刻，一冲进去就抢到了速记员的办公桌边。

速记员抬头对他微微一笑，脸稍见泛红，眼神热情坦诚。马克斯威尔把一只手肘支在桌上，手里的电报、字条仍紧紧捏着，笔也夹在右耳上。

“莱斯利小姐，”他的话一开口就急匆匆，“我只有这半刻空闲，想对你说句话。你愿做我太太吗？我抽不出时间像一般人那样求爱，可是千真万确爱你。请马上回答，那些家伙正要从太平洋联合公司捞一把。”

“哟，你说什么？”姑娘大声说道，站起来，圆瞪着眼看他。

“你难道不明白？”马克斯威尔发急了。“我希望你嫁给我。莱斯利小姐，我爱你。早想对你说了，等事情松口气我才抢到这半刻时间。你听，又在叫我接电话。皮彻，叫他们稍等。莱斯利小姐，你愿意吗？”

速记员不知如何才好。起初，她似乎惊呆了。接着，眼里泪水夺眶而出。然后，她破涕为笑，伸出一只手柔情地勾住证券经纪人的脖子。

“我明白啦，”她无限温和地说，“是生意忙得你把什么都忘了。起初我简直莫名其妙。哈维，你怎么就不记得呢？昨天晚上八点，我们已经在街口的小教堂结婚了。”

爱的奉献*

谁要是热爱自己的艺术，任何牺牲都会在所不惜。

这是我们的大前提。本篇故事将从这个前提引出一个必然的结论，同时又证明，这个前提是不正确的。论逻辑，这是新鲜事，但论讲故事，却是老套套，比中国的万里长城历史更为悠久。

乔·拉腊比来自中西部橡树林立的大平原，才华横溢，是当画家的好料。六岁时，他画的一幅画就让人配了镜框，与一根奇数行的玉米棒①并排在一家药房的橱窗里。画上画着镇上的抽水机，抽水机旁镇上的一位要人正匆匆走过。到二十岁时，他来到纽约，胸前的领带飘飘，口袋里的钱包却扁扁。

---

* 原名 A Service of Love. 见：*The Four Millions*, *The Complete Works of O. Henry*, Garden City Publishing Co., Inc., 1937. ——编者注

① 玉米棒上的玉米成奇数行排列者罕见，被当做稀罕物。此句言下之意是，那幅画被视为珍品。

迪莉娅·卡拉瑟斯老家在南方一个村庄，多松树。这姑娘以哆来咪见长。三亲六眷见她大有前途，凑了笔钱，虽为数不多，却足够她去“北边”图个“前程”。她的造化他们没能看到，但这正是我们要讲的故事。

一帮专攻绘画与音乐的人常聚在画室里研讨明暗对比法，瓦格纳，音乐，伦勃朗的作品，各种绘画，瓦尔特费尔，墙纸，肖邦①，中国乌龙茶。乔与迪莉娅相逢正是在这种工作室。

两人变得如胶似漆（说似漆如胶也可，悉听尊便），很快结婚了，因为如前所说，谁要是热爱自己的艺术，任何牺牲都会在所不惜。

夫妻俩把家安在公寓里。这公寓处在偏僻冷清的地方，很像键盘最左边的那个键。但是他们过得幸福，因为他们各有自己的艺术，又已喜结连理。我想劝劝有钱的小伙子们，还是把家当卖光，钱分送给那些穷苦的看门人吧，卖了分了便有资格住进公寓享受你们的艺术，陪着你的迪莉娅。

我认为，在公寓享到的幸福是世上唯一真正的幸福，对此说住公寓的人一定赞同。幸福的家不会嫌地盘小。就算摆了梳妆台便摆不了台球桌，就算有了壁炉却没健身的摇船台，就算只见书桌却不见客人下榻的客房，就算得把洗脸架想象成竖式钢琴，这又有何妨？如果四周墙壁能够缩拢，那也让它们缩吧，缩拢了你和你的迪莉娅只会紧紧依偎在里

---

① 瓦格纳（Wagner，1813—1883），德国作曲家；伦勃朗（Rembrandt，1606—1669），荷兰画家；瓦尔特费尔（Waldteuful，1837—1915），法国作曲家；肖邦（Chopin，1810—1849），波兰作曲家、钢琴家。

面。不幸福的家再宽再大也徒然。就算你家前门在金门，挂帽子得走到哈特勒斯，挂披肩得走到开普霍恩，从另一扇门出来就是拉布拉多，① 不幸福的家仍然是不幸福的家。

乔在马吉斯特门下学画。这位大师的名气你一定知道，其学费高昂，课程轻松，凭这两点他声名卓著。迪莉娅师从罗森斯托克。这一位的本领你也一定有所耳闻，反正钢琴键盘到了他手里就得变样。②

这对夫妻在不愁钱开销时过得美满。人人都如此，但人世真情何必道破？乔与迪莉娅的理想明确无误。一个决心在不久后连连拿出大作，叫那些头发脱落然而钱包丰满的老先生争先恐后到他的画室求购却不一定能够得到。另一个决心掌握音乐的奥秘，让音乐俯首听命。到了那一天，如果音乐厅的票不卖个精光，她绝不会登台，就推托说嗓子痛，却躲在偏僻餐厅里享受龙虾的美味。

然而，照我所见，最值一提的是他们在小小公寓里的小家庭生活。每天学习回来夫妻有谈不完的亲热话；晚餐吃得美滋滋，早餐清淡而可口；交谈起志向来总是互帮互勉（如果不把对方的志向与自己的相连，那就无所谓关心体贴了）；到夜里十点吃包心橄榄和夹心奶油面包。

可惜，过了一段时间，艺术的脚跟不稳了。有时候，明

① 金门（Golden Gate）指连接太平洋与美国旧金山湾的海峡金门湾；哈特勒斯（Hatteras）在北卡罗来纳州，为一狭长沙滩；开普霍恩（Cape Horn）是南美最南端的海角，其中Cape与“披肩”（Cape）音、形均同；拉布拉多（Labrador）为北美洲东部一半岛。

② “马吉斯特”与“罗森斯托克”为作者虚构的人物。

明没有人碰，它却会摇晃起来。俗话说得好，坐吃山空。他们眼见快没有钱付学费给马吉斯特和罗森斯托克两位先生。谁要是热爱自己的艺术，任何牺牲都会在所不惜。于是，迪莉娅说，她非得去授音乐课不可，已开台的戏总得唱下去。

她在外东奔西走两三天，想兜几个学生。一天晚上，她兴高采烈地回来了。

“乔，你瞧吧，我找到了个学生。”迪莉娅兴冲冲地说。“而且，是一家上好的人家，将军的女儿，艾·比·平克尼将军的女儿，住在七十一大街。房子挺漂亮，乔，可惜那前门你还没有看到。大概是你们说的拜占庭式。[①] 房子里就更别说了！哟，乔，我是头一回见，开了眼界。”

“我收的学生是将军的女儿，叫克莱门蒂娜。我对她已经喜爱不已。她真像个小宝贝，天天一身白，对人又有礼貌又单纯。才十八岁。每星期我给她授三次课，乔，你想多好。每次五块钱。五块就五块吧，要是再收到两三个学生，我又能去罗森斯托克先生那里学习啦。亲爱的，你别再皱着眉头，我们高高兴兴吃晚饭吧。”

“你找到份差事当然好，可是我怎么办？”乔答道，一边用切肉刀和小斧头开豌豆罐头。“叫你辛辛苦苦挣钱，我在艺术的殿堂里逍遥自在，你想想，这种事我忍心干吗？还对得起本韦努托·切利尼[②]的在天之灵吗？我去卖报，铺马

---

① 拜占庭（Byzantine）艺术是公元4—15世纪拜占庭帝国（即东罗马帝国）和基督教会相结合的官方艺术，其风格是罗马晚期的艺术形式和东方艺术形式的结合。拜占庭式建筑采用圆屋顶、拱形门，镶嵌细工。

② 本韦努托·切利尼（Benvenuto Cellini，1500—1571），意大利雕刻家。

路，赚一两块钱算一两块钱。”

迪莉娅一把搂住他的脖子。

“哟，乔，你别说傻话。你的学习不可以中断。别以为我是丢掉音乐耽误了正业。我边教边学，没有离开音乐半步。一周挣十五块，我们过得快活如神仙。别胡思乱想了，马吉斯特先生那儿你非去不可。”

“就依你的吧。”乔说，伸手端起盛蔬菜的蓝色菜盆。“但是我不赞成你去授课，授课不是艺术。话又说回来，你也是迫不得已而为之，叫我真感动。”

“谁要是热爱自己的艺术，任何牺牲都会在所不惜。”迪莉娅说。

“我在公园画的那幅素描，马吉斯特看了夸奖说天空画得好。”乔说道，“迪克尔答应让我挂两幅画到他橱窗里。要是碰上哪个有钱的二百五看中了，说不定能卖出去一幅。”

“一定能卖出去。”迪莉娅信心十足地说，“来吧，我们得感谢平克尼将军。把这块烤牛肉也吃了。”

往后这一星期，拉腊比两口子天天一大早吃饭。乔说要去中央公园，赶早画的素描效果好。迪莉娅给他做好早饭，体贴的话、称赞的话也总不少，最后七点与他吻别。艺术是个迷人的情妇，等晚上乔回到家，几乎都已七点。

一星期过后，迪莉娅把三张五元的钞票往摆在八英尺宽十英尺长的客厅正中那张八英寸宽十英寸长的桌上一扔，得意洋洋却又有气无力。

“有时候克莱门蒂娜真叫我伤神。”她有些不耐烦地说，

“恐怕她练得少，好些东西我只好反反复复教。再说，她天天穿得一身白，看多了显得单调。但平克尼将军却是个再好不过的老人家。乔，可惜你不认识他。我教克莱门蒂娜弹钢琴时，他常会走进房来看。他的老伴已经不在了，所以常来。‘十六分音符和三十二分音符学得怎样啦?’他往钢琴边一站，捋着白胡须问。”

“乔，人家客厅里的护墙板多漂亮你可惜没见到！还有阿斯特拉罕[①]的门帘！奇怪的是克莱门蒂娜常咳嗽。她看起来身体还好，我想其实并不。说真的，我越来越喜欢她，这姑娘性格温和，有教养。平克尼将军的亲手足当过驻波利维亚的公使。”

听迪莉娅说完，乔把一张十元，一张五元，一张两元和一张一元的钞票（全是真钞）掏了出来，摆在迪莉娅挣来的钱旁边，风范不凡，可与基度山伯爵媲美。[②]

“那张水彩画《金字塔形碑》出手了，卖给一个皮奥里亚[③]来的人。”他庄严宣告。

“别跟我瞎扯，哪会有皮奥里亚来的人买?”迪莉娅说。

“这不假，只不过你没见到这个人罢了，迪莉。他是个胖子，围羊毛围巾，叼根牙签。他看到迪克尔橱窗里的画，起先还以为画的是风车。可是他大方得很，说买就买了。他

① 阿斯特拉罕（Astrakhan）是俄国伏尔加河三角洲顶端一城市。

② 指法国作家大仲马（1802—1870）小说《基度山伯爵》中的主人公基度山伯爵。

③ 美国伊利诺伊州既有皮奥里亚（Peoria）市，也有皮奥里亚县，位于该州西北部。

又预订了一幅，要油画，画拉克万纳货运站，打算带回家。再说你还给人授音乐课。行啦，我看艺术有奔头。”

“你坚持下来就再好不过。”迪莉娅高兴地说，“亲爱的，你一定能出人头地。三十三块钱啦！什么时候我们有过这么多钱花？今天晚上吃牡蛎吧。”

“再加香蕈炒肉片。”乔说，“叉橄榄的叉子放到哪里去了？”

又过了一星期，周末那天夜晚乔先回到家。他把十八元钱一张张摊开放在客厅的桌上后洗干净手，手上好像沾了许多黑颜料。

半小时后迪莉娅回来了，右手用布和绷带乱七八糟包着。

“这是怎么啦？”乔一见面便问道。迪莉娅一笑，但笑得并不开心。

“就是那个克莱门蒂娜，”她解释道，“上完课吵着要吃香奶酪。[①] 这孩子有些怪脾气，已是下午五点钟了，还要吃香奶酪。将军正好在场。乔，你没有看到，他拔腿就跑去拿锅，好像家里一个用人都没请。也难怪，克莱门蒂娜身体不好，又受不得半点刺激。她涂奶酪时把奶酪打翻了好些，还滚烫，溅了我一手，连手腕也烫伤了。乔，当时痛得我够受。这宝贝孩子后悔莫及！还有平克尼将军——乔，那老头就差没有急疯。他飞跑到楼下，叫了个人——有人说是管炉子的，也有人说是管地下室的——叫他去药房买了烧伤油，

① 这种奶酪是加有香料溶化了的热奶酪，涂于面包或饼干上吃。

还有绷带什么的，把手包了起来。现在不大痛了。”

乔轻轻拉起迪莉娅的手，从绷带下扯出几根白纱，问道：“这是什么呢？”

迪莉娅答道：“这是涂了烧伤油的棉纱。哟，乔，你又卖出一幅画啦？”迪莉娅看见了放在桌上的钱。

“不信吗？你去问问皮奥里亚来的那个人吧。”乔答道，“今天他把给他画的货运站取走了。他还想叫我画公园的风景和哈得逊河的风景，只是没有打定主意。迪莉，你今天下午是什么时候烫伤的？”

“五点左右。”迪莉说，鼻子一酸，“那熨斗——我说错了，是奶酪刚从炉子上拿下，正滚烫。乔，可惜你没有看到平克尼将军当时……”

“迪莉，你先坐一会。”乔打断她的话，拉她到长椅上紧挨着坐下，一只手挽着她的肩。

“迪莉，这两个星期你究竟在干什么？”乔问道。

迪莉娅眼睛里显现出对乔的爱，又带着一种不肯罢休的神情，支支吾吾拉扯起平克尼将军，但一句话没说完就顶不住了，低下头，道出了真情，也流出了泪。

“我哪有什么学生教？”她坦白说道，“但又怎能眼看你把学业丢了呢？我在二十四大街的一家大洗衣店找了份熨衣服的活干。我编出个平克尼将军和克莱门蒂娜来，编得天衣无缝，你说是吗，乔？今天下午，洗衣店的一个帮工熨斗没有拿好，烫伤了我的手，回家时我一路走一路想，才又编出香奶酪的谎话来。乔，你不会生气吧？如果我不去干活，也许两幅画都不会卖给皮奥里亚来的那个人了。”

“他不是从皮奥里亚来的。”乔放慢声答道。

“得啦，什么地方来的没有关系。乔，你真聪明。吻吻我，乔。我不是去克莱门蒂娜那里授音乐课，你怎么就猜出来了呢?”

乔说道：“我是今天晚上才起疑的。今天下午，我在锅炉旁听说楼上一个女工让熨斗烫伤了，叫人拿了把棉纱沾上油给她。要不然，还猜想不到。我在那家洗衣店烧锅炉烧了两个星期了。”

“这么说你没有……”

“我那位皮奥里亚来的主顾，你那位平克尼将军，都要算艺术创作，不过既非绘画艺术，也非音乐艺术。”

说完两人都笑起来。乔又提起那句话：

“谁要是热爱自己的艺术，任何牺牲就都会……”

但迪莉娅一伸手捂住了他的嘴，说道：“不对，应该说‘要是为了爱情’。”

回心转意*

现在既非常客逛公园的季节，也非常客逛公园的时辰，这位年轻姑娘坐在路边的长凳上很可能是心血来潮，要先尝一回春天来临的气息为快。

她静静地坐着沉思默想，脸上浮着一丝愁云，但愁云肯定刚起不久，淡淡地遮不住美貌与青春。两片稍呈弧形的嘴唇也没有变样，尽管在紧闭着。

一位高个子年轻人在姑娘坐的长凳边的路上大步走来，身后跟了个提行李箱的。一见到姑娘，他脸先一红，接着由红变白。等走近些时，他细瞧着姑娘的脸，显出既抱希望又在担心的神色。他走过姑娘身边仅相隔几步，但是姑娘没有察觉。

又走了五十码，他突然收住脚步，在姑娘旁边的一条长

---

* 原名 By Courier. 见：*The Four Millions*, *The Complete Works of O. Henry*, Garden City Publishing Co., Inc., 1937. ——编者注

凳上坐下。身后的人放下行李箱，瞪大眼看着他觉得奇怪。年轻人掏出块手帕揩揩额头。手帕漂亮，额头也漂亮，年轻人的整个相貌都漂亮。他对当差的人说：

“长凳凳上坐着位小姐，你替我传个话给她，对她说我就要坐车去旧金山，跟人到阿拉斯加打麇鹿。告诉她，既然她既不让我对她说话，也不让我给她写信，我只好用现在这个办法最后一次请她看在过去的情分上多想想。她平白无故责怪人，不理人，什么理由也不讲清楚，又不让人解释，这样做我相信她心里也不会过意得去。所以，我顾不得她下的命令就来了，希望她别再让人受委屈。去吧，这些话统统对她说。”

年轻人塞给当差的五角钱。当差的看面相是个聪明人，尽管脸上很脏，一双眼睛明亮灵活，看了看年轻人后跑步走开了。到了姑娘跟前，他虽心存疑虑但并不畏缩，先用手摸摸戴在后脑勺上的方格呢帽。姑娘不冷不热地看看他。

“小姐”，当差的说，“坐在那张凳上的先生叫我来唱唱跳跳。要是你不认识他，要是他想玩什么鬼把戏，只要你发句话，我马上把警察叫来。如果你当真认识他，他心中没有鬼，那我就献丑了。”

姑娘似乎动了点心。

“唱唱跳跳！难道是卖唱的人又兴出了什么名堂?”姑娘悦耳的声音不紧不慢地说，叫人听不出带着挖苦，“叫你来的人认识我，原先打过交道，你用不着叫警察。要唱要跳随你的便，不过声音别太大。现在还不到卖唱的人出来的时间，声音大了太招摇。”

“哟，小姐，你还真明白了我的意思。”当差的人心上的一块石头算是落了地，“那你听吧，不是听回声，是听演奏。那人叫我对你说，他把里里外外的衣服全打点好了，准备去旧金山，接着到克朗代克打雪鸥。他说的，你叫他别再写什么信，别再在花园门口兜圈子，所以他就用这个办法向你表示表示。他还说，你把他像扔废物一样一把扔了，还不听他分说。还说你一脚把他踢开，又不让他死个明白。”

姑娘眼睛睁着，似乎有些愿意听。这也许是由于打雪鸥的人脑子灵或者脸皮厚，在她禁用通常的方法与她接触后，来了这一招，叫她奈何不得。她目不转睛地看着孤苦伶仃立在依然草木凋零的公园里的一尊雕像，回话给捎口信的人道：

“你告诉那位先生，我的想法没有必要对他重复。他知道我一直抱定的主张，也知道仍旧抱定的主张。在这种事情上，忠实可靠比什么都重要。对他说吧，我自己的心我自己研究得最透，有什么弱点，有什么希望，都一清二楚。所以，无论他怎样恳求，我一概不想听。我责怪他，不是因听信了别人谣传，也不是自己无端怀疑，就乱说了一通。不过，他早已知道的事既然非要再听一次不可，你就传话给他吧。

“告诉他，那天晚上我从后门进温室是为了摘朵玫瑰给我母亲。他跟阿什伯顿小姐在夹竹桃树下我亲眼见到了。那场景倒美妙，只可惜那姿势，两人耳鬓厮磨，都明摆着，还用什么解释？我走出温室，玫瑰没有摘，理想也只好放弃。你就对使唤你的人这样交代吧。”

“小姐，你说的那耳——耳什么的，究竟是什么意思?”

“耳鬓厮磨。就是说，靠得太近，已经不成样子。”

当差的人一溜烟跑到另一张长凳边站着。凳上的人眼巴巴地等待着他的消息，他不慌不忙地说道：

“那位小姐说，哪个人要编出鬼话给自己补过，她都不会当一回事，所以甜言蜜语一概不听。她说看得你一清二楚，你在温室里抱着个穿花布的人。她碰巧进来摘玫瑰，你正好把人家姑娘死死搂着。她说那模样很亲热，没得可说，只是叫她恶心。她叫你抓紧时间，不声不响往车站赶去得啦。”

年轻人轻轻吹声口哨，眼睛一亮，计上心来。他把手伸进上衣的内口袋，掏出一沓信，选了一封，又伸手到背心口袋里摸出枚一元的银币。

“把这封信给那位小姐看。”他说，“告诉她，整个事情信里解释得很清楚。你对她说，理想固然应该有，但多少也得相信别人，这样可以免得伤自己的心。她就希望别人有真心，其实人家从来没有三心二意过。告诉她，我在等她的回音。”

捎信的人来到姑娘面前。

“那位先生说，他受了冤枉也不是无缘无故。他说他不是个坏人。小姐，你看看这信，看过了我保证你会把他当好人。”

姑娘半信半疑，打开信看了一遍。

阿诺德医生：

我女儿星期五晚在跃尔德伦太太的温室里心脏病突然发作，多亏您及时相助，感激不尽。女儿倒地时，如果不是巧遇您扶起，救助得当，我们也许就永远失去她了。盼望您来我家继续为小女治病。

罗伯特·阿什伯顿 谨谢

姑娘叠好信，交给当差的。

“那位先生等着回音，对他怎么说呢？”捎信的人说。

姑娘的眼睛突然发亮，闪出了泪花，笑着说：

“你对那张凳子上的人说，心上人要他。”激动中，她笑得好不开心！

金钱难买*

要是看到当今的大阔佬在纽约街头转悠，想扶贫济困，哈伦·拉希德[①]在坟墓中肯定不得安稳。即使眼不能见，耳有所闻同样会不得安稳，因为这位真命天子是智者、学者，把什么话都不会当儿戏。

怎样扶贫济困是富人的一个难题。但是所有慈善家有个共识，就是不能给救助对象现金。谁都知道，穷人做事往往由着自己的性子来，有了现钱便心痒，不会作长远打算慢慢花，见了好吃的、好看的忍不住要买。

往日哈伦爷行善积德的做法别人只可望其项背。每次出行，他都带着大臣贾法和刽子手米勒大叔。这位重臣身兼车

* 原名 The Discounters of Money. 见：*Roads of Destiny*, *The Complete Works of O. Henry*, Garden City Publishing Co., Inc., 1937. ——编者注

① 哈伦·拉希德（Haroun Raschid, 766—809），阿拉伯阿巴斯王朝第五代统治者。常带大臣、刽子手和宫廷诗人夜间微服出巡巴格达，《一千零一夜》中的故事常影射他。

夫、国务卿和日夜银行三职，刽子手身带大刀。有了这两人相随，哈伦爷出行可说十拿十稳。最近报纸发了文章讨论我们该让卸任总统做些什么，不知你注意到没有？让我们设想一下吧，如果卡内基先生①带着一位卸任总统和某某人去捐赠图书馆，会出现什么情况？你认为哪个城市会忍心拒绝吗？卡内基先生这样出行的效果不亚于哈伦爷，会使原来只有一套爱·佩·罗②作品的地方建起两座图书馆。

但是，正如我前面所说，富人也有富人的毛病。他们以为，世上没有金钱解不开的愁，事事依仗金钱。哈伦爷执法大权在手，可以当场奖励该奖的人，惩罚他不喜爱的人。他开了讲故事比赛的先河。每次在市场上施舍了钱给谁，他就叫谁讲自己的悲惨身世。如果讲得没有条理，无声无色，他会叫大臣赏两千张第一国民银行十元面值的钞票，或者派一个美差，管御花园夜莺的鸟食。如果讲得娓娓动听，他就下令刽子手米勒砍头。据说哈伦爷还活着，在当杂志编辑，你奶奶就爱订这份杂志，不过此说无人证实。

下面我给各位讲个故事，是百万富翁的故事。

年轻的百万富翁霍华德·皮尔金斯的钱是先人之物。他投胎选对了地方，落在皮尔金斯酿造公司。父母就住在公司一楼，母亲是公司的合伙人。后来，父亲死于肝硬化。皮尔金斯太太由于货运梗阻心焦过度，也命归黄泉。这一来，年

---

① 卡内基（Carnegie，1835—1919），美国钢铁大王，晚年捐赠多所公共图书馆。

② 爱·佩·罗（E. P. Roe，1838—1888），美国通俗小说家。

纪轻轻的霍华德·皮尔金斯有了四百万。一个人有这笔数目的钱可了不得。这年轻人容易相处，并不傲慢，但他相信，凡在这世界找得着的东西，钱都能买到。在相当长的一段时间里，纽约发生的事也一一验证了他的信念。

但是，到头来他碰了壁。叫他碰壁的一人名叫艾丽斯·勒伊斯林。

勒伊斯林家至今仍住在那个大家常说起，却一直没有变化的小广场里。今天，你知道已有蒂尔登先生①的地铁，古尔德先生②的高架，世界的喧闹到格拉默西广场就消逝了。但过去的情况不同。勒伊斯林家最先拿到格拉默西公园的钥匙，至今仍然住在那里。

艾丽斯的模样不用描绘。你只要想想你自己的那位某某，让她的鼻梁高一点，声音柔和一点，皮肤细腻一点，面色红润一点，成个美人，只是到不了手，那你就见到了一幅逼真的艾丽斯铜版画。她家有一所旧红砖房，一个车夫，一匹老马。车夫姓约瑟夫，穿件花花点点的上衣。这匹马属奇蹄目，所以有趾没有蹄。一八九八年，这匹属奇蹄目的老马换了套新马具，但约瑟夫奉命用草灰混合烟囱灰涂抹过一遍后才用。一六四九年，勒伊斯林家从一个印第安酋长手里买了地，位于鲍厄里、东江、黑文顿街和自由女神像之间，代价是一卷金丝花边和两幅只有在哈勒姆区③才用的土耳其红门帘。这位印第安酋长的慧眼和爱好一直叫我佩服。凡此种

---

① 蒂尔登（Tilden，1814—1886），曾于1875—1876年任纽约州州长。
② 古尔德（Gould，1836—1892），美国金融家，持有大量铁路公司股票。
③ 哈勒姆区为纽约的黑人居住区。

种事实向你说明，勒伊斯林家无疑虽穷却是贵族，瞧不起有钱人。对不起，请别误会，我说的是仅仅有钱的人。

一天傍晚，皮尔金斯到了格拉默西广场的红砖房，向艾丽斯·勒伊斯林说了心里话。艾丽斯满不在乎，没有把他的钱放在眼里，明明知道他的话用意所在，连钱带人一道拒绝了。皮尔金斯像一位善战的将军，变换招数，来个声东击西，委婉说出钱能带来的好处。可是这一来反而更糟。姑娘变得比冰还冷，即使换了沃尔特·韦尔曼[①]也只好退兵等开春，再坐狗拉雪橇来找姑娘。

但皮尔金斯也算得上一条好汉。你不要以为个个百万富翁会碰了壁就只当前面已无路可走。

他对姑娘说："无论什么时候你回心转意，请叫人送给我一朵这样的玫瑰。"

说完，他大着胆摸摸插在姑娘头上的法国雅克玫瑰。

姑娘说："那行。如果真有这一天，那算是我服了输，或者说你得了胜，知道金钱还可以买到一件新东西。朋友，你是娇生惯养长大的。我没有想过嫁给你。你原先送过我礼物，明天我还给你。"

"礼物！"皮尔金斯觉得意外，说道，"我哪辈子送过礼物给你？我真想见识见识你会收他礼物的人长得什么模样。即使我想送给你鲜花、糖，或者艺术年历，你也不会要。"

艾丽斯·勒伊斯林微微一笑，说："你忘了。那是很久

① 沃尔特·韦尔曼（Walter Wellman，1858—1934）美国探险家，曾两次试图穿越北极。

以前的事，我们两家还是邻居。你才七岁，我抱着个玩具娃娃在马路边玩。你给了我一个灰色绒毛小猫，猫眼睛是鞋扣做的。猫头可以取下，猫身体里装了糖。你说花七分钱买来的。糖没有办法还给你。我那时才三岁，不懂事，吃了。猫还在，我今天晚上包好，明天还你。”

艾丽斯·勒伊斯林的话说得轻松，但看得出来，拒绝的决心清楚而坚定。皮尔金斯无可奈何，只好离开旧红砖房打道回府，揣着三百万家财也只能干瞪眼。

回家的路上他经过麦迪逊广场。广场的钟快指到八点。天很冷，虽然气温还没有降到冰点。昏暗的小广场像一间偌大的房间，很冷，没有房顶，周围的房屋是它的四壁，壁上闪烁着成千上万盏暗淡的灯。长椅上坐的闲客寥寥无几，东一个，西一个。

突然，皮尔金斯遇到了一个不怕冷的年轻人，好像在过闷热的夏天，没有穿外套，白衬衫的衣袖让灯泡照着非常显眼。紧挨着他的是一位姑娘，在微微笑着，沉醉在甜蜜的梦里。姑娘肩上披着件男上衣，一望而知是那个不畏寒冷的年轻人脱下的。

家财百万的人一见这情景高兴起来，心想，盼望的机会来了，可以帮人一把。

皮尔金斯坐到长凳上，与年轻人隔着一个人的距离。他偷偷瞟了一眼，看出他与这年轻人性格相同。男人有本领看出，而女人——唉！女人的眼光不行。

过了一会，皮尔金斯转过身与年轻人攀谈起来，年轻人笑着有礼貌地答话。开始是闲聊，后来转到各有所见的正题。皮尔金斯这位想扶贫济困的富翁话说得动听而恳切。等他把心意挑明以后，年轻人转身正对着他，依旧笑着。

“哥们，”年轻人放低声音，但几乎是抢着说，“我并非不愿领情。你知道，连认都不认识的人掏钱给我，不管多少我都不能要。我知道你是一番好意，我也万分感谢，但是我不想向谁借钱。我叫马库斯·克莱顿，弗吉尼亚州罗阿诺克县克莱顿家族的人。这位小姐叫伊娃·贝德福德。大概你也听说过贝德福德家族的名声。她今年十七岁，是贝德福德县贝德福德家族的人。我俩私奔出来结婚，也想看看纽约。今天下午刚到，在渡船上钱包让人偷了，身上只剩下三分钱。明天我去找工作。我俩会结婚。”

“可是，哥们，你总不能让这位小姐坐在这地方受一晚冻吧？”皮尔金斯关心地小声说，“如果住旅店——”

“我说了，我只剩三分钱。”年轻人仍满面笑容，“即使身上有一千元，也得等明天。你说对吧？谢谢你的好意，但是钱不能拿。贝德福德小姐和我没地方过夜早习以为常了，冷一点算不了什么。明天我能找到一份工作。我们还有袋蛋糕和巧克力，对付得过去。”

百万富翁庄重地说：“你听着，我姓皮尔金斯，有家财百万，现在口袋里就放着八九百元。我并不多给你钱，只是让你和这位小姐舒舒服服过一夜，你却不肯要，这有点不近情理吧？”

罗阿诺克县克莱顿家族的人说：“那不见得。对这种事我的看法从小就与你不同。不过，我仍然非常感谢你。”

“这么说我失陪了。”百万富翁说。

一天内，他的钱两次被人拒绝，两个再普通不过的人竟没有把他的钞票放在眼里。他并非把金钱视若神明，但一直相信钱什么都能买到。

皮尔金斯快步走开，却突然又回转身，来到一对恋人坐的长凳边。姑娘看着他，觉得新鲜，就像看着大不同于贝德福德县的古老广场周围的灯、雕塑、高楼大厦，觉得新鲜一样。

皮尔金斯脱下帽子，开口说话了：“呃——罗阿诺克先——先生，我非常佩服你的好强精神，也就是那股牛脾气。你的男子汉气可嘉。你们南方人夜里让姑娘陪你们坐在露天的长凳上，不为别的，就为顾一个早已不算什么脸面的脸面，还觉得这样做有男子气，对吧？听我说，我有位朋友，是女性，从小认识，离这里只隔几个路口，家里有父母、兄弟姐妹、姨妈姑妈，等等等等。我有把握，她一定乐意让——让贝德福德小姐到——到她家过夜。罗阿诺克先生，呃——你——你大概对这事不会过于计较吧？”

从罗阿诺克来的克莱顿站起身，伸出只手。

“哥们，”他说，“你说的那位小姐的美意当然叫贝德福德小姐高兴。”

他向贝德福德小姐介绍了皮尔金斯先生。姑娘满面春风看着他，慢悠悠地说道：“今晚天气真好。皮尔金斯先生，你说呢？”

皮尔金斯把两人带到勒伊斯林家住的旧红砖房。递上名片后，艾丽斯下楼了，心里却奇怪。一对私奔的人等在客厅，皮尔金斯在门厅把事情的原委告诉了艾丽斯。

“我肯定会留她。”艾丽斯说，“这些南方姑娘都挺好。我让她就住在这里。可是克莱顿先生得由你陪。”

“你说我?”皮尔金斯高兴得很，“不用说，我陪他！我是纽约人，所有公园理所当然有我一份，今天晚上我请客人在麦迪逊广场过夜。他会在广场的长凳上坐着等天亮。劝他白费口舌。这人真怪！艾丽斯，你留下姑娘住我就放心了。”

勒伊斯林小姐接着把贝德福德县来的贝德福德小姐带上楼休息。下楼后，她把一个长方形小纸盒给了皮尔金斯。

“这是你送给我的，现在还给你。”她说。

皮尔金斯叹口气，说：“哦，我想起来了，是那只绒毛小猫。”

他把克莱顿送回公园的长凳，紧紧握手告别。

“找到工作后我会到你那里去。”年轻人说，“就是名片上的地址吧？谢谢！好吧，再见。太感谢你的帮助了！哦，我不抽烟，谢谢。再见。”

皮尔金斯回到自己房间后打开小纸盒，取出那只可爱的大眼睛小猫。小猫里装的糖早吃了，当做眼睛的鞋扣也掉了一只。皮尔金斯看着心酸起来。

他想：“说到底，我觉得光有钱还——”

想到这里时，他失声叫了起来。原来，再往盒子里一掏，还有发现：一朵压扁了的红玫瑰，还散发着香味，更带来了喜讯—— 一朵法国雅克玫瑰。

不买账的情人*

最大百货公司有三千女职工，马西是其中之一。她年龄十八，在男用手套专柜工作。在这个柜台，她熟悉了两种人，一种是到百货店买手套的先生，另一种是为不幸的先生买手套的女人。除对这两种人的了解，她还另有所获。其他两千九百九十九个女职工发表的聪明见解她都听过，记在脑子里，而她的脑子可与马耳他猫相比，沉着机警。上天在给银狐一身其他动物一概莫及的贵重皮毛的同时，也给了它狡诈。上天给了马西美貌，也许由于早已知道她没有人当高参，另外给了她灵敏以弥补这个不足。

马西长得漂亮。头发金黄，体态优雅，像橱窗里烤黄油蛋糕的模特。她站的地方是最大百货公司的柜台。当你握着拳头量尺寸定手套大小时，她会让你想起青春女神赫伯。如

---

* 原名 A Lickypenny Lover. 见：*The Voice of the City*, *The Complete Works of O. Henry*, Garden City Publishing Co., Inc., 1937. ——编者注

果你再看看她，会奇怪为什么她的眼睛竟然像智慧和技巧女神米诺瓦。

趁巡查员眼睛没有盯着时，马西会吃果脯。如果他们的眼睛在盯着，马西会高高抬起头微笑，好像在望着云彩遐想。

这种笑容是营业员特有的笑容，我劝你见到时以躲为上，除非你的心已长老茧，除非你抵挡得了爱神丘比特的箭。这种笑容是马西下班后常有的笑容，不是因喜爱这家店而出现的笑容。但是，巡查员终归是巡查员。在百货店里，这种人像莎士比亚笔下的犹太商人夏洛克。他逮住了谁都不放过，就像收费关口逢人必收费。他看着漂亮女孩时，眼睛会直勾勾，也可叫色迷迷。当然，并非个个巡查员如此。几天前，报纸就报道过一个年龄八十开外的巡查员。

有一天，画家、百万富翁、旅行家、诗人、开汽车的能手欧文·卡特偶然进了最大百货公司。我们得为他说明一句，他并非自己想来。他母亲在店里看青铜小像和陶制小像，他出于一片孝心，也进了店。

卡特为了消磨时间，走到手套专柜。如果说他要买手套，那也不假，因为他忘了带手套出门。其实，无须为他的行为辩解，手套专柜出现的风情他听都没有听说过。

靠近命运安排他到的地方时，他犹豫起来，突然觉得气氛不对，爱神丘比特竟会在这种场合放箭而他并不知道。

三四个模样和衣着俗气的家伙靠在柜台，假装买手套。几个姑娘嘻嘻哈哈，在跟他们打情骂俏。卡特本想退兵，但已来不及。马西在柜台后朝他看着，蓝眼睛里的眼光像照在南太平洋冰山上的阳光，温和美丽。

欧文·卡特这位有画家、百万富翁等多个头衔的人物养得白白净净的脸立刻泛红，但并非羞涩，而是出于自责。旁边柜台几个在打嘻嘻哈哈营业员主意的年轻人是身价低微的人。他这时觉得，他与这些人成了一路货色。他被爱捣蛋的爱神丘比特射了一箭，起了意想得到一个卖手套的姑娘青睐。他也成了微不足道的人物。接着，他突然瞧得上卑微的人了，还来了勇气和劲头，对一贯抱有的看法嗤之以鼻，横下心要把这个十全十美的人物弄到手。

货款付过、手套包好后，卡特多呆了一会。马西淡红色嘴唇张开一笑，嘴角边的酒窝加深，买手套的男人见了个个舍不得走。她又露出一只玉臂，支在柜台边。

卡特以往从来没有经历过心慌意乱的场合。现在不同，他还比不了地位卑微的人，不知所措了。在社交场合遇到这位美人儿的可能性不存在。他冥思苦想，回忆在书上看到的事，耳朵听到的事，察看站柜台的姑娘有什么习性。他仿佛记得，她们并不严守有人介绍的规矩。他想到一个非常规方法与这个可爱纯洁的人儿相识，心嘭嘭地打起鼓来。但是，这一打却打出了勇气。

两人闲聊一会，问者口气亲切，答者态度热情，他便把名片放在她手边的柜台上。

“请原谅我太冒昧，但是我衷心希望有幸再见到你。这是我的名片。请相信我，我诚心诚意请求与你相交——成为相识。我能指望这种可能吗?”卡特说。

马西了解男人——特别是买手套的男人。她坦然看着他，一笑，毫不犹豫地说：

“当然。我猜你是个正派人。不过，我平常不跟陌生男人出门。女人这样做不合适。你希望什么时候与我再见面呢?”

卡特答道：“看你什么时候方便。如果你让我登门拜访，我——”

马西笑起来，声音如银铃。“哦，千万别来!”她断然说道，“我们住的地方太不像样！五口人挤在三间房里。如果我带一个男性朋友回家，就等着看我妈的脸色吧!”

“那么，到别的地方吧，只要你觉得方便就行。”卡特紧追不舍。

“我看就星期四晚上吧。”马西说，心里有了主意，白里透红的脸现出得意的神情，“七点半到四十八大街八马路路口。我住在十字路口附近。但是十一点前我得回家。过了十一点我妈会让我呆在外面。”

卡特感谢不已，答应照办。然后，他找到他母亲。他母亲看中一个戴安娜铜像，也在找他。

一个小眼睛、塌鼻梁女店员走到马西身边，善意地瞅了她一眼。

“你与他搭上了?”她像在问老朋友。

“这位先生想登门拜访。”马西神气地答道，把卡特的名片塞进胸口衣服里。

“登门拜访!”小眼睛跟着说了遍，咯咯一笑，“还说了去沃尔多夫饭店吃饭，吃了饭去兜风吗?”

“哦，别说啦!”马西不耐烦地说。“我想你并没有见过大世面。自从那个开消防车的带你上了趟中国餐馆后，你说话的口气就大了。他没有提沃尔多夫饭店，但是名片上的地址在五马路。如果他请你吃饭，你可以放一百个心，饭店接单的服务员不会留辫子。”

卡特跟母亲走出百货店后坐进汽车，咬咬嘴唇，内心隐隐发痛。他知道，整整二十九年来，他第一次动了真心。他与爱上的人约会竟然在十字路口，这叫他觉得很不是滋味，虽然他走出了实现自己心愿的第一步。

卡特不了解当售货员的姑娘。他不知道，她们的家不是小得难以容身，就是三亲六眷全挤在一起。十字路口是她们的门厅，公园是会客室，大马路是花园中的路。但是，她们在这些地方自由自在，就像富家女在挂着绣帷的闺房里自由自在。

两人首次见面后两星期的一天黄昏，卡特和马西手挽手走进一个灯光昏暗的小公园，坐在一个角落树下的长凳上。

他第一次伸手轻轻搂着她，她把一头金发靠到他肩上。

“哎，”马西叹口气，高兴地说，“你为什么早没有想到呢？”

卡特诚恳地说：“马西，你一定知道我爱你。我真心请求你嫁给我。现在你已了解我，不会有怀疑。我需要你，非娶你不可。我不在乎我们的境遇不同。”

“有什么不同呢？”马西不解地问。

卡特马上说：“哦，其实没有，只不过蠢人认为有不同而已。我能使你过上非常舒适的生活。我的社会地位不容置疑，财产有一大笔。”

“你们个个这样说。”马西说。“你们全用这样的话哄人。我猜，其实你不是在熟食店就是在赛马场干活。别以为我年轻必然幼稚。”

“你要我怎样证明我的话，我就可以怎样证明我的话。马西，我想娶你。我对你一见钟情。”卡特温情脉脉地说。

马西不以为然地笑出了声：“你们嘴上都这样说。如果我遇见一个见了我三次面仍然守着我不放的人，我想我会看中他。”

卡特恳求道：“千万别这样说。相信我，亲爱的！我初次见到你的一双眼睛后，你就成了我唯一想娶的女人。”

“哟，你真会花言巧语！”马西一笑，“你还对多少姑娘说过这种话？”

卡特坚持不懈。最后，他终于触到了深藏在这个可爱的营业员胸内脆弱的灵魂。她不堪一击的心被他的话刺穿。她抬头看看他，眼神表明她已明白。她冰凉的面颊上泛起红润。她像一只小蝴蝶，战战兢兢，翅膀越扇越慢，似乎要落在爱情之花上。她看到了生活的一线微光，看到了手套柜台外的希望。卡特感觉到她的变化，抓住机会。

“嫁给我吧。”他温情脉脉地轻声说，“我们结婚后离开这个丑恶的城市，去一个美丽的地方。我们会忘记操劳，生活就像一个长假。我知道应该带你去哪里，我常去那个地方。你想象一下海滨吧，那里四季如春，浪花拍岸，人们像孩子一样快乐，无忧无虑。我们乘船去那个海滨，你愿住多久就住多久。在一座遥远的城市里，有许多壮丽的宫殿和城堡，其中收藏的名画、雕像数不胜数。这座城市的街道是个水网，人们来来往往都坐——”

“坐小船。我知道。”马西突然坐直身子说。

“对!”卡特笑道。

“我也这样想过。”马西说。

卡特又说：“我们再周游世界，想看什么就看什么。游过欧洲的城市我们去印度游那里的古城，骑大象，参观印度古婆罗门的雄伟庙宇，看日本的花园，波斯的骆驼队、车赛，所有异国他乡的奇观异景。马西，难道你不高兴吗?”

马西站起身。

“我们该回家了，天已经不早了。”她冷冷地说。

卡特依了她。他已知道，她的心情变化无常，想不依会徒劳。但是他内心高兴、得意。他一度拴住了意中人有野性的灵魂，尽管只有短短一刻，尽管拴住意中人灵魂的只是一根丝线。她曾收起过翅膀，她发凉的手曾握住过他的手。

第二天在最大百货公司里，马西的好朋友露露把马西拉到柜台的角落。

“你跟那位阔朋友谈得怎样了?”她问。

“哼，他呀?”马西说，拍拍鬓角的卷发，“他别再想了。露，你猜这家伙想叫我做什么?”

“去当演员吗?”露露小声猜。

“不对！他还没有那么高的品位。他要我嫁给他，然后去科尼岛旅游一趟。”

识字的和不识字的*

（一）

杰罗姆·沃伦老头住在东西十×大街三十五号一座价值十万的豪宅里。他是商业区的经纪人，很有钱，所以每天上午上班雇一辆马车，但先步行过几条马路，因为走路对他的身体有好处。

他有个养子，是老朋友吉尔伯特所生，在勤奋学习绘画，有望成为大画家。他家还有一个成员，叫巴巴拉·罗斯，是他的外甥女。人人生来有不称心的事，杰罗姆老头不称心在于无儿无女，于是挑起了别人的担子。

吉尔伯特和巴巴拉相处如鱼水，周围的人心照不宣，料

* 原名 Schools and Schools. 见：*Options*, *The Complete Works of O. Henry*, Garden City Publishing Co., Inc., 1937. ——编者注

定这两人在某天中午会一同站在花下，向牧师保证要使杰罗姆老头的财产发生大转移。不过，我们得交代一些纠葛。

三十年前，杰罗姆老头还年轻，有一个同胞兄弟，叫迪克。迪克不知为了自己发财还是帮别人发财，去了西部。这一去便杳如黄鹤，最后虽然总算收到一封信，但是糟糕，信是用横格纸写的，还带着咸肉和咖啡渣味，字横七竖八，拼写错误百出。

看来，迪克没有制服住财神爷，让财神爷掏腰包，反倒被财神爷算计，送到了冤家对头手里。信上说，他事事不顺，倒了大霉，连酒也浇不了愁。闯荡三十年，他只挣到了一个十九岁的女儿。现在他把女儿托运到东部，运费由他付清了，但吃、穿、上学、安慰、疼爱全交给杰罗姆，除非女儿英年早逝或找到婆家。

杰罗姆老头好比一条木板路。谁都知道，世界是靠阿特拉斯①的双肩支撑的，而阿特拉斯是站在一道栅栏上的，这道栅栏又架在一只乌龟的背上。但是乌龟也得有东西立足，这东西就是由杰罗姆老头一类人组成的木板路。

我不知道人是否可以长生不老。如果不能，我很想知道杰罗姆老头一类人到头来会如何。

他们在火车站接到了妮亚达·沃伦。这位姑娘皮肤晒得很黑。长相好看，逗人喜爱。举止天真无邪，但连卖香烟的想惹她都得三思而行。仅看表面，你会以为她爱穿短裙，裹皮绑腿，善打玻璃球，能驯野马。但是实际上她穿朴素的白

---

① 阿特拉斯（Atlas），希腊神话中双肩扛天的巨神。

衬衫、黑裙子，叫你觉得猜不透。无意中，她显露出有身好力气。她一手提起只大提包，穿制服的搬运工想抢过来提却没有得手。

“我们一定会成为最好的朋友。”巴巴拉亲亲她晒黑的脸颊说道。

“我希望会。”妮亚达说。

杰罗姆老头说：“宝贝侄女，你来了就是我家的人，我家就是你亲生父亲家。”

“谢谢!”妮亚达说。

“以后我叫你妹妹。”吉尔伯特说，现出动人的微笑。

“手提包请你拿吧，简直千斤重。”妮亚达说，“里面装着我爸爸的六个老矿里的矿石样品。我估计化验结论是一千吨只值九分钱，但答应了他一定一路保管好。”

（二）

一个男人和两个女人，或者一个女人和两个男人，或者一个女人和一个普通男人、一个贵人，或者其他什么人之间的关系称为三角关系。但是，这种三角非等边三角。它们总是等腰三角形，但绝不等边。所以，妮亚达·沃伦一来，吉尔伯特、巴巴拉·罗斯就组成一个三角形。在这个三角形里，巴巴拉是斜边。

一天早上，杰罗姆老头吃过饭后迟迟没有去商业区的办公室，在看市里最淡而无味的晨报。他喜欢上了妮亚达，觉得妮亚达很像去世的兄弟，性格坦诚，言语不多，有自己的主张。

女佣人拿来一封信，是给妮亚达·沃伦小姐的。

她说："送信的人在门口给了我。他在等回音。"

妮亚达嘴吹着一支西班牙华尔兹舞曲，眼看着马路上来来往往的马车和汽车，随手接过信。信封左上角画了个小小的金色调色板，她不用拆就知道是吉尔伯特来的。

拆开后她聚精会神看了一会。接着，走到伯父身边，脸上的表情严肃。

"杰罗姆大伯，吉尔伯特是个好孩子，对吗?"

"怎么啦? 这还用问! 他当然是。我一手养大了他。"杰罗姆老头答道，把手里的报纸翻得哗哗响。

"那么他不会在信上写一些不太——我的意思是说，写一些叫人为难的话，对吗?"

"我看，叫他写他都不会写。"大伯说着撕下一大块报纸，"究竟怎么啦?"

"大伯，他刚来了封信，你看看，是不是写了不应该的话。你知道，我对城里人和城里事还大不懂。"

杰罗姆老头扔下报纸，踩到脚下。他接过吉尔伯特写的信，睁大眼看了两遍，随后又看了一遍。

他说："哎呀，孩子，你刚才叫我捏了一把汗，虽说我对吉尔伯特心中有底。他与他父亲一模一样，是颗嵌金宝石。他只不过问问你和巴巴拉今天下午四点愿不愿意坐汽车去长岛玩玩。我看这封信除了纸张不好，没有什么毛病可挑。我历来不喜欢蓝色信纸。"

"那么去一趟没有关系吗?"妮亚达急切地问。

“对，对，对，孩子，当然没有。怎么会不行呢？你这样心细，又不把话藏在心里，叫我很高兴。尽管去吧。”

妮亚达不好意思地说：“我原来不懂，心想应该问你。大伯，你一道去好吗？”

“我去？不行，不行！他开的车我坐过一次，再不坐了！但你和巴巴拉去完全可以。你就放心吧。我不会去。去不得，去不得！”

妮亚达飞跑到门边，对女佣说：

“我们一定去。巴巴拉小姐我代她做主了。你让送信的人对沃伦先生说，我们一定去。”

杰罗姆老头说：“妮亚达，你听我说一句，你给他写封回信不是更好吗？宝贝，写一句话就行。”

“得啦，我用不着费事。”妮亚达高兴地说，“吉尔伯特会明白。他历来是个明白人。我从来没有坐过汽车，可是划小船顺小德弗尔河飘过了失马峡谷。就不知道坐汽车是不是比坐船好玩。”

（三）

不知不觉过了两月。

巴巴拉坐在价值十万的豪宅的书房里。她喜爱这个地方。世上的男男女女有形形色色的困苦，但世上也有许多地方供人解困，包括修道院、哭场①、饮水处和洗浴场、忏悔室、隐居地、律师事务所、美容院、飞艇、书房，而这等等地方中，最了不起的是书房。

直角三角形的斜边往往要很长时间才能发现是最长的一条边，但它是一条不拐弯的直线。

巴巴拉独自在家。杰罗姆大伯和妮亚达去了剧院。巴巴拉不愿去，想坐在家里的书房看书。小姐，如果你是位纽约的靓丽姑娘，天天眼见一个西部的傻黑妞缠住你自己想要的小伙子，你还有胃口欣赏歌剧院中喜剧的漂亮动人场景吗？

巴巴拉坐在书房的四方橡木桌边，右手搁在桌上，灵巧的手指不停地把一封没有拆封的信翻来看去。信封写着妮亚达·沃伦收，左上角画着一个小小的金色调色板。信是妮亚达走后九点钟送来的。

如果能知道信的内容，巴巴拉宁可舍弃珍珠项链。可惜她不能用蒸汽喷，用笔杆、发夹挑，或者采取其他无伤大雅的办法拆开信看看，因为她的社会地位不允许她这样做。她把信对着强光，紧紧捏住，想看到几行字，但是吉尔伯特装信太老练，叫她徒劳。

十一点半，去剧院的人回来了。这天夜晚天公太作美，从下马车到进门才几步路，他们身上就落了厚厚一层从东方飘来的雪花。杰罗姆老头嫌马车坐得不舒服，路上车堵，发了几句怨言。妮亚达脸红得像玫瑰，眼亮得像蓝宝石，兴冲

---

① 指犹太人的“哭墙”（Wailing Wall of the Jews）。为耶路撒冷城内的回教奥马尔（Omar）寺附近一庭院围墙，犹太人星期五在此作祈祷或悲悼。

冲地说起她爸爸山中的小木屋在风雪夜的情景。冬天天冷，巴巴拉的心也冷，埋头看着书，除此之外别无良方。

杰罗姆老头很快上了楼，捂暖壶，吃奎宁。豪宅里只有书房还亮着灯，妮亚达轻盈地走进书房，坐到一张有扶手的椅上，一面解长筒手套的钮扣，一面挑歌剧演员的刺。

巴巴拉接口说："没错，有时我也觉得菲尔兹先生可笑。小妹，你有封信，专人送来的，你刚走不久。"

"谁来的?"妮亚达问，一粒钮扣正解不开。

巴巴拉一笑："那我只能猜测。信封上有个奇形怪状的小小东西，吉尔伯特说是调色板，但我觉得像女学生情人送的卡上那颗金心。"

"我不知道他有什么事写信给我。"妮亚达漫不经心地说。

巴巴拉说："你我都一样，是女人。我们总想从邮戳里就看出信里有什么。猜不出来就拿起剪刀一剪，先看信的末尾。你拿信去吧。"

她一抬手打算把信扔给桌子对过的妮亚达。

"真讨厌!"妮亚达嚷着，"这几个该死的钮扣太难对付，我还不如戴鹿皮手套好。得啦，巴巴拉，你把信拆开念给我听吧。这双手套脱到半夜都脱不下。"

"哎哟，吉尔伯特的信你叫我拆开吗?写给你的信，怎么能让别人看呢!"

妮亚达的蓝眼睛从手套转向巴巴拉，神情平静自如。

"没有谁给我的信里会写不能公开的事。"她说，"尽管拆吧，巴巴拉。也许吉尔伯特又想叫我们明天坐他的车出去。”

好奇心就足以叫猫送命；如果女人公认存在的感情也能置猫于死地，那么忌妒会使全世界的猫死得精光。[①] 巴巴拉感到难以推脱，无可奈何地拆开了信。

她说：“小妹，你叫我看我就看吧。”

她撕开信，扫了一遍，又看了看后朝妮亚达狡黠地瞥了一眼。妮亚达似乎在全心对付手套，把未来画家的信抛到了九霄云外。

巴巴拉用一种奇怪的眼神盯着妮亚达，盯了十五秒。接着，微微一笑，嘴只张开了十六分之一英寸，眼只缩小了十二分之一英寸，而且笑容一晃而过，像脑中的一个闪念。

自开天辟地以来，没有哪个女人把另一个女人看得神秘。一个看透另一个的心肝肺，识破姊姊妹妹的巧言令色，猜到埋藏最深的意愿，听出最滑头的话的真意，都快如闪电。她会把她的所获像梳下的乱发一样轻蔑地捏在手里捏一阵，然后让一团浓浓的疑云卷走。很久以前，夏娃的儿子按响天堂公园自家的门铃，手挽着一位陌生姑娘，并介绍了姑娘是谁。夏娃把儿媳妇拉到一旁，扬起漂亮的眉毛。

“是挪得之地，[②] 我猜你当然也去过。”新娘轻轻抚弄着一片棕榈叶，说。

“最近没有。”夏娃说，并不吃惊，“难道你不觉得那

① 英语中有“猫有九条命”一说。

② 挪得之地（The land of Nod），典出《旧约·创世纪》：“于是该隐离开耶和华，去住在伊甸东北挪得之地。”挪得之地原意为流浪之地，后转为双关语，也指上床睡觉。

儿的苹果酱太难吃吗？宝贝，你用桑叶做衣服，我觉得很好。当然，那地方正宗的无花果衣是没有的。走吧，我们到那丛紫丁香后面去，别管那些男人，他们在分芹菜滋补液喝。你看，你的衣服背后让毛虫咬了几个洞。”

有书可考，世界上这两位伟大女性立时立刻结了盟。两人一致认为，女人与女人间，应该永远像玻璃一样透明——虽然当时玻璃还有待发明——但对于男人，她应该是个谜。

巴巴拉似乎不置可否。

“妮亚达，说实话，你不该叫我非拆不可。我——我相信这封信不能给别人看，只能给你看。”她说着，表情略显尴尬。

妮亚达暂时没有顾得上手套。

她说：“你就念给我听吧。反正你看过了，为什么不能念呢？如果沃伦先生的信上有什么别人不能知道的事，那更应该让别人都知道。”

巴巴拉说：“好吧，信是这样写的：妮亚达小姐，今晚十二点到我画室里来，勿误。”巴巴拉起身把信放到妮亚达膝上，“很对不起，我不该知道。吉尔伯特怎么会这样呢？肯定出了什么差错。好妹妹，就当我不知道，行吗？我该上楼了，头痛得厉害。这封信真叫我闹不明白，也许吉尔伯特吃饱了撑着，反正只有他知道。晚安！”她说。

（四）

妮亚达轻手轻脚走到门厅，听见楼上巴巴拉关房门的声音。书房的铜钟指着十一点三刻。她快步走出大门，冲进茫茫大雪中。吉尔伯特·沃伦的画室在六个街区之外。

白雪大军乘空气之舟越过阴沉沉的东江，猛攻纽约。人行道上的积雪已一英尺厚，大风吹成的雪堆像攻城的云梯。条条马路静悄悄，如同庞贝城[①]的街道。时不时有一辆马车驶过，仿佛是月夜海面上飞过的白翅膀海鸥。汽车比马车少，在飞舞的雪花中穿行，使人想起在波浪翻滚的水中冒险跑得欢的潜艇。

妮亚达一路顶风冒雪，像不畏暴风雨的海燕。她抬头一看，只见马路两旁高矮参差不齐的房屋上有乌云盖顶，下面被雾气缠绕，在夜里的灯光下，或呈深灰，或呈淡褐，或呈浅灰，或呈淡紫，或呈暗褐，或呈淡蓝，颜色不一。它们很像她西部老家冬天起伏的群山，使她产生一种待在价值十万的豪宅中很少产生的满足感。

走到一个拐弯处，一名警察的眼神和威严使她不由得放慢了脚步。

“喂，姑娘，这么晚了你还往外跑呀？”他说。

“我——我去药店买药。”妮亚达答道，又加快了脚步。”

这借口说得过去，你再会挑刺也看不出破绽。这究竟说明女人永远不会长进呢，还是说明女人从亚当的肋骨中跳出来就聪明绝顶、诡计多端呢？

妮亚达开始往东走，顶风，速度慢了一半。但是她像株

① 庞贝城为意大利一古城，于公元79年被维苏威火山的火山灰全部掩埋。

小矮松一样结实，猫着腰满不在乎。突然，画室所在的大楼出现在她面前，非常醒目，像峡谷上耸立的一块岩石。它黑糊糊，静悄悄。在这里，商业和它的冤家艺术比邻而居。电梯十点停运。

妮亚达爬了八层黑洞洞的楼梯，在标着八十九这个数字的门上毫不犹豫地敲着。她来过很多次，都是与巴巴拉和杰罗姆大伯一道。

吉尔伯特打开门，手上拿着根蜡笔，头上戴着个绿色遮光帽，嘴里叼着个烟斗。一惊之下，烟斗掉到了地上。

“我来晚了吗？”妮亚达问。“我一路快走。今晚大伯带我去看了歌剧。吉尔伯特，你叫来我就来了！”

吉尔伯特如梦方醒。他定了神后开始处理眼前的问题。他把妮亚达请进屋，用扫帚扫去她衣服上的雪。一盏戴绿灯罩的大灯下放着块画板，未来画家刚才在画蜡笔画。

妮亚达直截了当说：“你叫我来我就来。你信上说了。叫我来有什么事呢？”

“你看了我的信？”吉尔伯特问，几乎一口气上不来。

“巴巴拉念了信给我听，我后来又亲眼看了。信上说：‘今晚十二点到我画室里来，勿误。’我心想你一定是生病了，但看起来你没有病。”

“哈！”吉尔伯特突然说，“告诉你为什么叫你来吧，妮亚达。我希望你马上嫁给我，就在今天晚上。下点雪怕什么！你答应吗？”

妮亚达说：“你早该看出来我会愿意。下大雪更好，我喜欢。我最讨厌中午上教堂兴师动众举行个婚礼。吉尔伯特，想不到你有胆量这样向我求婚。叫大家都吓一跳吧！我们的事我们办，对吗？”

“那当然！”吉尔伯特说，“这句话我好像在什么地方听过。”他自言自语了一句。

“妮亚达，你等等，我想打个电话。”

他喜气洋洋，走进一间小梳妆室，叫了区号和机号。

“是杰克吗？你这瞌睡虫！对，快起来，是我，别咬文嚼字罗嗦！我马上结婚。对！叫醒你妹妹——别不痛快。带她一道来，没二话好说。提醒阿格尼丝，别忘了她掉进朗康科马湖时我救了她一命。我知道提起这事儿小气，但她非跟你来不可。对！妮亚达在这里等着。我们早就定了终身大事。你知道，三亲六眷里有人反对，不这样做我们结不成婚。我们在这里等你。别让阿格尼丝几句话说得你打退堂鼓，把她带来。你会？好哥们！我叫辆马车去接你们，越快越好。滚你的蛋！杰克，你够意思！”

吉尔伯特回到妮亚达在等待的房间。

他解释说：“我的老朋友杰克·佩顿和他妹妹本应在十二点差一刻到这里，但杰克太爱拖拖拉拉。我刚刚打过电话催他，他们过一会就到。妮亚达，我是世界上最幸福的人！我今天给你的信在哪儿？”

“我放在这里。”妮亚达说着从去剧院穿的大衣里拿出了信。

吉尔伯特从信封里取出信，仔细看了一遍。然后，不解地看着妮亚达。

“我叫你深更半夜到我画室来，你不觉得奇怪吗？”他问道。

妮亚达眼睁得溜圆，说：“那算什么！你需要我就不奇怪。在西部，如果要好的人——你们这里也说要好的人吗？如果要好的人有急事找你，我们先赶过去，别的话等事完了再说不迟。西部常下雪，下雪天常出事。所以，我不在乎。”

吉尔伯特走进另一间屋，拿来几件大衣，穿上不怕刮风下雨下雪。

“把这件雨衣穿上！”他说，拿出件雨衣让妮亚达穿，“要走半英里。杰克和他妹妹过一会儿来。”

他拿起一件厚厚的大衣穿。“对，妮亚达，桌上的晚报头版的大标题你看看吧。登了西部你那个地方的消息，我想你一定愿意看。”他说。

他磨蹭了一分钟，装模作样套大衣却套不上。妮亚达没有动弹，直愣愣看着发呆。他的脸发红，比风吹雪打时还红得厉害，但眼神却呆滞。

“我本想开口，”她说，“不等你——不等我们——得啦，反正是不等——。爸爸没有让我上过一天学，还一字不识。如果——”

楼梯上传来杰克和阿格尼丝的脚步声，这两人一个还睡眼惺忪，一个知恩图报。

（五）

吉尔伯特·沃伦夫妇履行过结婚程序后，走在回来的路上，吉尔伯特在马车里问：

“今天晚上你收到的信上我究竟说了什么你想知道吗？”

“快说吧！”新娘答道。

吉尔伯特说：“我每个字都记得清楚，是这样写的：亲爱的沃伦小姐：那朵花你说对了，是绣球花，不是丁香。”

“我知道啦！”妮亚达说，“这事我们别再提。反正，巴巴拉开这个玩笑自己倒了霉。”

痴心等待者*

哈得孙河隐士在他的洞穴里忙得异乎寻常。

卡茨基尔山有个小小的支脉伸向河边，但由于没有轮渡票，支脉过不了河。隐士的洞穴位于支脉之巅。秀丽的小山上树木浓密，凶狠的松鼠和啄木鸟随处可见，经常搅得消夏的游客不安宁。绿色的山脚像裙子，岸边浮着泡沫的河水像花边，夹在裙子和花边的是一条碎石路，像织得粗糙的白编织带。舒适的大路边有条隐秘的小路，崎岖不平，往上通到隐士的洞穴。河上游一英里处是观景旅社，住着城里来的旅客。这些人放着有电风扇送爽的公寓不蹲，偏要到灼热的阳光下东奔西跑，坐在快艇里尖叫，不在乎开快艇的家伙一个个像矮脚鬼莫德雷德，① 而且徽章上什么也没有。

---

* 原名 To him Who Waits. 见：*Options*, *The Complete Works of O. Henry*, Garden City Publishing Co., Inc., 1937. ——编者注

① 莫德雷德（Modred）为亚瑟王侄子，背叛了亚瑟王。此句意为坐快艇可能出危险。

请把你在剧场用的望远镜对准隐士，注意观察他的特征，以培养你对他的亲切感。

说他年约四十会八九不离十。头发很长，末端往上翘。双眼炯炯有神。蓄着两撇棕色胡须，很像当年西部自命为“神医”的江湖郎中。一些年前，蝗虫曾在西部祸害庄稼。蝗虫之后，危害西部的就是这些江湖郎中。外面一件衣服的衣料像粗麻袋布，式样鲜见，伦敦的裁缝照着做可以发一笔财。有的隐士爱把钱藏在牡蛎罐头筒里，埋在洞穴，然后在石头墙上刻个十字做标记。但这位不同，手指修长，鼻梁端正，举止不凡，比那些隐士的气质高出一等。

这位隐士住的地方并不全在洞里，洞是次要部分，主要部分是木头搭建的小屋。木头墙上糊着泥，屋顶是质量上乘的防锈铁皮。

木头屋里有几块石板当坐椅，一个书架是没有刨的白杨木拼起来的，桌子是两块石头上搁一块木板，既像神庙里的摆设，也像百老汇开在地下室的牛排馆的家当。墙上挂有兽皮，是从第八街和大学区附近店里买来的。

木头屋后面通到洞穴，隐士在洞里的一个石头灶上做一日三餐。他用一把旧斧和无穷的耐心在石壁上凿出了几个架子，摆放面粉、咸肉、猪油、滑石粉、煤油、发酵粉、薄荷、苏打片、胡椒、盐，还有防手脸皮肤皴裂粗糙的橄榄油乳液。

这位隐士已在这里隐居十年。他是观景旅社的一笔资产。旅社的客人首先是奔鬼谷的神秘回声而来，其次是奔他而来。情人岩与他相比，占不了多少上风。他的声名远播，只是由于地形关系，远而不广。大家知道他是位才高八斗的学者，由于情场失意才避世隐居。每逢周六夜晚，旅社悄悄给他送来一篮食物。他从不远离隐居地附近。据去拜望他的旅社客人说，他的学识、智慧和高明哲理叫人叹为观止。这年夏天，观光旅社爆棚，于是隐士的篮子里多出了番茄罐头，牛腿肉换成了牛腰肉。

至此，各位已了解了当事人的有形细节，下面再看他的情感一面。

显然隐士在等待客人。他仔细梳理了长头发，把胡须按老式样分成两撇。花九角八分钱买的闹钟五点闹响后，他拿起麻布衣，刷得干干净净。又拿起橡木手杖，慢慢踱进隐居地外的树林。

他没有等多久。隐秘的小路上铺了层厚如地毯的松针，有名的特伦霍姆家四姐妹中最小最美的贝娅特丽克丝沿小路吃力地走来了。她从头到脚一身蓝，不同的只有深浅，最浅的像春天周六清晨的风铃草一样艳，最深的像星期天上午九点钟还不见洗衣女工露面时雇主的脸色一样阴沉。

贝娅特丽克丝把天蓝色阳伞插进厚厚的松针，叹口气。隐士穿着凉鞋，偷偷用一只脚上的大指头扒掉另一只脚脚踝上的一根草。来客深蓝色的眼睛把他像染布一样染成了蓝色，而且上了浆，熨平整了。

“当隐士真好，有女人爬上山找你谈谈。”贝娅特丽克丝说，还有些喘气。

隐士双臂合抱胸前，靠到树上。贝娅特丽克丝又叹口气，坐到厚厚的松针上，像蓝知更鸟落巢。隐士跟着坐下，把脚笨拙地缩到麻布衣下。

“变成一座山真好，如果有蓝衣天使在山上爬而不是在山顶飞的话。”他说，轻松的口气是装出来的。

贝娅特丽克丝说：“我妈妈神经痛，睡了，要不然我来不了。那老旅店太差，热得要命。但是我们没有钱，别的地方今年夏天去不了。”

隐士说：“昨晚我爬到上面那块大岩石的顶上，看得见旅社的灯光，顺风时还听到了一两声音乐。我想象着你在芬芳的花丛中，伴着优美的华尔兹音乐，靠在别人怀里翩翩起舞。你知道，我肯定有多寂寞！”

特伦霍姆家几姐妹中最年轻、最貌美却最缺钱的这一位叹了口气。

她伤心地说：“你想得不完全对。我抱的是另一个人。我妈妈手肘和肩的风湿痛又发作了，我给她涂上那种讨厌的老油膏，按摩了一个钟头。你该不会把油膏味当花香吧？昨晚是每周一次的舞会，市区来了一游艇的年轻人，西点军校也来了几个。我妈妈可以开着窗在窗边坐三个小时不打一个喷嚏，虽然半边身体显出华氏八十五度，另半边几乎冷得像冰。但是只要我身前身后来了帮看不上眼的年轻人，她的关节就会发肿，痛得叫起来。这一来，我只好扶她回到房间，给她的手臂按摩。给她抹油膏时，你看到她手臂肿得那么大准会吃一惊。我想，当个隐士一定好。你穿的这件——是叫法袍还是外套呢？与你的身份很相配。你自己做的吧？做了一件还是几件？你肯定得换洗，对吗？穿凉鞋一定舒服。你不知道，我们穿的鞋有多难受，我买的鞋双双夹得脚痛。

唉，怎么就没有女隐士呢?”

特伦霍姆家四姐妹中最美丽动人的那位伸出两只穿着蓝袜子的小巧的脚。脚上的鞋也是蓝色，属四十七种蓝之一。鞋上结着两只大蓝绸蝴蝶结，几乎盖住了整个鞋面。隐士似乎心有灵犀，把露出脚趾的脚再往麻布衣下缩了缩。

特伦霍姆小姐柔声说：“我知道你有过恋爱史，旅社把它印在菜单背面。那一位美丽动人吗?”

“上了菜单!”隐士咕噜了一句，“世人说三道四何必在乎呢?不错，她是个出类拔萃的人。当时——当时我觉得她举世无双。所以，我看破红尘，来到这座与世隔绝的山上度过今生，要在对她的回忆中了却这一辈子。”

“了不起，真了不起!”特伦霍姆小姐说，“我觉得隐士的生活最惬意，没有人叫你付账单，吃饭用不着换衣服，叫我多羡慕！但是我没有这福分。如果我错过这次机会不结婚，我相信我妈妈一定会逼我去当义工或者干编草帽一类的活。倒不是因为我年岁大了，变丑了，而是再没有钱进出大场面了。我不想结婚，除非遇上我喜爱的人。所以我愿意当隐士。隐士不结婚，对吗?”

“找到了中意的人结婚的成百上千。”隐士说。

“失去了中意的人他们就当隐士，对吗?”最年轻美貌的那位问道。

“他们是觉得失去了中意的人。”隐士心不在焉地答道，“人在所谓的‘大场面’能长智慧，在山洞里同样能长智慧。”

特伦霍姆小姐说：“那要‘大场面’上有人把智慧带到

山洞里。我家的人都是有头有脸的人，但问题刚好出在这里。夏天海边有头有脸的人多而又多，我们就显得微不足道。所以我们把所有的钱都往河里扔，往码头上扔。你知道，我们家全是女儿，一共四个。留在家的仅剩我一个，其他几个都出嫁了，嫁给了有钱人。我妈妈觉得我几个姐姐给她增了脸面。每年圣诞节她们会给她送笔尖擦和艺术日历。现在待字闺中的只有我。没钱的人我瞧一眼都不让。”

“但是——”隐士还刚开口。

大美女说：“但是，得啦，隐士当然都有大坛大坛黄金和金币埋在三株大橡树附近之类的地方。他们个个有。”

“我没有。”隐士不好意思地说。

“那真可惜。”特伦霍姆小姐说，“我原以为个个有。我得走了。”

唉，她长得最美还容置疑吗?

“小姐——”隐士又只刚开口。

“我名叫贝娅特丽克丝·特伦霍姆，”小姐说，“有人叫我特丽克丝。你一定要来旅社看我。”

“十年来我没有离开过我的洞穴一箭之地。”隐士说。

“你一定要去旅社看我。”小姐重复说，“除星期四，哪天晚上都行。”

隐士无可奈何一笑。

“再见。我等着你，但记住星期四别来。”小姐说，提起浅蓝色裙子的裙摆。

观景旅社的菜单上以后如果再印上下面几句话该多有意思：“山林隐士在独居的十年多时间里，只有一次离开他著名的洞穴，那是因为他抵挡不了贝娅特丽克丝·特伦霍姆小姐的魅力。特伦霍姆家几位名媛中最年轻貌美的这一位的金玉良缘是与——”

唉，与谁呢?

隐士回到隐居地，见门口站着他隐居前的朋友和伙伴鲍勃·宾克利。不错，正是鲍勃，穿一身夏装，颜色鲜艳得像温室里绽放的兰花。鲍勃已是百万富翁，一副精明相，胖胖的脸皮肤紧而光滑，手戴钻戒，胸前挂着根闪亮的表链。他比隐士大两岁，但看起来小五岁。

他大声说：“你是汉普·埃利森，别看你留了胡须，穿着洗澡堂的衣服。我在旅社的菜单上看到了你的事。你的小传印在奶酪类菜下面，再往下是‘衣物各自照管，丢失恕不负责’。汉普，你这是何苦呢?而且十年了，唉呀呀!”

“你还是原样。”隐士说，“进来坐。坐到那块石灰岩上，比花岗岩软。”

宾克利说：“老弟，我闹不明白。我想得通你为了十年时间舍弃一个女人，想不通你为了一个女人糟蹋十年时间。当然，我知道你事出有因。人人都知道。无非是伊迪丝·卡尔。除你外，她一脚踢开过四五个人，但唯有你钻进了地洞。别人或者借酒浇愁，或者去克朗代克淘金，或者玩起了政治，反正有办法解脱。汉普，你听我说，伊迪丝·卡尔是世上顶呱呱的女人，漂亮、骄傲、高贵，主意多端，无人能敌。她实在了不得。”

隐士说：“我隐居以后再也没有她的消息。”

“她嫁给了我。”宾克利说。

隐士靠到木头墙上，大脚指头不停地动。

宾克利说："我知道你的感受。她有什么别的办法呢？她一家四姐妹，有个妈妈，还有卡尔老头。你该记得，他把钱全扔进了游艇。说她们家一落千丈并不为过。你了解伊迪丝，我也了解，虽然我与她结了婚。当时我家财百万，结婚后涨到了五六百万。她要的真不是我这个人。我这样说吧，她拖着一家子，她得顾及他们。你像黄鼠狼一样钻进地洞后两个月，伊迪丝嫁给了我。当时，我以为她爱我。"

"现在呢？"隐士问。

"现在成了朋友，比以往任何时候都要好。两年前，她与我离了婚。唯一原因是合不来。我说离就离了。哟，哟，汉普，你造的这个窝真有意思。不过，你原来一直像小说中的人物。合伊迪丝心意的人似乎应该是你。也许事实正好如此，但是老弟，能把她们逮到手的是钱，你的洞穴和胡须不顶用。汉普，说句实话吧，你不觉得自己是大傻瓜吗？"

隐士咧开嘴一笑。他一贯瞧不起宾克利，庸俗，一身铜臭，所以听到宾克利的混账话并不恼火。而且，隐居后的研究和思考使他看透了世间的浮华。他的小山几乎不亚于众神居住的奥林匹斯山，他在山上能笑看山下芸芸众生的百态。他十年的隐居、思考，对理想的追求、对龌龊可鄙人世的认识，难道等于零吗？现在特伦霍姆家四姐妹中最年轻貌美的一位（比伊迪丝漂亮，比叫人白干七年活的拉结[①]还可爱一又七分之三倍），从山下的人世找上了他的门。所以，隐士咧开长满胡须的嘴笑了。

不速之客宾克利走后，天空出现微弱的星光。隐士从碗柜上拿出发酵粉罐。他长满胡须的嘴仍在笑。

门口传来一阵窸窸窣窣声，原来是伊迪丝·卡尔来了。十年时间已过，她反倒显得更美丽、庄重和高贵。

她历来话不多。她的一双深沉的大黑眼睛看着隐士。隐士惊呆了，跟她一样站着一动不动。只有一双手在下意识地把发酵粉罐上的红色商标慢慢转了个向，贴住胸口，以免让人看到了笑话他。

伊迪丝轻声然而清晰地说："我住在旅社，在旅社听说了你的事。我觉得非与你见一面不可，想请你宽恕。我为金钱牺牲了幸福。家里还有人得过日子，但这不能成为借口。我诚心想见你一面，请你宽恕。你在这里一住十年，听说一直念念不忘我。汉普，我原来瞎了眼，没有看到全世界所有金钱的分量都抵不上一颗忠诚的心的分量。如果——不过，现在当然为时已晚。"

她的话既不失一个有情有意女人的自尊，又弦外有音。尽管是弦外之音，隐士还是马上听了出来，只要他不拒绝，这个女人已经回到了他身边。他赢得了一顶金皇冠，就看他乐不乐意戴。十年的一片忠心有了回报，他现在唾手可得。

---

① 典出《旧约·创世纪》。拉结是拉班的女儿，雅各为了娶她，替拉班干了七年活。但满七年后拉班食言，雅各又干了七年才娶到拉结。

好景再现，他兴奋了一分钟。但接着他想起被人抛弃，感到一阵男人常有的愤慨；见对方现在又想吃回头草，觉得恶心。最后，也不知是为什么，他内心出现了特伦霍姆家四姐妹中最美貌的那一位淡蓝色的影像，便拿定主意。

“为时已晚。”他慎重地说，把发酵粉罐头紧紧地抱在胸前。

她沿小路慢慢走出二十码后回了一次头。隐士刚开始扭开罐头盖，但又把罐头藏到了麻布衣下。他看见暮色中她的两只大眼睛闪现出痛苦的目光，但站在木头屋门口一动不动，毫无表示。

星期四的夜晚，当月亮升起时，隐士像世间俗人一样心烦意乱起来。

山下传来旅社凉棚下乐队的阵阵演奏，比魔境的号声更微弱。夜幕下，哈得孙河变成了无边无际的大海，河对岸隐隐约约的灯光已不是普普通通的电车线路的标记，而是万里外低垂的星星。旅社前的河上萤火虫飞来飞去，但究竟是萤火虫飞来飞去呢，还是散发着汽油和机油味的快艇在来往穿梭呢？隐士曾熟悉这些快艇，在阴凉的红白条纹相间的布篷下看过这些快艇。但近十年来，他对远处喧闹的尘世传来的声音一直不闻不问。谁知道，这一天夜晚他却有些不对劲儿了。

凉棚下的乐队在演奏一支舞曲，是华尔兹舞曲。为了一个因贪图金钱带来的浮华而抛弃他的人，竟有意蹉跎了十年光阴，他不是太傻吗？华尔兹舞曲仍然在响，然而这十年时光并没有白过。现在不是给他带来了世界的奇珍异宝——那位最年轻貌美的……

那一位曾再三嘱咐，“别在周四晚上来。”也许，此刻她正依偎着一个西点军校的或纽约的什么人，跟随华尔兹舞曲的旋律，在翩翩曼舞，而他虽然从她眼里看到了对十年逝去的时间的补偿，却仍像头野兽一样困在山洞里。为什么不该——？

“去他妈的，我偏要！”隐士突然说。

他豁了出去，脱下麻布长袍，从洞穴一个角落拖出只尘封的大箱，好不容易才掀开箱盖。

洞里蜡烛很多，马上点着了。衣服（十年前老式样的）、剪刀、剃刀、帽、鞋，等等穿的用的，被从长年的睡梦中狠狠地拖了出来，乱七八糟摊着。

一把剪刀三下两下剪短了胡须，然后钝剃刀施展手脚。隐士自己剃不了头发，只能往后梳理平整。恻隐之心，人皆有之，对一个与男子用品和社会久违的人的焦急和忙乱，我们就别多看了吧。

最后，隐士走进洞穴的一个偏僻角落，开始用一把长柄铁勺刨松软的泥土。刨出一个坑后，他取出一个铁罐，又从铁罐里取出用油布包扎得紧紧的三千元现钞。从这一点看，他是位名副其实的隐士。

他匆匆下山时，你不妨看他几眼。他身上一件皱巴巴的礼服长及小腿，一条白帆布裤早已不知裁缝的熨斗为何物，粉红色衬衫的硬领下打着一个鲜艳的蓝色蝴蝶结，矮筒靴带钮扣。可是，各位先生，各位女士，请想想吧，十年毕竟是十年！他的头发从带条纹帽带的窄边草帽下钻了出来。无论你眼光如何敏锐，看他的模样你不可能猜出他是何许人物。也许你会说他是扮演哈姆雷特的，或者吹大号的，或者玩纸牌的，反正不会发誓说："他是位隐士，由于痴情于一个女人在洞里住了十年，结果赢得了另一个女人。"

跳舞的凉棚延伸到了河面。凉棚里，五彩灯笼和毛玻璃电灯泡洒下柔和的灯光。里里外外走动的男男女女上百人，有旅社的，也有消夏别墅的。隐士走的那条泥土路左面是旅社和旅社的餐厅，这里也热热闹闹。窗内灯火通明，乐声不断，但不是凉棚乐队在奏两拍或三拍华尔兹舞曲。

一个穿白上衣的黑人走出铁门。铁门边有花岗石大门柱和熟铁灯座。

"今晚这里热闹什么呢？"隐士问。

黑人说："先生，凉棚里每到周四举行舞会。餐厅里是牛排晚宴。"

山坡上的旅社突然响起一阵喜庆音乐，隐士抬头看了一眼。

"那地方在一奏门德尔松[①]的曲子，又是怎么回事呢？"他问。

黑人答道："旅社在办喜事。大富翁宾克利先生与特伦霍姆小姐结婚，就是这一带最有名的大美人特伦霍姆小姐。"

---

① 门德尔松（Mendelssohn，1809—1849），德国作曲家。

并非报道*

为了不致使读者起疑，把本篇扔到屋角，我想首先声明，本篇不是新闻报道。各位不会见到无所不知、只穿衬衫不穿外衣的社会新闻版编辑，或者初出茅庐才气焕发的记者，不会看到独家采访、报道——总之，诸如此类的东西统统没有。

但是，如果各位能体谅，我想把开篇的地点放在《灯塔晨报》的记者室。为报答各位海量，我一定恪守上述诺言。

我为《灯塔》撰稿，并非正式员工。承蒙有人相助，为我在堆满交换刊物、国会记录以及旧资料的长桌上清理出了方寸之地，让我坐下工作。我勤勤恳恳穿街走巷，全城无论听人悄悄说的，大声嚷的，边笑边讲的事，都会写。我的

* 原名 No Story. 见：*Options*, *The Complete Works of O. Henry*, Garden City Publishing Co., Inc., 1937. ——编者注

收入并不稳定。

有一天，特里普走进记者室来到我桌边。他在车间干活，大概因为印制照片，身上总带着冲洗照片的化学药品味，手上也有被酸灼伤的痕迹。年龄二十五左右，看上去却已四十。脸被卷曲的红色短胡须遮去一半，就像摆在门口供人擦鞋的棕垫，不过没有“欢迎”二字。面色苍白，一副病态，表情可怜巴巴，似乎有求于人。爱开口借钱，从二角五到一元不等。一元是他的极限。他深知自己的信用度，就像国家化工银行对附属担保物进行分析后非常了解其可靠程度。他坐到我桌上后，把两只手握在一起，没让手抖动。显然喝了烈酒。他老是装腔作势充面子，却又骗不过谁。但是这一手借钱时管用，因为装样归装样，可怜相却看得出来。

那天由于星期日版编辑勉强答应采用我一篇稿件，我从出纳员那里好说歹说领到了五块闪亮的银元。所以，即令当时我没有与世无争之感，至少也宣布了与世暂时休战。我兴冲冲开了笔，写了一篇描写月光下布鲁克林桥的稿件。

我不耐烦地抬头看着特里普，说：“哦，特里普，怎么啦?”当天他的神态比以前任何时候都可怜，无奈，憔悴，潦倒，可怜到即使你想踢他一脚也不得不同情他的地步。

“你有一块钱吗?”特里普问，一副愁眉苦脸在央求，狗一样的眼眨了眨。他脸上密密的胡须往上长得老高，密密的头发往下垂得很低，胡须与头发间的空白地带只剩窄窄一小片。

“我有！”我说。接着，提高嗓门，口气却冷冰冰，又说了句，“看！总共五块！对你实说吧，是好不容易从阿特金森老头那里要来的。”我又补了一句：“我要钱是因为等着用，口袋空了，有需要，有用场，有急事，正好五块才对付得了。”

我唯恐眼见要失去一块，不得不口气生硬。

“我不想借钱。”特里普说，我这才松口气。他接着说：“我只是想，要是能写出篇好文章，你一定高兴。我知道一件事，你可以大做文章，至少能写整整一栏。只要写得巧妙，肯定叫座。想把事情了解清楚，也许你得破费一两块钱。我不会从中捞半点好处。”

我放下了心。从特里普的这番话看，以往得到的好处虽然没有报答，但感恩之心他却有。如果他头脑灵活，向我要二角五分，一定能到手。

“是怎么回事？”我问，转着手中的铅笔，拿出经验丰富的编辑的派头。

特里普说：“告诉你吧，是位姑娘，长得漂亮，一个大美人。是带露珠的玫瑰花蕾，长满青苔的花坛上的紫罗兰——反正，可以用这类话形容一番。她在长岛住了二十年，一直没有到过纽约。我在三十四大街遇到她，她刚从东江乘轮渡过江。听我说吧，她是个大美女，谁见了谁会掉魂。她在街上拦住我，问什么地方能找到乔治·布朗。这么大一个纽约市，竟然想找到个乔治·布朗！你想，这不是大海捞针吗？

“我跟她谈过一番话后，才知道下礼拜她要与一个乡下年轻人结婚，姓多德，叫海勒姆·多德。但是这姑娘心中似乎唯有乔治·布朗。几年前，乔治离开老家进城闯荡。他把格林堡丢到了脑后，再没有回去，海勒姆乘虚而入，取而代之。不过，到最后关头，埃达——那姑娘名叫埃达·洛厄里——跨上匹马，走了八英里到火车站，乘早上六点四十五分的火车到了纽约，要找乔治。你知道女人是怎么回事。乔治走了，她偏想着乔治。

“哈得孙河畔的这座城市是个狼窝。你想，我总不能眼见她进了狼窝不闻不问吧？我猜，她满以为问到的第一个人就会对她说：‘找乔治·布朗？哦，别急，让我想想。他个子不高，眼睛浅蓝色，对吗？嗯，想起来了，乔治住在一百二十五大街，一家杂货店隔壁。他在马具店当收款员。’这位姑娘就这个样，虽然漂亮，却天真到家。长岛那地方像格林堡之类的近水小村庄你也了解，只有两个养鸭场让你消消遣，挣钱靠换换蛤蜊，接待八九个消夏的游客。不过呢——哟，你真该见见她！

“我能怎么办呢？我连隔夜钱都没有。那姑娘的钱买了火车票只剩二角五，再买口香糖变得精光。她捧着个纸袋不停地嚼糖。我把她领到三十二大街我住过的一栋出租房里作了典当，要拿一块钱才能赎出来。麦金尼斯大娘的房子一天食宿费是这个价。我带你去那地方看看吧。”

“特里普，这是什么话！”我说，“我还以为你有什么写文章的好材料！东江上的渡口个个有长岛的姑娘来来往往。”

特里普未老先衰的脸上皱纹加深了，乱蓬蓬头发下的双眉紧锁着。他松开双手，伸出个手指加重答话的语气。

“难道你想不明白，这件事可以让你做篇好文章吗?”他说，“你是内行，通篇围绕情场，把那姑娘描绘一番，大谈特谈真情实意，插几句笑话，挖苦挖苦没有见过世面的长岛人。你知道怎样笔下生花。写出来无论如何你可以挣十五块。开销不过四块左右，净赚得十四块。”

“怎么开销要四块呢?”我不解地问。

特里普马上答道：“一块给麦金尼斯太太，两块做那姑娘回家的路费。”

我脑子飞快一转，问：“还有一块呢?”

“给我买酒喝。你干不干?”特里普说。

我高深莫测地一笑，摆开架势再动笔。但是这个讨厌、恶劣、满嘴好话、自称可以帮人一把、不依不饶、已身无分文的家伙不愿善罢甘休。突然，他的额头湿了，湿得发亮。

他几乎气急败坏地说：“你得明白，这姑娘今天白天非回家不可。到夜晚不行，明天更不行，非今天白天不可。我毫无办法，我是倒霉鬼俱乐部看门的和跑腿的人。你可以写篇文章登在报上，好歹捞得到几个钱。得啦，不管怎么说，她天黑前非回家不可。”

听到这番话，一种沉重的感觉压到了心头，人们称之为责任感。为什么这种感觉有了分量，成为重担呢？我知道，原因在于为了解救这位埃达·洛厄里，当天软磨硬泡要来的钱便在劫难逃。但我暗暗发誓，决不给特里普一块钱买酒喝。他可以慷我之慨行侠仗义，但不可以事后再痛饮一番而笑话我心软可欺。我气鼓鼓板着脸，穿上外衣戴上帽。

想讨好我却没有叫我高兴的特里普，毕恭毕敬地领我坐电车到了麦金尼斯大娘收人作抵押品的当铺。电车票由我掏钱买。看来，这位浑身火棉胶味的侠义心肠人已身无分文了。

特里普按响了旧红砖出租房的门铃。听到里面有响动，他脸发了白，还蹲下身，像只听到了猎狗叫的兔子，撒腿要跑。房东太太的脚步声叫他吓破胆，他原来过的什么生活由此可见一斑。

“给我一块钱——快!”他说。

门开了六英寸的一条缝。麦金尼斯大娘站在门里，瞪着双白眼——我看到是白色——脸蜡黄，一只手抓着领口，不让领口散开。穿的粉红法兰绒长衫又脏又大，像披着的麻袋。特里普从门缝塞进一块钱，没有说话。付过买路钱，我们进了屋。

“她在客厅里。”麦金尼斯背朝我们说。

在昏暗的客厅里，一位姑娘坐在当中一张有裂纹的大理石桌旁，一边流泪一边嚼口香糖。她如美玉无瑕，正因为在哭，眼显得更亮。当她嚼口香糖时，你一定会感到她的动作具有诗意，还对无知无觉的口香糖心存羡慕。夏娃出生后五分钟的模样，肯定与十九、二十岁的这位埃达·洛厄里小姐的模样毫无二致。我被介绍给了她。她天真而好奇地打量着我，忘了嘴里的口香糖，就像一只小狗（得奖的小狗）天真而好奇地看着一只爬行的甲虫或青蛙。

特里普站到桌边，一只手五指岔开放在桌上，仿佛是律师或者司仪。但论外表他什么也不是。外衣褪了色，粒粒钮扣扣着，仿佛要掩盖住领带和衬衫的缺陷。两只长在乱蓬蓬的头发和胡须间的眼左顾右盼，叫我想起苏格兰猎犬。我竟被当做他的朋友介绍给一位佳人，不由觉得丢人，好一阵不自在，虽然这位佳人陷入了困境，但特里普显然不想当什么司仪。从他的所为和姿态看，我觉得他仅想我把姑娘的事写篇文章登报，从我这里捞到酒钱。

特里普说："洛厄里小姐，我的朋友查默斯先生。"（我打了个冷噤）"要对你说的话与我说过的话会一模一样。他是位记者，比我能说会道。所以，我带了他来。"（好家伙，特里普，难道你要的是三寸不烂之舌吗?）"他见多识广，会告诉你最好该怎么办。"

我坐在张摇摇晃晃的椅子上，得用一条腿撑着。

我内心怨恨特里普的开场白让我为难，但仍开了口，说："呃，是这样——洛厄里小姐，我当然乐意为你帮忙，不过——呃——由于我对事情的前前后后不清楚，我——呃——"

洛厄里小姐嫣然一笑，说："呵，没有什么大不了，谈不上前前后后。五岁那年我来过纽约，不算那次这是第一次，不知道纽约这样大。我在街上遇到斯——斯尼普先生，向他打听一位朋友。他把我带到这地方，叫我等着。"

特里普说："洛厄里小姐，你最好什么都告诉查默斯先生。他是我的朋友。"（这时候我习以为常了。）"他会告诉你怎么办最好。"

埃达小姐嚼着口香糖对我说："当然可以。其实也没有什么可说，只不过——只不过下星期四晚上要与海勒姆·多德结婚，一切都安排好了。他有两百公顷地，一大片靠海。一个菜园，在岛上数一数二。今天早上，我备了马，是匹白马，名叫舞蹈家。我骑到火车站。我对家里人说，要到雅西·亚当斯家玩一天。这是假话，但我不管那么多。我坐火车到纽约，在街上遇到菲——菲里普先生，问他知不知道乔——乔——”

“得啦，洛厄里小姐，”特里普不高兴地大声打断她的话（我猜是因为她吞吞吐吐），“你喜爱海勒姆·多德这个年轻人，可不是吗？他挺好，对你也不错，是这么回事吧？”

洛厄里小姐毫不含糊地说：“我当然喜欢他。他挺好。不用说，他对我不错。大家对我都不错。”

我知道，千真万确，洛厄里小姐一辈子有这福分，个个男人都会对她好。他们会争先恐后给她撑伞，搬行李，捡手帕，买汽水。

洛厄里小姐接着说：“可是昨天晚上我想起了乔——乔治——我就——”

她低下一头闪亮的金发，两只丰满的手紧握着，放在桌上，枕着头。好一场四月的暴雨！她呜呜咽咽大哭起来。我希望能安慰她，但我不是乔治，庆幸也不是海勒姆。不过，我仍心里不是滋味。

“阵雨”渐停。她抬起头，恢复了勇气，露出了微笑。她能成为好太太，哭反而使她的眼睛更亮、更温柔。她拿起块口香糖，继续说自己的事。

“我猜我傻得要命，但又不由得不傻。”她哽哽咽咽地说，“乔——乔治·布朗和我从小是一对，那时他八岁，我五岁。到他十九岁时，就是四年前，他离开格林堡到纽约。他说他要当警察，或者铁路公司经理，或者别的什么，当上了再回来找我，但是以后再也没有了消息。我——我——太喜欢他。”

第二阵泪水眼见要夺眶而出，幸好特里普挺身而出，堵住了泪水。这家伙可鄙，我看透了他的把戏。他想叫我利用姑娘的事做文章，达到他可从中渔利的肮脏目的。

他说：“说吧，查默斯先生，告诉这位小姐该怎么办。我交代过她，你就直说吧。快开场。”

我咳嗽一声，压住对特里普的火气。我知道自己的责任所在。我被巧言哄骗来，现在掉进陷阱脱不了身。特里普对我说的话前一半合情入理：这位姑娘白天必须回格林堡。事不宜迟，必须说服她，让她明白，让她知道怎样做，必须给她买票，叫她打道回府。我讨厌海勒姆，瞧不起乔治，但该做的事还得做。崇高的责任感与区区五个银元不可相提并论，但有时可相辅相成。我得尽力又出钱，所以，我既充当起所罗门，又充当起长岛铁路客票售票员。

“洛厄里小姐，”我说，声音来得特别亲切，“毕竟，生活中的事难料。”这句话刚出口，我就觉得太耳熟，但愿洛厄里小姐以前没有听过这句歌词。

“我们最先爱的人难成眷属，初恋闪现出青春的奇光异彩却常到头一场空。”最后几个字一听像陈词滥调，接着我说，“然而，珍藏在内心深处的梦想可以给未来的生活投下一片绚丽光辉，尽管它们不切实际，虚无缥缈。话又说回来，生活既充满虚幻，又充满现实。人不能靠回忆过日子。洛厄里小姐，我能否问一句，如果不计较——呃——不计较多德先生——这样说吧，不能带给你甜蜜的回忆，你觉不觉得可以与他度过幸福和谐的一生？”

洛厄里小姐答道：“哦，他这人不错。行，我能与他好好相处。他答应给我买汽车，买摩托艇。但现在到眼见要结婚的时候，我忍不住想——想起乔治。他一定出了事，不然会写信给我。他走的那天，他和我拿着一把锤、一把凿，把一枚一毛钱的硬币凿成两半，他拿一半，我拿一半，两人讲定都不变心，再见面时再拿出自己保存的一半。我那一半藏在家里的首饰盒里，首饰盒放在梳妆台的上层抽屉。我到纽约来找他是犯傻，没有想到纽约这样大。”

姑娘说完，特里普干笑两声，添油加醋几句，一心想把巴望着的一块钱挣到手。

“哼，乡下小子进城见了世面就忘乎所以。我看，十有八九乔治不是成了流浪汉，就是被哪个姑娘勾了魂，或者成了酒鬼，或者赌赛马输得两手空空。听查默斯先生的话回家吧，包你万事大吉。”

时钟慢慢指向正午，事不宜迟。我对特里普皱皱眉，又对洛厄里小姐温语相加，晓之以理，终于让她明白非马上回家不可。我还一再叮嘱她，乔治很不幸，到纽约后如泥牛入海；她不实话实说也好，或者不有意叫海勒姆吃一惊也好，来到纽约的事千万别提，不提绝对不会影响未来的幸福。

她说她把马（这畜牲真倒霉）拴在车站附近一株树上。我和特里普叮嘱她，一到车站立刻骑上乖乖马，快马加鞭回家。到家后，就说与雅西·亚当斯快快活活玩了一天。她能够“搞定”雅西（我相信不成问题)，会万无一失。

这时，毕竟美色难挡，我也心甘情愿跑一趟腿。三人赶到渡口。我发现到格林堡的票仅一块八，买了一张，另花两角买了朵红红的玫瑰送给洛厄里小姐。我们送她上了船后一直站在码头看着。她不停挥动手帕，渐行渐远，最后成了一个模糊的小白点。特里普和我你看着我，我看着你，怅惘若失。

美人已远去，巧遇已结束。我瞅着特里普，几乎发出声冷笑。他显得无比苦恼，也更可鄙可恶。我摸摸口袋，还剩两块银元，然后轻蔑地眼半睁半闭地看看他。他装得若无其事。

“这件事你难道写不出文章?”他问，声音发哑，“哪怕捏造一部分，不就成了吗?”

“一个字也写不出。”我答道，“把这样的狗屁交上去，我得等着瞧格兰姆斯的脸色。不过，我们给那位小姐帮了忙，总算没有白花钱费力。”

“对不起。”特里普说，声音几乎小得听不见，“对不起，让你破费了。可是，对我来说这件事倒是个奇遇，可以做篇精彩文章。”

“这事我们忘了吧。”我说，勉强打起笑脸，“就赶下班环城车回去。”

我铁了心不让他没有说出口但明明有的心思得逞。哄也好，骗也好，硬要也好，反正他盼望的一块钱到不了手。我冤枉掏钱已经掏够了。

特里普慢慢解开式样已过时、边缘已磨得发亮的上衣，从不知什么地方一个深渊似的口袋里掏出件东西，很像旧手帕。就在他掏这件东西时，我看到他背心上挂着条镀银表链，还亮晶晶，吊着件东西。我忍不住一把抓起，原来是半块用凿子凿开的一角银币。

“怎么?”我问道，眼光直逼他。

“唉，没错，我就是乔治·布朗，又是特里普。是又能怎样呢?”他有气无力地说。

我立刻从口袋里拿出钱，毫不犹豫地放到特里普手里，给他买酒喝。除了妇女禁酒同盟会外，我想没有谁对我这样做会说个“不”字。

果然不错*

（一）

该去哪里寻找智慧已成大难题。对先人的信任已经丧失。君不见柏拉图好景不再，亚里士多德朝不保夕，马可·奥勒留①叫人犯晕，伊索在印度成了商标，所罗门过于庄重，爱比克泰德②已山穷水尽。

多年来，蚂蚁在教科书中是聪明勤学的典范，今天成了白费时间和气力的蠢货，证据确凿。猫头鹰被人轰赶。野外文化讲习会不谈文化，玩起了空竹。白眉皓须的老者出面口

---

* 原名 The Higher Pragmatism. 见 *The Options*, *The Complete Works of O. Henry*, Garden City Publishing Co., Inc., 1937. ——编者注

① 马可·奥勒留（Marcus Aurelius，121—180），罗马皇帝（161—180），斯多葛派哲学家。

② 爱比克泰德（Epictetus 公元60？—120?）希腊斯多葛派哲学家。

口声声证明生发剂能生发。报社出版的年鉴怪谈屡见不鲜。大学教授们也——

得啦，不能对人评头论足。

我们坐在课堂里，或者翻阅百科全书，或者研究历史，都不能获得智慧。有位诗人说得好，“知识如来客，智慧才长留。”智慧像露水，不知不觉地浸润我们，使我们具有活力，使我们渐渐成长。知识是水管里冲出的流溪，会搅动我们的根。

所以，让我们逐步积累智慧。但是，这样做要靠悟性。如果我们知道了一件事，知道了就是知道了；但是往往我们觉察不到自己的智慧。

够了，言归正传吧。

（二）

有一天，我在市里一个小公园看到长凳上躺着一个人，打算以他为题材在杂志上登篇文章。我在长凳上坐到他身边后，他要的采访价是一毛。他一身邋里邋遢，破破烂烂，我一望而知有过不一般的经历。果然，我没有看走眼。

我开门见山说：“我是新闻记者，被派采访在公园过夜的人的不幸经历。我可以问问你吗？为什么你会落到——”

我看中的人一阵大笑打断了我的话，笑得很勉强，难听，好像生了锈的门铰链好不容易才转开，肯定是长年累月没有笑过。

他说：“哼，不对，不对！你不是记者。记者说话与你不一样。他们装作也是我们这样的人，说刚从圣路易斯躲在闷罐行李车里来。记者我能一眼认出，我们这帮流落公园的人眼力好，能看出谁是什么人。我们天天坐在这里，看人来人往。凡从我长凳边走过的，我百猜百中，能叫你目瞪口呆。”

“好，说下去，猜猜我吧。”我说。

这个研究人们身份的家伙吞吞吐吐地说：“依——依我看呀，你是——是搞承包的。要不——要不在商店干。还有可能——可能是写招牌的。你在公园歇脚是想过足烟瘾，顺便一个钱不花听听我的身世。不过，你也有可能是泥瓦匠或者律师。都怪天色晚了，难看清。你老婆不让你在家抽烟。”

我不满地皱起眉头。

那个阅尽人间百态的家伙接着说：“不过，我再看看你，应该还没有讨老婆。”

我不耐烦地站起来，说：“对，完全对，还没有。不过，等缘分到了我会……就是说，如果——”

由于毫无把握甚至绝望，我的声音渐小，直小到听不见。

“我看，你自己其实有一肚子苦水。”一身脏的流浪汉说，叫我没有料到，“干脆，那一毛钱你拿回去，把你的事讲给我听吧。在公园过夜的都是倒霉鬼，他们的酸甜苦辣我也爱听。”

我竟然动了心，目不转睛看着那无家可归的邋遢鬼。的确，我有难忘的往事，为什么不对他说呢？我对朋友从没有提起过。我性格内向，有事不外露。这是内心的胆怯或者神经敏感造成的，但也许两个原因兼而有之。想到竟然会起心对一个素昧平生的流浪汉吐露隐私，我连自己都觉得奇怪，不禁失笑。

“杰克！”我说。

“是迈克！”他说。

“迈克，我告诉你吧。”我说。

“要不要把先付的一毛钱拿回去？”他问。我又递给他一块钱。

“那一毛钱是请你讲自己身世的钱。”我说。

“还没有开始吧，往下说。”他说。

世上害相思病的人只会向晚风和明月吐苦衷，我却向一个无立身之地的人公开我的秘密，会叫情场中的人难以置信。

我告诉他，我日复一日，月复一月，年复一年在思念着米尔德雷德·特尔费尔。我说出了我的绝境，白天的失落，夜晚的不眠，希望的破灭，心灵的痛苦。我甚至向这个夜游神描述了她的美貌，受到的敬重，在社会上的地位，所过生活的气派。她是一个古老世家的长女，这个家族的声望非纽约百万富翁的金钱所能买。

“那你为什么不追呢？”迈克问了个现实问题，叫我回答。

我向他解释，我地位卑微，收入微薄，顾虑重重，没有勇气表示爱慕。在那位小姐面前，我会脸红，说话结结巴巴，而她看着我时却落落大方，笑容可掬。

“她生来非一般人可比，是吗？”迈克问。

“特尔费尔一家——”我兴冲冲刚开口。

“我是说她的长相。”迈克说。

“人人个个赞不绝口。”我只答了句。

“有妹妹吗？”

“有一个。”

“你还认识别的姑娘吗？”

“当然认识，有几个。”我答道。

迈克说：“那么，你告诉我一件事：对别的姑娘你敢有所表示吗？敢不敢搭讪？飞飞媚眼？捏捏手？你知道我的意思。你只在那位小姐一个人面前——那位大美女面前——羞答答的，对吗？”

“你说得八九不离十。”我承认。

“我早猜到了。”迈克冷冷地说，“你的话叫我想到了我自己。听我说说吧。”

我大不高兴，但是压住了火气。这流浪汉的事怎能与我的事相提并论？有谁的故事能与我相提并论。再说，我已给了他一块一。

“摸摸我的肌肉。”对方突然鼓起二头肌说。我随手摸了摸。体育馆的人都爱叫你这样做。他的手臂硬如钢铁。

迈克说：“四年前，除了职业拳击手，我在纽约无人能敌。你的情况与我的一模一样。我原来住在城西，十三大街与十四大街过来的那段路，门牌不说了。十岁时，我成了打架的好手，到二十岁全市没有哪个业余拳击手能与我斗四个回合。我没有吹牛。你认识比尔·麦卡蒂吗？不认识吗？他是好几个俱乐部的经纪人。哼，比尔找来跟我比的人个个成手下败将。我是中量级，但必要时练一练可以打次重量级。城西各种场合，无论比赛、义赛、表演赛我打了个遍，没有一次败北。

“谁也想不到，第一次上场与职业拳击手交锋我就成了脓包。我不知道是什么原因。大概要怪泄了气。我猜，我想得太多。场上气氛紧张，双双眼都盯着，叫我害怕了。拳击场上我一次没有赢过。轻量级的，不入流的，常找上我的门，在场上一交手就叫我倒地。一看到场上黑压压的人群，特别是许多穿晚礼服的先生，再看到职业拳击手进了赛区，我就成泄了气的皮球。

“这一来自然而然我很快撑不下去了，再没有了机会与职业拳击手比，连与业余拳击手比的机会也不多。但是，我要对你说，无论在比赛场内或比赛场外，我是一条屈指可数的好汉。糟就糟在一上场与职业拳击手较量，就产生那种莫名其妙的要命感觉，叫我次次完蛋。

“先生，唉，歇手以后，我憋了一肚子怨气。我满城转，打不相干的人和非职业拳击手，只为发泄一顿。我会在没有路灯的街上揍警察，与电车售票员、赶马车的、拉货车的寻衅吵架，吵了就动手打。无论那些人个子多高，有多少本领，我都能收拾他们。在拳击场外，我打遍天下无敌手，但可惜拳击场内不争气，要不然，我今天会穿金戴银、财宝成山。

“一天晚上，我在鲍厄里街闲逛，遇到群阔佬，有六七个，个个穿燕尾服，戴哑光丝礼帽。一个无意间碰撞了我。我已经三天没有打架。‘好家伙!’我顺手一拳打在他耳后。

“立刻我们打起来。那小子身手不凡，我们打得像电影里那样精彩。出事的地点在一个偏僻地段，没有警察。对手懂行，但六分钟后我把他放倒了。

“两三个穿燕尾服的人把他扶到台阶上坐着，替他扇风。另一个走过来对我说：“‘小伙子，你知道干出了什么事吗?’

“我说：‘哼，滚开！我不过在沙袋上练了几手。把那家伙送回耶鲁大学去，叫他研究社会学，别在人行道上找错了对象。’

“他说：‘老弟，我不认识你但喜欢你。你打倒的人是世界中量级冠军雷迪·伯恩斯。他昨天刚到纽约，想与吉姆·杰弗里斯打一场。如果你——’

“我当即昏了过去，醒来时见自己躺在一家散发着刺鼻的氨水味的药房地上。如果早知道是雷迪·伯恩斯，我会钻进阴沟里偷偷爬过他身边，绝不敢动手。如果在拳击场，看见他跨过界绳，更会一头昏倒，要用碳酸铵抢救。

“所以，起作用的是精神。我说过，你的情况和我的情况相同。你赢不了，你见不了大世面。不瞒你说，你追求女人像我一样，上不了大场面。”迈克最后归纳说。

心态悲观的他笑起来，笑声刺耳。

我不以为然地说：“我看情况不见得相同。我对职业拳击赛知之太少。”

流浪汉扯扯我的衣袖，郑重其事地解释了他的看法。

“什么最难得最入我们的心，我们对什么就会刮目相看，人人如此。”他说，声音庄重，“你的情况是，你不敢对那位小姐说出心里话，我的情况是上了赛场会怯场。我输了，你也赢不了，道理一样，知道吗？”

“你怎么觉得我赢不了呢？”我不高兴地问。

他答道：“因为你怯场。你不敢面对有地位的人。你的情况与我的一模一样。你像名业余拳击手，最好别进赛场。”

“哦，我得走了。”我说，起身故意看着手表。

才走出几步，在长凳上的人大声叫我。

“谢谢你那一块钱。”他说，“还有那一毛钱。但是那小姐你到不了手。你不内行。”

我心想：“谁叫你跟一个流浪汉胡聊，活该！瞧他多大的口气！”

但是，我边走边想着他说过的话，我觉得他甚至有点可恨。

最后，我的话竟说出了口：“我要让他瞧瞧！我要让他瞧我也能撂倒雷迪·伯恩斯，明知是他，也能撂倒。”

我快步走到一个电话亭，打电话到特尔费尔家。

一个声音柔和甜美的人接了电话。我不是熟悉这个声音吗？但我握话筒的手抖着。

“是你吗？”我傻乎乎地问，这话是每个打电话的人都说的话。

“对，是我。”答话的人声音低而清晰，是特尔费尔家的人特有的，“请问，你是哪位?”

“是我。”我说，这话虽然没有语病却太平淡，“是我，我有些话想对你说，现在马上说，直截了当说。”

“哎哟，原来是你，阿登先生。”对方说。

我不知道那一声“哎哟”是不是故意发出的。米尔德雷德说话巧妙，出口后够得你琢磨。

“对，正是。”我说，“现在单刀直入吧。”话刚出口我就后悔说得粗鲁，但是没有道歉：“你一定知道，我爱你，痴痴地爱你已经很久。我再不愿干傻事了，就是说，我希望你现在答复我。嫁给我行吗？别挂电话。总机，请不要打岔。喂！喂！行还是不行?”

这像是给了雷迪·伯恩斯下巴当啷一拳。答复来了：

“哦，亲爱的，菲尔，我当然愿意。我不知道——就是说——你从没有开过口。请到我家来吧，我的话电话上不方便说。你逼得我这样急。请到我家来，行吗?”

还用说吗?

我使劲按特尔费尔家的门铃。有人开了门，把我领进客厅。

我望着天花板，心想：“哦，一点没错，谁都可以从谁那儿得益。迈克的话很有哲理，他的经验自己没有用得着，我倒从中得到了好处。如果你想成为行家，你就——”

我没有再往下想。有人在下楼。我的双腿开始发软，我能体会迈克看到职业拳击手上场的心理。我傻乎乎东张西望，想找扇门或窗往外逃。如果下楼的是另一位姑娘，我也许不会——

正这样想时，门开了，进来的是米尔德雷德的妹妹贝丝[1]，显得美如天使，我从没有见过她这样光彩照人。她径直向我走来，于是——于是——

我这时才发现，伊丽莎白·特尔费尔的眼睛和头发长得尽善尽美，无懈可击。

“菲尔，你怎么不对我早说呢？要不是你刚才打来电话，我一直以为你喜欢我姐姐。”她用特尔费尔家小姐特有的美妙动听声音说道。

我想，迈克和我要成为行家将永远无望。但是，就我的事而言，我觉得已心满意足。

① 贝丝，伊丽莎白的昵称。

畅销书*

（一）

去年夏天某一天我去了匹兹堡。对你说吧，去那里是为了办事。

我坐的豪华车厢生意不错，坐满了豪华车里常见的旅客。大多为女性，穿棕色丝绸衣，戴有圆点的面纱，衣服带垫肩，有花边。这些人死活不肯开车窗。也有男性，人数照例少，办各种事去各个地方的都有。研究人们习性的学者进了车厢能凭眼睛看出他们是何方人士，从事何种职业，社会地位有多高，但我绝对没有这种本领。我只能在火车遭遇劫匪时，或者碰到在卧铺车厢的洗漱间里有人同时伸手拿最后

* 原名 Best Seller. 见：*Options*，*The Complete Works of O. Henry*，Garden City Publishing Co.，Inc.，1937. ——编者注

一条毛巾时，才能对同路人做出正确判断。

服务员来清除车窗上的煤灰，煤灰掉到了我左脚裤腿上。我轻轻掸去裤腿上的灰。温度为华氏八十八度。一位戴圆点面纱的女性要求再关上两扇气窗，高声谈着瑞士旅游胜地因特拉肯的风光。我懒洋洋地靠在七号座位上，呆呆地看着九号座位靠背上露出的一个已开始谢顶的黑色小脑袋。

突然，九号扔出本书，落在座椅与车窗间的地上。我一看，是《玫瑰夫人与特里维廉》，当前的一本畅销小说。接着，九号（他懂不懂文采尚且不论）转过座椅对着车窗。我一眼认了出来，是匹兹堡的约翰·阿·佩斯克德，在一家平板玻璃公司当推销员，我的老相识，有两年未见。

才两分钟，我们不但会面握手，而且谈了天气、市场，问了彼此的身体状况、家庭住址、要去何地。接下来的话题本来可能是政治，但我运气好，他没有谈。

且让我介绍一番约翰·阿·佩斯克德。很不幸，他算不上出类拔萃的人物。他个子小，爱咧开嘴笑，眼睛老盯着你的鼻尖，仿佛你鼻尖上有个小红点；从来只戴一种领带，爱穿紧袖口衬衫和有钮扣的鞋。他像坎布里亚钢厂的所有产品一样坚实可靠。他相信，只要匹兹堡强制安装安全燃烧装置，看守天堂门的圣彼得会宁愿到人间，坐到史密斯菲尔德街头，换别人去守天堂门。他也相信“我们公司”的平板玻璃是世界上最重要的商品，相信无论谁到了他老家，都会成规矩人，守法守纪。

当我与他在不夜城[①]交往时，我从没有了解到他对生活、爱情、文学、伦理的看法。两人见面只泛泛地谈论当地发生的事，一起喝马高克斯堡葡萄酒，吃马铃薯洋葱炖羊肉、烤软饼、乡下布丁，另外还喝咖啡（牛奶得另加，想不到吧）。这次相遇，我得到机会多了解他的看法。他谈起一些事，例如党代会以后生意有了起色，还告诉我要在科克镇下车。

（二）

佩斯克德用右脚脚尖踢踢扔在地上的书，说："喂，这类畅销书你看过吗？书中的主角是美国阔佬，有的还是芝加哥的阔佬，爱上欧洲用化名来旅游的王室公主，后来跟着公主回到她父亲的王国或者公国。我猜你看过。这类小说大同小异。有时候这个浑小子是华盛顿的报社记者，有时候是纽约范氏家族成员，或者家产五千万的芝加哥小麦经纪人。但他们总会遇到某个国家的王室成员，那些王后公主们来美国只为尝尝火车豪华车厢的滋味。从书上看，她们来没有别的原因。

"就说这一本吧，那家伙也是跟着坐豪华车的王室成员回了国，这才发现她的真实身份。一天晚上，两人在街头相遇，谈话没完没了，占了整整十页。女方提醒男方，他们地位不同，男方便趁机大谈美国无冕之王如何如何，一席话

① 指匹兹堡。

足足三页。如果你把男方的话配上音乐，会觉得与乔治·科汉[①]的歌词如出一辙。

“这类小说只要你看过一本，以后的情节便可想而知。那小子一巴掌把国王的瑞士籍卫兵打得滚出老远，就像一脚踢开挡道的绊脚石。击剑他也能来几手。迄今为止我只知道芝加哥有做黑市买卖手段高明的，没有听说过击剑能来几手的。那小子站在皇家舒岑费斯腾斯坦城堡楼梯顶，手执寒光闪闪的长剑，把图谋杀害国王的六群逆贼打得人仰马翻。接着，又与两名大臣格斗，挫败四个奥地利大公想把王国夺到手建汽车加油站的阴谋。

“但高潮是遭遇情敌费奥多尔伯爵。伯爵也钟情于公主，带了一挺机枪，一把弯刀，两只西伯利亚猎犬，在城堡吊门和废教堂间对他下手。这一幕使小说加印了二十九次，直到这时出版商才开支票支付稿费。

“书中的美国英雄脱下上衣，一扔，罩住了两只猎犬的头。一巴掌打飞机枪，看着弯刀大喝一声‘来呀！’以迅雷不击掩耳之势一拳击中伯爵左眼。当然，两人当时展开一场精彩的搏斗。伯爵似乎精通防守之道，小说也才有了看头。文学作品中的龙争虎斗场面再次上演。全书的结尾是经纪人和公主在格尔贡佐拉人行道的菩提树下双双漫步，这种场面你在封面画上看过。爱情故事这样落幕最好。但是我也发现这本书最后省了一笔。虽说是畅销小说，作家也没敢让

① 乔治·科汉（Geoge Cohan，1878—1942），美国演员，剧作家，流行歌曲作家。

芝加哥的小麦给纪人登上龙廷宝座，或者让堂堂公主跑到芝加哥大街意大利小店里吃鱼和马铃薯色拉。你说呢?”

“噢，我说不上，约翰。”我答道，“常言道，爱情不识贵贱。”

佩斯克德说：“对，但这类爱情小说俗气，千篇一律。别看我干平板玻璃一行，还懂点文学。这些书写得不对头，却每次在火车上都看到成了堆。旧大陆的贵族和我们新型美国人混到一起没有好结局。现实生活中，大家结婚往往跟地位相同的人。小伙子找女朋友一般在自己的学校，在自己的歌咏团。年轻的百万富翁如果掉进了爱河，他选中的歌舞团姑娘吃龙虾用的调料一定与他相同。华盛顿的报社记者如果娶大十岁的寡妇做太太，那位太太一定是他的房东。要是小说里写时髦的美国青年到哪个王国闹个天翻地覆，只因为他长得身强力壮，还在体育馆受到训练。先生，那就离谱了。你听听，那两人说些什么!”

佩斯克德捡起畅销书，翻着。

他说：“你听听吧！特里维廉在郁金香花园的偏僻角落谈情说爱。书里这么说：

> 别这样说，世上最美丽、最可爱、最鲜艳的花朵。我能指望吗？你是皇家星空上一颗高不可攀的星，而我只是——只是平民一个。然而，我是男子汉，有敢做敢为的勇气。除了无冕之王，我没有别的头衔，但我有肩膀和长剑，能斩断叛逆的阴谋之手，解救舒岑费斯腾斯坦。

“你想想，芝加哥人怎么会挥舞长剑赌咒发誓救什么王国！挥舞长剑反对收猪肉罐头进口税倒有可能！”

我说：“我明白你的意思，约翰。你希望写小说的人安排情节和人物不要乱套。不要把土耳其的显贵与佛蒙特的庄稼汉，英国的公爵与长岛捡蛤蜊的人，意大利的伯爵与蒙大拿的牛仔，印度的邦主与辛辛那提的啤酒商，放在一起乱点鸳鸯谱。”

佩斯克德接着我的话说：“普通生意人与地位远远高于他们的贵族也一样，在一起门不当户不对。无论我们承不承认，人分三六九等，每个人都有安守本分的天性，实际上也安守着本分。我不知道大家为什么会拿干活挣的钱买这种书，买成千上万本。实际生活中，这种荒唐事你看不到，听不到。”

（三）

我说：“约翰，我很久没有看过畅销书。我对这些书的看法大概与你差不多。还是谈谈你自己吧。在公司干得很好吧？”

佩斯克德立刻眉飞色舞地说：“很好。上次和你见面后提了两级工资，还升了一级职位。我在东区买了块地，盖了房子。明年公司让我买些股票。无论谁当选总统，反正我实现了‘全面繁荣’。”

“也找到了意中人吗，约翰？”我问。

“哦，这事我还没有对你说，是吗？”佩斯克德笑得合不拢嘴。

“哟，难道你忙着玻璃生意还有时间谈情说爱？”我说。

“没有，没有。”约翰说，“不是谈情说爱，没有那回事！我对你讲讲吧。

“一年半以前，我坐开往辛辛那提的南行列车时，见过道对面坐着位再好不过的姑娘。不是因为长相出众，而是因为你愿意与她过一辈子。我从没有干过勾搭女人的事，没有替谁捡过手帕，叫谁坐过车，给谁写过信，或者找上谁的门，那姑娘也不主动搭理人。她埋头看书，越看越出神，就像活在这世上越活越觉得世界美好。我不停地用眼角瞟她。我没有起心与她说话，但是把平板玻璃生意抛到了脑后。

“她在辛辛那提换车，坐上了去路易斯维尔的卧铺。在那里，她再买票，去了谢尔比维尔，法兰克福德，列克星敦。这一路跟，我跟得好不容易。火车高兴什么时候来就什么时候来，似乎也没有预定的目的地，只要一路沿铁轨跑就不为错。后来车不停城镇，只停枢纽站。最后，干脆哪儿也不停。如果平克顿侦探所知道我怎样跟踪这位姑娘，一定会挖平板玻璃公司的墙角，出高价聘我。我想方设法没有让她发觉，就这样一路跟着。

“最后她在弗吉尼亚一个偏僻小站下车，时间已到下午六点。那地方有五十来栋房屋，四百来个黑人，另外见到的是红土、骡子、斑点狗。

“到车站接她的是一个老头，高个子，脸刮得精光，神气得像裘力斯·恺撒，衣服破旧，但衣服破旧是我后来才注意到的。他接过姑娘的小背包，两人过了木板路，沿一条上山的道走。我在他们身后拉开一段距离，装模作样仿佛在沙地里找上星期六我妹妹掉的一枚石榴石戒指。

“到山顶时，他们进了一道大院门。我抬头一看，吃了一惊。在一片最大的树林里，我见到一座巨宅，白色圆柱高达千尺，院子里种满玫瑰、黄杨、紫丁香。如果巨宅不雄伟如华盛顿的国会大厦，建在树林中你会发现不了。

“‘我果然跟踪到了这种地方！’我自言自语道。我原来估计过，她的家境至少不是一般人。这里一定是州长官邸，或者新一届世界博览会的农展馆。我应该到小镇，向邮局局长或者药店老板打听。

“我在镇上看到一家松木板盖的旅店，名叫‘海景楼’，其名字的来历无从查考。我放下手提箱，不慌不忙。我对旅社老板说，我接受平板玻璃订货。

“他说：‘玻璃板我不要，但装糖浆的玻璃罐还用得着一个。’

“闲聊几句后，我向他打听起了当地的事情。

“他说：‘哟，山顶大房子里住的人还有谁不知道！是阿林上校，最了不起，为人最好，弗吉尼亚也好，别的什么地方也好，谁也比不上他。这一家是州里最古老的家族。刚下火车的是他女儿，从伊利诺斯来，看望了生病的姑妈。’

“我在旅社住下了。到第三天，我遇到了那姑娘。她在门前的院子里散步，正好走到围栏边。我停住脚步，抓起帽子打招呼。我只能这样招呼。

“‘请问，辛克尔先生住在什么地方？’我问。

“她冷冷看着我，好像我是闲得无聊没事找事的人，但我还是发现她的眼睛眨了眨，一定是内心觉得好笑。

“她说：‘这里没有辛克尔先生。’接着说，‘我没有听说过。你找的这位先生是白人吗？’

“这次是我觉得好笑。‘哪儿的话！我怎么会找黑人呢？’我说。

“‘你是远道而来吧？’她说。

“‘千里迢迢而来。’我说。

“‘谢尔比维尔的火车快开了，如果你还醒不过来，想来也来不了。’她说，顿时脸红得像花园里的玫瑰。我想了起来，我在谢尔比维尔车站想看她转哪一趟车，不知不觉在车站的长凳上睡着了，幸好醒得及时。

“这一来我只好恭恭敬敬、老老实实告诉她我为什么来。我和盘托出自己的底细，告诉她刚才问她只不过为了认识她，慢慢设法使她对我产生好感。

“她微微一笑，有些脸红，但一双眼并不含糊，直视与她谈话的人。

“她说：‘佩斯克德先生，以前从来没有人对我说过这种话。你说你名叫约翰，是吗？’

“‘约翰·阿’我答道。

“‘你在保厄坦车站也差一点误了车。’说完她放声一笑，我觉得被她打中了要害。

“‘你怎么知道的呢？’我问。

“她说：‘男人太笨。每趟车上我都认出了你，以为你

会找我说话，但幸好没有说。’

“我们又谈了些话。最后，她脸上现出既得意又庄重的神情，手指着大房子说：

‘阿林家族在埃尔姆克罗夫特住了一百年。我们家是名门望族。你看这栋房子。有五十间房！你再看圆柱、门廊、阳台。客厅和舞厅高二十八英尺。我父亲是直系后裔，祖上是佩绶带的伯爵。’

“我说：‘有一次我在匹兹堡的迪凯纳大酒店里捉弄过一位伯爵，他没有在意。他在店里边喝酒边与女人调情，有几分醉意。’

“对方没有接我的话，又说：‘我父亲当然不会让销售员踏进埃尔姆克罗夫特。要是让他知道我在家门口与销售员说话，一定会把我锁在房里。’

“我说：‘你会让我进家门吗？如果我找上门，你会理我吗？只要你说可以来，愿意见，对付伯爵我自有一套办法。’

“她说：‘我不能理你，因为没有人介绍我们相识。你那样做不大合适。所以，再见了，先生。’

“我说：‘叫我的名字吧。你一定记得我的名字。’

“‘佩斯克德。’她说，有点不高兴。

“‘我叫什么名字？’[①] 我问道，不动肝火。

“‘约翰。’她答道。

“‘约翰——还有呢？’我又问。

---

① 佩斯克德是他的姓。

“‘约翰·阿。你有完没完?’她高昂起头问。

“‘明天我来见佩绶带的伯爵。’我说。

“‘他会放猎犬咬死你。’她说完大笑。

“我说：‘他放的猎犬会逃命。我是个好猎手。’

“她说：‘我得走了。我本就不该搭理你。祝你一路顺风到明尼阿波利斯。是明尼阿波利斯还是匹兹堡？再见!’

“‘再见!’我说，‘不是明尼阿波利斯。’

“‘你叫什么名？我是说你的名，不是姓’

“她犹豫了会儿，摘下片树叶后说：‘叫杰西。’

“‘晚安！阿林小姐。’我说。

“第二天上午十一点整，我按响了世界博览会主会场的门铃。大约四十五分钟后，一个年约八十的黑人老汉打开门问我找谁。我递上张名片，说想见上校。老汉领我进了门。

“我问你，你有没有敲开过生虫的英国核桃？那栋房子像虫蛀过的核桃。里面的家具给一套每月八元租金的公寓房用还不够。你只看到几张旧马鬃沙发、三条腿的椅子、挂在墙上的祖宗画像。但是，当阿林上校露面后，气氛不一样了，你仿佛觉得耳畔听到了一支乐队在演奏，眼看到了一群头戴假发、脚穿白长袜的古代人在跳舞。叫你产生这种感觉的是他的气质，虽然他仍穿着我在车站见到的那身旧衣服。

“我慌乱起来，几乎害怕，想向他推销几块平板玻璃了事。但是，我很快镇静下来。他请我坐下后，我把所有的话都对他说了。我告诉他。我怎样从辛辛那提起，一路跟踪他女儿，跟踪的目的是什么，工资多少，前景如何。我向他说明我过日子信守的原则：在家乡循规蹈矩，外出喝啤酒一天至多四杯，赌输赢不超过二角五。开始我以为他会把我扔到窗外，但仍然没有停嘴。说了不一会儿，我见机行事，对他讲了丢失钱包的那个西部国会议员和一个离婚女人的事，这两人你一定记得。他听后笑起来。我可以肯定，墙上的列祖列宗和屋子里的马鬃沙发已长年累月没有听到过笑声。

“我们谈了两小时。我把知道的事全对他说了。后来他问长问短，我一一回答了他。我对他只有一个请求：给我机会。如果我与他女儿不投缘，我马上走人，绝不再缠。到临了，他说：

‘如果我没有记错，查理一世时有位爵士叫考特尼·佩斯克德。’

“我说：‘即使有，他与我们家也不存在血缘关系。我们家的人住在匹兹堡。我有个叔叔经营房地产，还有个在堪萨斯，具体地方说不清，只知道遇到了麻烦。到了匹兹堡，您如果打听我们家其他人，问谁都可以问个一清二楚。有条捕鲸船的船长叫水手做祷告，这故事您听过吗？’

“上校说：‘可惜一直没有。’

“于是我对他说了。又大笑一阵！如果他是我的买主就好，准能卖给他一大批玻璃！他听了故事说：‘佩斯克德先生，我觉得讲讲故事说说笑话叫人特别开心，使朋友间的关系又亲密又长久。如果你愿听，我也可以向你讲一次打狐狸的亲身经历，还算得上有趣。’

“我请他讲了，一讲就四十分钟。我笑了吗？嗯，当然！等我笑完，他叫来那个高龄黑人皮特老汉，派他到旅社拿来我的手提包。我在小镇的住地换成了埃尔姆克罗夫特。

“两天后的晚上，我趁上校在想故事之机，在走廊单独与杰西小姐说了话。

“‘今晚的天气一定好。’我说。

“她说：‘我爸爸马上会来。这次他给你讲黑人老头和生西瓜的故事。讲过了北方佬斗鸡，他每次都讲这一个。’随后她说，‘还有一次你险些误车，是在珀拉斯凯市。’

“‘对，’我说，‘我记得。上车时脚一滑，差点摔倒。’

“她说：‘是这样。当时我——我——我担心你上不了车。约翰，我担心你上不了车。’

“说完，她从一扇大落地窗迈进了屋。”

（四）

“科克镇到了！”火车已减速，列车员在车厢中边走边喊。

佩斯克德不愧是个常出门的人，不慌不忙拿起帽子和行李。

约翰说：“一年前我与她结了婚。我对你说过，我在东区建了栋房。那位佩绶带的——就是那位上校——住在那里。每次我出门回来，他就在大门口等着，看我路上听没听到了新鲜事。”

我望望窗外。科克镇仅是个荒坡，盖有十几栋难看的小屋，堆着一堆堆铁渣和矿渣。天在下大雨，风在吹，地上一股股水流泛着泡沫，汩汩流过泥泞的黑土，冲向铁路。

“约翰，在这里你卖不出几块平板玻璃。”我说，“为什么挑这么个天涯海角下车？”

佩斯克德说：“别奇怪。前几天我带杰西去费城，回来时她说看到这里一户人家的窗口摆了盆秋海棠，与她在弗吉尼亚老家种的一模一样。所以我在这里过一夜，看看能不能找到几枝插条或者花。我下车了，再见，老兄。我已经告诉了你地址，欢迎有空来我家。”

火车又开了。一位穿棕色圆点衣服的女乘客嚷着非开窗不可，因为雨打在了窗上。列车员拿着魔杖开始点灯。

我低头看见地上的畅销书，捡起来放在雨淋不着的地方。突然，我笑了，仿佛感到生活并没有地理界限。

“祝福你，特里维廉，愿你找到秋海棠献给你的公主！”我说。

城里人的乡下情*

以钱论人，有三种人我不喜欢：钱多得不可能花完的；大手大脚花了还有剩的；无钱也要花的。三种人中，我最不喜欢第一种。但是就人论人，我非常喜欢斯潘塞·格兰维尔·诺思，尽管他有约两百万、一千万或三千万（具体数目我忘了）。

那年夏天我没有出市区。往年我会去长岛南的一个村庄。那地方周围养鸭场多，鸭多，狗多，蚊母鸟多，旧风车多，噪声响成一片，但我依旧睡得安稳，仿佛还是住在纽约离高架铁路仅几步之遥的公寓里。不过，那年夏天我没有去，请记住。有位朋友问我为什么没去，我的回答是："因为纽约是世界上最好的避暑胜地，老兄。"这句话你听过，但是我对他说的也是这句话。

---

* 原名 Rus in Urbe. 见：*Options The Complete Works of O. Henry*, Garden City Publishing Co., Inc., 1937. ——编者注

那一年我是宾克利－宾剧团的宣传员。你当然知道宣传员是干什么的。现在呢，我不干了。当宣传员的奥秘正是在这里。

宾克利开着新买的威廉逊在法国旅游，宾去了苏格兰学冰上溜石饼游戏。① 两人素来慷慨大方，这次临走前让我六七两月都带薪休假。但是我留在了纽约，因为我认为纽约是最好的避暑胜地，这话前面我已说过。

七月十日，诺斯从他在阿迪朗达克山的营地来。你想象不到，他的夏令营有十六间房，有抽水马桶，鸭绒被，管家，车库，纯银菜盘，长途电话。不用说，营房建在树林里。如果平肖先生②想保护住森林，他得给每人两百万、一千万甚至三千万美元，那么个个夏令营周围会有绿树环抱，出现勃南森林跑到邓西嫩的奇迹。③

诺斯到我住地看我。我的住地只三间房，一间浴室，多用灯或通宵不关灯，得多掏钞票。他进门在我背上拍一巴掌（比我脚踝挨人踹一脚还厉害），大大咧咧兴高采烈招呼一声。皮肤晒得黑黢黢，一望而知身体健康。衣裳华丽出奇。

他说："只住几天，签几份文书和杂七杂八的东西。律师打电报叫我来。说说吧，你这条懒虫在纽约干些什么？我

---

① 苏格兰与加拿大部分地区的一种冰上游戏。参赛者分两队，每队四人，以将石饼滚到指定地为胜。

② 平肖（Pinchot，1865—1946），美国林学教授，耶鲁大学林学院创办人。

③ 典出莎士比亚四大悲剧之一的《麦克白》。麦克白因战功受封领主后野心膨胀，杀了国王。此前，女巫曾预言勃南森林向邓西嫩移动便是麦克白的死期。麦克白认为森林不可能移动，他的地位可以永保。熟料复仇者令部下摘下勃南森中的树枝作伪装，攻破麦克白在邓西嫩的城堡。

打了电话打听，他们说你住在这里。你年年夏天提着打字机去长岛的理想王国，今年怎么不去啦？是不是夜晚唱歌的那些乡下——嗯，那些乡下的天鹅出了事？”

“是鸭子。”我说，“天鹅的歌唱给比我有福气的人听。它们在有钱人的人工湖里游，摇头晃脑，让命运喜爱的人看了高兴。”

“也在中央公园里游，”他说，“让外地来的人和无所事事的人看了高兴。我见过多次。但你今年夏天怎么迟迟留在纽约呢？”

我开始重弹老调：“纽约是最好的——”

“得啦，你别说了。”诺斯马上打断我，“别对我来这句老话。我知道你的底细。老弟，今年夏天你该去我们那里。普雷斯顿一家去了，汤姆·沃尔尼、门罗一家、卢卢·斯坦福、肯尼迪小姐和她那位姨妈，你最喜欢的，都去了。”

“我从没有喜欢过肯尼迪小姐的姨妈。”我说。

“我不是说你最喜欢她姨妈。”诺斯说，“我们在一起高兴极了。梭鱼和鲑鱼嘴真馋，你在钩上挂张空头支票都会上钩。我们有两条电动游艇。告诉你，隔一两天我们晚上怎么玩吧。快艇后拖条小船，船上放台大留声机，有专人换唱片。小船在你身后二十码，张张唱片好听。森林里有路可以开车。我们用船运了两辆车去。松树崖旅店仅在三英里外。你知道这家旅店。现在好些贵宾都在，舞会每周举行一两次。老弟，跟我去玩一个礼拜，怎么样？”

我大笑起来，说：“诺斯——对不起，百万富翁我还只呼其姓，就怪我不喜欢斯潘赛和格兰维尔这两个名——你一番好心邀请我，但我喜欢在纽约过夏天。当这里荫凉处的温度也高达华氏九十度时，阔佬们都走了，我可以自由自在清清闲闲过日子。我尽情享受热带风光，往佛罗里达棕榈树下一坐，吃着石榴，有电风扇吹来阵阵凉风。要说鲑鱼，也有得吃，莫里斯店里厨师烧鲑鱼的手艺世界第一。”

诺斯说：“得啦，我的厨师才打遍天下无敌手哩！他在鲑鱼里塞几片咸肉，用玉米皮严严实实包着，是嫩玉米上的皮，再放到热灰里，上面搁几块红彤彤的煤。我们在湖边烧火，晚餐就吃鱼。”

我说：“我知道。还有用人搬去桌椅，带去花桌布，你们用银叉吃。我知道你们百万富翁的营地里有什么。香槟酒成桶成桶，到处放着，比地上开的野花还多。吃过鲑鱼，船上有当红歌星唱歌。”

诺斯急了，说：“不对，不对！这种事我们不干。我们的确请纽约的班子来演过三四个夜晚，但是没有半个所谓明星。我不大说纽约的好话，却一直喜爱住在纽约的一些好处。然而，要说你今年夏天心甘情愿留在纽约，我不会相信。如果心甘情愿，为什么这四年你要到外面过夏天，甚至晚上坐火车溜出去，不告诉朋友们你那个避暑胜地在哪里呢？”

我说：“因为他们会跟踪，会发现那块风水宝地。现在，我知道好风水进了纽约。使人最感到清凉的东西，使人最神清气爽的东西，在纽约才有。今天晚上如果你没有事，我带你去看看。”

诺斯说："我没有事，而且车停在门外。我想，既然你看中了纽约，你觉得比在乡下好玩的事无非是跑进中央公园，在骑自行车巡逻的警察中兜来兜去，或者坐到哪个闷罐似的地下室喝杯刺喉咙的酒，吹吹风扇。但是可惜风扇一星期的转数还赶不上尼加拉瓜一天爆发革命的次数多。"

"我们就从中央公园开始兜风吧。"我说。我这套小房间的空气闷热污浊，巴不得换口气，向朋友证明纽约最好。

随着车开进中央公园树木茂盛的小山谷，我说："这样清新的空气你上哪儿去找！"

"空气！"诺斯不屑地说，"这也叫空气？只能叫臭气。垃圾臭，汽油味臭。老弟，你白天到阿迪朗达克的松树林里吸一口名副其实的空气试试，看那是什么感觉！"

我说："我早知道，不过鼻子里闻到一股味而已。我宁可在长岛的小码头上吸一口海湾吹来的海风，不愿吸十口松节油味刺鼻的空气。"

诺斯有些不解地问："那你为什么不去长岛，要窝在这座大火炉里呢？"

我又搬出那句老话："我发现纽约是最好的避暑——"

诺斯打断我的话，说："别来这一套，除非你当上了地铁乘务部主任。你自己也不信这句话。"

我要向朋友证明我的看法不大容易，气象局与天公联手作对，要继续争论我得请一位能言善辩的律师。

整个纽约仿佛挂在一个烤肉架上，让地狱的火炉直接烘烤。大马路上没有热闹场景，仅见到一些戴草帽、穿晚礼服的人无精打采地游荡。出租车无客乘坐，排成了行，像因七月四日国庆游行受阻堵了车。大酒店灯火辉煌热情迎客，但店里空空荡荡，酒座的踏脚板因为久未受到客人鞋底的践踏，干净得发亮。在几条横贯全城的大街上，旧红石房的台阶上坐满了乘凉的房客。他们有的住天窗室，有的住地下室，都搬出门口的擦脚草垫当坐垫，乱哄哄地谈天说地。

诺斯和我在一家饭店的楼顶吃饭。吃了几分钟，我感到赢了一分。一阵带着几分凉意的东风吹过露天楼顶。隐蔽在紫藤下的一支高明的乐队在奏乐，声音恰到好处，既表现出音乐的艺术性，又不妨碍客人交谈。

另有几张桌上坐了几位女宾，一身夏装无懈可击，给整个场景增添了色彩和气氛。盘中餐虽从冰箱取料，但味道十分美，似乎也在证明我选的避暑地点不错。但诺斯边吃边咕咕噜噜不停嘴，又是咒骂律师，又是胡夸他林中的营地，听得我心烦，几乎巴望他回去，让我在纽约市里享太平。

我连饥带讽地说："即使在八月的晚上，遇到了五年未有的高温，在这里也觉得舒舒服服。如果你不，那就想想德兰西街和赫斯特街的孩子。他们躺在消防梯上，伸长舌头吐气，几乎成了烤得两面黄的烧饼。这样一比，你会心满意足。"

诺斯说："别来跟我讲那套理论。今年五月一日，我捐了五百元给免费冷饮基金会。在这里的所谓享受是人造的，不实惠，没有味道，没有新鲜感，与在森林里得到的享受不能比，我仅仅是这个意思。你应该看看暴风雨中松树杉树怎样跳大裙舞，应该去追野鹿，追了一天趴在山溪边痛痛快快喝溪水。这才叫避暑消夏。去吧，去住到大自然里。"

“你的话我绝对赞同。”我明确说。

我一时大意，说出了真心话。诺斯觉得奇怪，目不转睛看着我。

他问道：“天地良心在上，你为什么言不由衷，说在市里过夏天千好万好呢？”

大概我的表情露了马脚。

诺斯说：“哈，我知道了！那一位姓甚名谁？”

我痛快答道：“安妮·阿什顿。她在宾克利－宾剧团的《银索》中扮演南内特。下一季她的角色更重要。”

“带我去看她。”诺斯说。

阿什顿小姐与母亲住在一家小旅社里。母女俩从西部来，略有积蓄，是供度过青黄不接时用的。作为宾克利－宾剧团的宣传员，我千方百计使她扬名。作为罗伯特·范迪弗个人，我巴不得她不为人知，因为我范迪弗如果要找个人陪伴去长岛南岸吹有咸味的海风，夜晚听鸭叫，阿什顿肯定是首选。

但是她不稀罕听鸭叫，也不稀罕听夜莺叫，再珍奇的鸟叫都不稀罕。她非常美丽，举止文雅，心地坦诚；喜欢舞台，有演出天才；爱呆在家看书，给她母亲编织帽子。对我这个宾克利－宾剧团的宣传员，她一贯热情友好。虽然剧团在休假，我仍可以以个人身份登她的门。我常向她谈起我的朋友斯潘塞·格兰维尔·诺斯。现在时间不晚，杂耍场的第一场演出还没有结束，我们便去打电话。

阿什顿小姐说很愿意见我们两人。

一进门，我们见她在给她母亲试戴一顶新织的帽子。我感到，她的模样更叫我倾心。

诺斯容易讨人喜欢，却使我不安起来。他健谈，大方，而且有钱（究竟有两百万，一千万或三千万我已忘了）。我随口夸了几句阿什顿小姐给她母亲织的帽子，阿什顿小姐便拿出一二十顶，给我上了一课，教我如何钩边，如何打褶。她的手指左旋右转，前伸后缩，运用如飞，我却无心看，因为我只听到诺斯在向安妮吹嘘他在阿迪朗达克的营地。

两天后，我看到诺斯带着阿什顿小姐和她母亲坐他的车。第二天下午，他来到我这里。

“罗伯特，”他说，“在这座老城堡过夏天并不算坏。我到处转了转，看到了它的好处。屋顶花园和户外花园里有些音乐剧和喜剧算得上一流。如果你找到最好的场所，只喝饮料不喝酒，会觉得与乡下一样凉块。真怪！你如果仔细想想，乡下也就那么回事。你玩得累，晒得黑，过得寂寞，吃得老一套，厨师端上什么你拿什么下肚。”

“现在想法不一样了，对吗？”我问。

“当然不一样了。昨天我在莫里斯店里吃到份银鱼，用的调味汁不一样，比什么地方的鲑鱼都好吃。”

“现在想法不一样了，对吗？”我问。

“大不一样。银鱼的味道主要出在调料。”

“现在想法不一样了，对吗？”我问，两眼盯着他。他明白了。

他答道：“听我说吧，罗伯特，我正要告诉你。我不是存心。我会与你公平竞争，但我会取胜。她对我来说非同一般。”

我说："好吧，这种事本来就是公平竞争的事，你没有什么便宜可占。"

星期四下午，阿什顿小姐邀诺斯和我去她们住地喝茶。诺斯言而有信。阿什顿小姐比以往更叫人动心。我不愿谈帽子，寡言少语。小姐怕冷场，问起剧团夏天过后的演出安排。

"噢，我不知道。下一季我不会在宾克利－宾剧团干了。"我说。

"怎么啦？我以为他们会叫你负责第一路演出团。你不是对我说过吗？"阿什顿小姐说。

我答道："有这回事，但现在变了。我把我的打算告诉你吧。我要到长岛南岸，买下海湾边看中的一栋小房子。再买一条单桅船，一条没帆的船，一支猎枪，一头黄狗。当风从海上吹来时，我可以闻到海风味；风从陆上吹来时，可以闻到松树香。当然还会写剧本，写满满一箱。

"下一步的大事是买下隔壁的养鸭场。了解鸭子的人少而又少。我爱看鸭子，一看几小时。它们走路队伍整齐，国民警卫队哪个连都比不上。对领袖绝对服从，所有民主党党员望尘莫及。叫声不算出色，但是我喜欢听。一个晚上它们会吵醒你十几次，但是那嘎嘎的声音来得自然，我觉得有音乐感，比你早上想睡觉时窗下'卖新鲜草菇喽'的叫喊好得多。"

我越说越起劲："鸭子除了漂亮、聪明、守纪律、嗓门好，还很有价值，你知道吗？它们的羽毛是稳定可靠的财源。我知道的一个鸭场一年鸭绒能卖四百元。这还了得！运到市场上的鸭子还不止这个数。老实说，我喜欢鸭子和海湾吹来的海风。我决定请一位中国厨师。有他做饭菜，有黄狗陪着，天天看日落，我的日子一定过得舒服。纽约又乏味，又热，又无聊，又闹哄哄，我再不待了。”

阿什顿小姐觉得意外。诺斯笑起来。

“今天晚上我开始写剧本，得走了。”我说完当真离了场。

几天后阿什顿小姐来电话，叫我下午四点去找她。我去了。

“你对我一直很好，所以打算告诉你。”她吞吞吐吐地说，“我打算离开舞台。”

“行！我早猜到了。”我说，“有了钱时，都会这样。”

她说：“钱却没有，或者说少得可怜。我们的钱快用光了。”

我说：“可是我听说他大约有两百万，一千万，或者三千万，具体多少我忘了。”

她说：“我知道你的意思，不想装糊涂。我不会与诺斯先生结婚。”

“那么你为什么要离开舞台呢?”我严肃地问，“你拿什么钱过日子?”

她靠近我，但她说话时的眼神我仍能看到。

“我可以拔鸭毛。”她说。

第一年，我们的鸭毛卖了三百五十元。

难掌握的规则*

我一贯认为，而且常常说，女人不神秘。男人能预言、分析、控制、理解、诠释女人的行为。女人神秘论是她们自己搞出来的，旨在蒙那些没有脑子的人。我的话是对是错，下文自见分晓。往日的《喻珀》杂志常有一句话：“下面的精彩故事说的是×小姐，×先生。”

至于×主教，×牧师，由于与故事不沾边，我们只好不提。

那年头，帕洛默还是太平洋南岸的一座新城，记者会形容它为“雨后春笋”。其实不然，帕洛默是地地道道的雨后毒菌。

火车中午在这地方停车，一为给车头加水，二为让旅客吃饱喝足。镇上有一家黄松木新盖的旅店，一座羊毛仓库、

* 原名 The Poor Rule. 见：*Options*, *The Complete Works of O. Henry*, Garden City Publishing Co., Inc., 1937. ——编者注

三十几栋住家棚屋。另外见到的是帐篷，牛仔骑的矮种马，黑蜡似的泥土，牧豆树，以及地平线。帕洛默是城市的雏形，房屋代表信心，帐篷象征希望，每天的两趟列车要算作善举，你想离开时可以坐车离开。

巴黎餐馆开在镇上雨天最泥泞、晴天温度最高的地点。餐馆的所有者、经营者、服务员为辛克尔老头一人所兼。他老家在印第安纳，到这方盛产炼乳和高粱的宝地想发财。

辛克尔老头一家住在一栋四开间房子里，房子没有刷漆，但钉了檐板。厨房边用小圆木搭了个棚，棚顶盖着小槲树条。棚子里放着一张桌子、两条长凳，凳长二十英尺，桌凳均为帕洛默本地木匠的杰作。巴黎餐馆菜单上的烤羊肉、炸苹果、清炖豆、苏打饼干、果馅饼、热咖啡全端到这里供客人享用。

辛克尔大妈与一个只知其名叫“贝蒂”却不见其人的下手在厨房掌勺。辛克尔老头两手的手指耐高温，滚烫的菜由他来上。生意忙时，一个墨西哥年轻人帮他招待顾客，上菜空当小伙子就卷烟抽烟。甜点在巴黎餐馆的筵席位列最后，所以我也最后交代。

还有位艾淋·辛克尔！

名字这样写没有错，因为我亲眼见过她这样写。无疑，她写名字是凭读音，那个“淋”字写法与读音完全一致，即使给作品中一个人物取名为“艾琳”的爱尔兰诗人托马斯·摩尔也会认可“艾淋”二字。

艾淋是老两口的女儿。如果由东向西划一条经过加尔维斯顿和德尔里奥的线，她便是这条线以南的第一位女收款员。她坐在厨房门边棚子下松木搭的大木笼（也许该叫大殿堂）里一条高凳上。面前有一道铁丝网保护，网下方开了个拱形窗口，供你递钱。为什么要用铁丝网保护只有天知道，其实个个到巴黎餐馆吃饭的人愿意豁出命为她效劳。她的工作轻松，顿顿饭一块钱，你把钱塞进窗口，她收下。

现在我本想描绘一番艾淋·辛克尔，但是请容我先向你推荐埃德蒙·伯克[①]的一本大作，书名为《崇高与美的哲学探索》。本书论述详尽，首先谈的是对美的初始概念。我记得，在伯克看来，人们最初以圆和滑为美。他的话很有道理。圆即魅力，至于滑，女人的皱纹越多则越滑。

艾淋是地道的植物性化合物，经得起亚当被逐出伊甸园那年颁布的《纯正仙人食品与基列乳香法案》挑剔。她这位美人像水果摊，有草莓，桃，樱桃，等等，等等。两眼间距离宽。她的脾气具有暴风雨前的宁静，但暴风雨永远不会来。我觉得描绘美女往往浪费笔墨。美与幻想一样，“产生于眼”。美女有三类——对不起，我生来话多，每次都离题。

第一类是你喜欢的雀斑脸、塌鼻梁的；第二类是莫德·亚当斯[②]式的；第三类是法国布格罗[③]画中美女式的。艾淋高出一层。她是无瑕美玉市的市长，特洛伊城的美女海伦只配给她洗衣服。

---

① 埃德蒙·伯克（Edmud Burke，1729—1797），英国政治家、作家，以雄辩著称。

② 莫德·亚当斯（Maude Aolams，1872—1953），美国女演员。

③ 布格罗（Bouguereall，1825—1905）法国十九世纪装饰画与宗教画画家。

巴黎餐馆远近闻名，即使来这里吃饭不方便的人也会骑马来帕洛默欣赏她的笑容。来者必遂愿。吃一顿饭见到她一次笑，付一元钱。艾淋对来者虽无偏心，但似乎对其中三人特别青睐。凡事“礼”字在先，我最后才会谈到我自己。

第一个叫布赖恩·杰克斯，看名字就知命里有多坎坷。[①] 此人是人工造出来的。个子小，肤色像易碎的砂岩，头发的颜色像安格会教堂的砖，眼睛像两粒长得一模一样的酸果，嘴像信箱的投信口。

从班戈到旧金山，北起波特兰，南至偏东四十五度的佛罗里达，在此范围的城镇他无一不熟悉。世上所有的技艺、行当、游戏、运动项目，他无一不精通。从五岁起，东西海岸间发生的重大事件他或者亲眼目睹，或者正赶去参加，无一错过。如果你打开地图册，任指一座城市，他能脱口说出这座城市三位知名人士的绰号，说完了你还来不及合上地图册。谈到百老汇、灯塔山、密执安路、欧几里德路、第五大道、圣路易斯四大院时，他的口气大得很，甚至不屑一顾。与他这位天下通比起来，浪迹世界的犹太人不过算隐士而已。世上能学到的知识他全学到了手，而且愿传给你。

我不愿听别人谈起波洛克的《时间历程》，[②] 你也不愿。但是，每当我看到杰克斯，就会想起这位诗人谈起另一位名叫乔治·戈登·拜伦的诗人时说的话。他说拜伦“与酒早

---

① 美国史上曾有一人叫威廉·布赖恩（1860—1925），曾三次竞选总统，三次均失败。

② 波洛克（Pollok，1798—1827），苏格兰诗人，《时间历程》是他的一篇诗体论文。

早结缘，深深结缘，酒量超过百万人之众，最后却喝死，因为再无酒可喝。”

杰克斯就是如此，只不过没有死，而是来到了帕洛默，但这与死相差无几。他是铁路报务员兼货运票务员，月薪七十五元。一个无所不知无所不能的年轻人为什么甘愿当一份没出息的差，我无论如何想不通，尽管有一次听他露出口风，说是得于铁路董事长和董事会的面子。

对于杰克斯，我还要向你交代一笔：他穿浅蓝色衣服，黄色皮鞋，领带的料子与衬衫的完全一样。

我的第二名对手叫巴德·坎宁安，在帕洛默附近一个牧场干活，工作是帮忙把不听话的牛群收拾得伏伏贴贴。他是我见过的牛仔中唯一不上舞台却酷似舞台牛仔的人，头戴宽边帽，下穿皮套裤，脖子上围的围巾结打在背后。

巴德每星期两次骑马从瓦尔弗迪牧场到巴黎餐馆吃饭。他骑的一匹肯塔基马很难驾驭，跑得飞快。到棚子边的一大丛牧豆树时，他猛勒缰绳，马蹄在肥沃的土地上犁出的沟有几码长。

当然，杰克斯和我是餐馆的常客。

在这片黑蜡似的泥土之乡，辛克尔的前房可谓干净，算得上小客厅，里面摆着柳条摇椅，椅上有手工织的靠垫。还摆着相册和一些海螺壳。角落里有台立式小钢琴。

晚上等生意忙过，我和杰克斯、巴德三人会去坐坐，“拜望”辛克尔小姐。有时谁运气好，去的只有一个或两个。

艾淋这姑娘有头脑，不该只整天坐在铁丝网后收钱，只可惜命运还没有给她别的好事干。她爱看书，爱听别人谈话，爱思考。换上一个志向没有她高的姑娘，有了她这副长相尽可心满意足，但她并不满足于有美丽的容貌，而想创建出一个“沙龙”——在帕洛默绝无仅有的沙龙。

“难道你不认为莎士比亚是位伟大的作家吗?”她的弯眉微微一皱，分外动人，问道。伊格内修斯·唐纳利如果还在世，看到她这一皱眉，会难得顾上他的培根。[1]

艾淋还认为，波士顿的文化品位比芝加哥高，罗莎·博纳尔[2]是最伟大的女画家之一；西部人比东部人坦诚，心境开阔；伦敦一定是个雾都，加利福尼亚的春天一定很美。此外她还有许多高见，堪与世界上最有头脑的人比肩而立。

然而，这等等或者只是她听别人说过的见解，或者只是显而易见的知识。除此之外，艾淋还有自己的一套理论。举她不厌其烦向我们谈的一例，她讨厌奉承。她声称，无论男女，说话做事坦率诚实是最重要的美德。如果她喜欢上谁，谁一定具有这种品德。

一天晚上，我们三位饭友聚在小客厅时，她说：“我听到人夸我的外貌就厌烦透顶。我知道我不漂亮。”

（巴德·坎宁安后来对我说，听到她的这句话他好不容易才忍住没有骂出口，因为她在讲假话。）

艾淋接着说：“我仅是中西部的一个小家女，只讲究朴实干净，但求能帮爸爸挣口饭过得下日子。”

---

① 伊格内修斯·唐纳利（Ignatius Donnelly，1831—1901），美国作家，认为莎士比亚的作品均出自英国哲学家培根（Bacon）之手。

② 罗莎·博纳尔（Rosa Bonheur，1822—1899），英国女画家，最善画马。

（辛克尔老头每月纯利一千元，都存在圣安东尼奥一家银行里。）

巴德坐不安稳，身子时不时动着，手时不时弯下帽檐。他有个习惯，就是从不离帽子。他不知道她说希望听到什么话是真希望听到什么话，还是她心里明白该听到什么话。许多聪明人左思右想难回答，但巴德答了话。

“哦，艾淋小姐，你说得对，美貌不等于一切。我并非觉得你没有美貌，但我一直最看重的，是你对父母的关心体贴。只要对父母好，顾家，长得不太漂亮无所谓。”

艾淋对他现出最甜蜜的笑。“坎宁安先生，谢谢你的夸奖。”她说，“我很久没有听到这样好的称赞了。这种话我爱听，你夸我的眼睛和头发我并不稀罕。我说我不喜爱人奉承，这话你相信，叫我很高兴。”

果然如此。巴德猜对了。杰克斯不可能一声不响，他接着说话了。

“当然，艾淋小姐，”他说，“相貌好不见得什么都好。你肯定长得不难看，但这有多大关系呢？我在迪比克认识一位姑娘，脸长得像椰子，但能在单杠上不换手连做两次悬垂穿腿后翻，然后成后悬垂。有的姑娘长得如花似玉，但没有这手本领。艾淋小姐，我见过长相不及你的，但我真喜爱的是，你做事内行，冷静和聪明，姑娘讨人喜爱就靠这两条。前两天辛克尔先生对我说，从你开始收钱起，从没有收过一块假银元。老实说，姑娘家应该这样，我看中的就是这一点。”

杰克斯也赢得了她的笑容。

艾淋说："杰克斯先生，谢谢你的美言。你真该了解我，我多喜爱听实话，不喜爱听奉承话。听别人说我漂亮我就心烦。我想，最开心的事是有对你实话实说的朋友。"

这时，我见艾淋对我瞟了一眼，看出她在等我说话。我突然乱了神，想不顾死活对她说，在伟大造物主的所有杰作中，她是件极品；她是块无瑕美玉，在长满郁郁葱葱草木的黑土地上闪着纯洁柔和的光；她能倾国倾城；要论我的喜爱，即使她对父亲狠如毒蛇的牙，即使她分不清假银元和马笼头上的搭扣，我都满不在乎，会大歌大颂她举世无双的美貌。

但是我忍住没有说。我担心奉承话会招来厄运，我已亲眼见到巴德和杰克斯的巧妙得体话使她高兴。得啦！会奉承的人尽管巧舌如簧，辛克尔小姐却不买账。所以，我也站进了老实巴交的人的行列。我立刻变得巧言令色。

"辛克尔小姐，"我说，"古往今来，尽管各时代有各时代的诗歌和传奇，但女人的智慧一直比女人的美貌更受赞颂。即使是埃及的艳后克莉奥佩特拉，最叫人倾倒的也是她的才智，而不是外表。"

"嗯，我也这样想。"艾淋说，"我见过她的画像，不过如此。她的鼻子太长。"

我接着说："艾淋小姐，恕我直言，是你使我想到了克莉奥佩特拉。"

"怎么啦？我的鼻子没有她长！"她睁大眼睛说，边用丰满的手指指着秀丽的鼻子。

"噢——呃——我是指天生才气。"我说。

“哦!”她说，接着对我一笑，给了与巴德和杰克斯相同的赏赐。

“谢谢三位都对我坦率说了实话。”她说，声音格外动听，“希望三位永远这样。心里怎样想，就对我怎样说，痛痛快快，大家都成最好的朋友。由于三位真对我好，了解我讨厌别人只知对我乱吹乱捧，我为三位唱唱歌、弹弹琴吧。”

当然，我们表示了感谢和高兴，但如果艾淋仍面朝我们坐在摇椅上，让我们一直看着她，会更求之不得。她毕竟不是著名歌手阿德利娜·帕蒂，连帕蒂最后一场告别演出时的嗓门都没有。她的声音小，咕咕咕像斑鸠叫，要门窗全关，贝蒂不在厨房把炉盖弄得咣当当，客厅的各个角落才能听到。音域在钢琴键盘估计只有八英寸，发声快或发颤音时，像你奶奶用铁锅煮衣服。如果我告诉你，我们听她唱歌像唱歌，那么你可以相信，一定是因为她貌美。

艾淋喜爱的歌很多，钢琴右侧放着高高一叠乐谱，一首首都要唱遍，过嘴一首往右边放一首，到第二天晚上唱时再从右放到左。她的最爱是门德尔松、[1] 穆迪、[2] 桑基。应我们的请求，她每次以《美丽的紫罗兰》和《秋叶黄了》收场。

---

① 门德尔松（Mendelssohn，1809—1847），德国作曲家、钢琴家、乐队指挥。

② 穆迪（Moody，1837—1899），美国福音传教士，足迹遍及全美。1873—1875 年在苏格兰、爱尔兰、英格兰传教时，曾与风琴演奏家、作曲家桑基（Sankey）合作，谱写了大量赞美诗。

十点，我们三人离开小客厅后都到杰克斯的小小车站，坐在站台上，晃荡着腿，相互摸底，看艾淋小姐的心偏向了谁。这是情场对手之道，相互不会回避，也不怒目相向，而会聚在一起交谈、分析，用政治家的手段摸敌实力。

不料，有一天帕洛默半路杀出个人，是名律师，一来就成了镇上的耀眼人物。此人名叫西·文森特·维西。你一望而知，他刚从西南某法学院毕业。用不着看文凭，你只要看他的双排扣长礼服，浅色条纹裤，宽边黑软帽，窄带白细布蝴蝶领结，就能知道他为何许人物。他集修养、风度、机灵于一身。他一来，帕洛默就热闹起来。来后的第二天，他踏遍了镇上的每寸土地。

为了开拓事业，维西自然而然要与帕洛默镇上的和镇外的人混熟。除了正路上的人物，三教九流他都要结识。所以，杰克斯、巴德·坎宁安和我有幸认识了他。

如果维西没有见到艾淋·辛克尔，没有成为参加角逐的第四人，命中注定一说就不可信。为了讲究派头，他没有上巴黎餐馆，而是吃住在黄松木盖的旅店，但成了辛克尔家客厅的一位重要客人。

由于他参战，巴德着了急，屡出脏话；杰克斯原形显露，动不动一口市井腔，使巴德的脏话相形见绌，我听得目瞪口呆。

维西嘴巧，口若悬河，夸张话、恭维话、赞美话、感谢话、甜蜜的奉承话、歌颂话、巧妙的比喻、不加掩饰的吹捧能脱口而出。我们想，艾淋很难架住他的一张嘴和双排扣长礼服。

但是有一天我们来了勇气。

一天黄昏，我坐在辛克尔家客厅前的小走廊里，等艾淋出来，突然听到屋里有人说话声。原来，艾淋与她父亲辛克尔老头进了屋，老头在对她说话。我早已看出来，她父亲是个精明人，懂人生哲理。

“艾淋，”他说，“我已看在眼里，有三四个年轻人常来找你，有了好一段时间。你是不是对谁特别喜欢？”

“哟，爸爸，”她答道，“几个一样喜欢。我觉得，坎宁安先生、杰克斯先生和哈里斯先生都很好。他们对我说的话全坦率、诚实。维西先生认识不很久，但觉得他也很好。他对我说的话也全坦率、诚实。”

辛克尔老头说：“我要问的正是这一点。你一直说，你喜欢说实话的人，不让人用恭维话、假话蒙你。但是，你有没有试探过他们谁对你说的话最直率？”

“叫我怎么试探呢，爸爸？”

“我告诉你吧。你知道，你爱唱歌，两年前在洛根斯波特学过音乐。学习时间不长，再长我们学不起，而且你的老师说你嗓门不行，再学白费钱。你就问问那几个人你的歌唱得怎样，看他们怎么回答。对你说实话的人一定很有勇气，可以信得过。你看这办法如何？”

“行，爸爸，”艾淋说，“这是个好办法，我试试吧。”

艾淋和辛克尔先生从里屋的门出了客厅。我赶紧偷偷溜到车站。杰克斯坐在电报机边等八点来的电报。巴德刚好在镇上，来了以后我把听到的话又说了一遍。我对情场对手以诚相待，因为所有爱慕像艾淋这样姑娘的人都应该以诚相待。

我们三人对这一绝招都叫好。这样一试探，维西出局肯定无疑。正因为满嘴甜言蜜语，他势必败北。我们清楚记得艾淋喜爱坦率诚实，要听实话、真话，不要听恭维话、讨好话。

我们手挽手，在站台上高兴得乱蹦乱跳，扯开嗓门唱《马尔登是老实人》。

那天晚上，四张摇椅上坐了人。另一张可谓幸运，坐了苗条的艾淋小姐，我们四人中有三人暗暗高兴，等着试探。巴德首先被考。

艾淋唱完《秋叶黄了》，现出迷人的一笑，说："坎宁安先生，你觉得我的嗓门怎样？要说真话实话。你知道，我希望你永远对我这样。"

巴德在摇椅上挪挪身子，要利用这个机会好好表现他应该具有的诚恳。

他一本正经地说："艾淋小姐，老实说，你的声音比黄鼠狼大不了多少，像在吱吱叫。不用说，我们都喜欢听你唱歌，因为你唱得柔和动听。再说，你坐在琴凳上姿态很美，与面对我们时一模一样。但是要说唱得地道，我觉得你还谈不上。"

我眼盯着艾淋，想看看巴德的实话是否说过了头。结果，艾淋高兴地一笑，高兴地道谢，说明我们走对了路。

"你觉得怎样呢，杰克斯先生？"她接着问。

杰克斯说："相信我吧，你在歌剧院里排不上号。美国每个城市的明星演唱我都听过，可以对你说，你的嗓门不行。要不然，你会叫歌剧院里的大牌明星前往肥皂厂去干活——我是说就相貌而论，因为那些尖嗓子个个长得像赶集的乡下姑娘。但是用嗓子的事你不行。你的会厌运用得不好，不是有板有眼。”

艾淋听到杰克斯的批评高兴得笑出了声，然后看着我，想听我怎样说。

“艾淋小姐，”我说，“我对音乐的技巧不内行，但说实话，对上天赐给你的嗓子我不能多恭维。人们一直爱把歌唱家比做鸟，就没有想过鸟的种类何其多。你的嗓子使我想起画眉鸟叫，带喉音，不响亮，音域不宽，变化不大，但还是——呃——动听，有——呃——有它的——呃——特——特色——呃——”

辛克尔小姐打断我的话，说：“谢谢，哈里斯先生。我知道，我信得过你的坦率诚实。”

接着，西·文森特·维西一提上衣的袖管，露出衬衫洁白的袖口，像瀑布泻下叫人眼花。

我记不清他怎样赞颂辛克尔小姐的嗓子——上帝赐的一件无价之宝。如果他对聚在一起唱歌的歌星大吹大捧，一定会使这支星球合唱队得意得化成一阵流星雨。

他挥着白皙的手指，数着五大洲的大牌歌剧明星，从珍妮·林德数落到爱玛·阿博特，无一不贬她们的天赋。他说起喉音、胸腔共鸣、乐节、琶音等等喉头艺术的行话，都闻所未闻。他也万不得已承认高音部里珍妮·林德能唱出的音，辛克尔小姐却有一两个没有唱到位，但是——那也只需练练、学学就行。

临了他预言——郑重预言——西南部将升起一颗新

星——一颗地域广阔的得克萨斯州引以为豪的新星——其歌唱事业在音乐史上将无前例。

十点，我们起身告辞，艾淋照往常一样，与我们一一亲切握手，现出动人的微笑，邀我们再来。我看不出谁占了谁的上风，三人心中有数，也就是我们心中有数。

我们知道坦率诚实已经取胜，竞争者由四人变成了三人。

在车站，杰克斯拿出个一品脱装的瓶，瓶里装着好东西。我们庆祝了一番，半路杀出的人已经完蛋。

四天过去，无事可述。

第五天，杰克斯和我到槲树条盖的棚里吃饭，发现铁丝网后收钱的是墨西哥年轻人，穿白上衣、深蓝色裙子的天仙不见了踪影。

我们大步闯进厨房，撞上辛克尔老头端着两杯热咖啡出来。

“艾淋呢?”我们异口同声问。

辛克尔老头是个厚道人。他说：“噢，两位先生，她这是突然心血来潮。再说，我也有了这笔钱。她去了波士顿一个音——音乐学院训练嗓子，要学四年。两位先生请让让，咖啡烫手，再端吃不消啦。”

这天晚上，坐在站台晃荡着腿的不是三人而是四人，西·文森特·维西也入了伙。我们边谈边听到狗在狂叫，见到月亮从树梢升起，你说它小如五分币也可，大如面粉桶也行。

我们谈着究竟对女人说假话好还是说实话好。

由于当时我们都年轻，没有谈出个结果。

良机不再*

“千真万确，是个砖头桶!”金索尔文太太伤心地又说了句。

贝拉米·贝尔莫尔太太听了一皱眉，这个动作既表示同情，又带有几分惊讶。

金索尔文太太接着说：“真没有想到，她逢人便说在住的房间里看见了鬼。客房数她住的那一间最好。她说鬼的肩上扛了桶砖头，是个老头，穿工装裤，叼着烟斗，扛着一桶砖头。哪有这种荒唐事！可见她居心不良。金索尔文家没有出过扛砖头桶的人。谁都知道金索尔文先生的父亲是靠大宗建筑合同挣钱的，没有动手干过一天粗活。这栋房子也是他自己设计的。现在倒好，扛起了砖头桶！她怎么会这样狠心、这样恶毒呢?”

---

* 原名 A Ghost of a Chance. 见：*Sixes and Seuens*, *The Complete Works of O. Henry*, Garden City Publishing Co., Inc., 1937. ——编者注

“这当真太不像话。”贝尔莫尔太太轻声附和道，漂亮的眼睛往漆有淡紫和淡黄两色的大房间扫了一眼，“她说在这房间里看到了鬼。哼，我才不怕鬼哩！想都没有想到过怕。你叫我住这里我高兴。我想，见到自家人的鬼魂一定很有意思。不过，她说的话的确有些不合情理。我没有料到菲希尔·苏姆金斯太太会做出这种事。砖是装在桶里背的吗？鬼为什么背砖到大理石和石头建的别墅里呢？菲希尔·苏姆金斯太太对不起人，但是这样一来，我觉得她是上了年纪了。”

金索尔文太太往下又说：“这房子是我们家独立战争时在老宅的地盘上建的，有鬼也用不着奇怪。金索尔文家有人在格林将军手下当过上尉，只不过我们一直没有见过这事用笔写纸载。如果家里有鬼魂现身，也该是这一位，怎么是背砖桶的人呢？”

贝尔莫尔太太表示赞同，说：“你猜是独立战争时祖先的鬼魂很有道理。不过呢，你也知道，鬼魂想怎么现身就怎么现身，由不得人。也许，眼里既出意中人，也出鬼魂。看见鬼的人占了个便宜，就是你没有证据推翻他们的话。因为不怀好意，独立战争时军用背包十有八九会被看成搬砖的桶。金索尔文太太，别把这事挂在心上，我敢肯定是个背包。”

金索尔文太太没有宽心，难过地说：“但是她逢人便说，一口咬定看得真切。还说嘴里叼了烟斗。还有，工装裤你怎么说得清呢？”

“那么硬邦邦皱巴巴的东西穿不上身。”贝尔莫尔太太说，强忍着一个哈欠没有张大嘴打。

如果把社交界比作一个馅饼，那么，菲希尔·苏姆金斯太太便是金索尔文家到手的一颗大葡萄干。这个馅饼一直放在货柜顶，够不着。但由于用钱垫脚，又有锲而不舍的精神，终于够着了。菲希尔·苏姆金斯太太是一面镜子，照出了光怪陆离的时髦社会。她的才智和举动绚丽夺目，像万花筒，你看到她就看到了社会最新最大胆的变化。原来声名远播，出人头地，无须搞什么小动作就使众人瞩目，但现在不同，为了坐稳宝座，得来点这类手段。何况岁月不饶人，叫她心虚。报纸的嗅觉敏感，对她的报道从整版削减到了两栏。她的才智走上了歧途，行为变得怪异反常。她觉得，如果想继续维持唯我独尊的地位，非得把常规踩到脚下不可。常规束缚的是不能唯我独尊的人。

架不住金索尔文家的强求，她屈尊降贵光临，住了一夜。她对女主人晓以颜色，幸灾乐祸、绘声绘色说看到了背砖头桶的鬼。女主人本为能请到社交界头面人物而喜不自胜时，到头来却尝到了失望的苦果。人们不是笑话她，就是觉得她可怜，两种态度必居其一。

但后来，金索尔文太太有了新的大收获，重新燃起了希望，情绪也高了。

贝拉米·贝尔莫尔太太接受了邀请到克利夫托普做客，打算住三晚。贝尔莫尔太太是后起之秀，由于相貌、出身、财产三全，在那个至神至圣的圈子里占有一席之地无需劳神费力。她慷慨大方，给了金索尔文太太心驰神往的赏赐。同时，她猜这样一来特伦斯也会高兴，也许此人之谜可以借机破解。

特伦斯是金索尔文太太的儿子，年方二十九，一表人才。此外，有两三点或引人注意或令人费解，其中之一是对母亲孝顺得出奇，这当然引人注意；另一点是话少得叫人受不了，其原因似乎不是腼腆就是深沉。特伦斯引起贝尔莫尔太太关注，只因为她不明白原因所在。她想多捉摸捉摸他，心头老挂着这事。如果他仅腼腆而已，她会抛开他，因为腼腆的人乏味；如果他深沉，她也会抛开他，因为深沉的人不可靠。

贝尔莫尔太太来做客的第三天下午，特伦斯来找她，发现她在一个角落里专心看相册。

他说："谢谢你光临我们家。我想你已经听说，菲希尔·苏姆金斯太太临走狠狠踹了我们家一脚，编出个砖头桶的话来，搅得我们不可开交。我妈妈为这事伤心透了。贝尔莫尔太太，你住在我们这里时能不能也看到个鬼？要看到个头戴贵族冠冕、手夹支票簿、八面威风的鬼。"

贝尔莫尔太太说："特伦斯，那老太太编出这样的故事简直胡闹，大概你们让她的肚皮吃得太饱。你妈妈没有把这事当真吧？"

特伦斯答道："我想她当了真，砖头桶里的砖头块块砸在她头上。我妈妈是好人，我不忍心看她难过。但愿那鬼是搬运工会的，会出来罢工，要不然一家人不得安宁。"

贝尔莫尔太太想了想，说："我就睡在闹鬼的房间。这间房很好，别说我不怕鬼，就是怕，我也不搬。如果我按你的愿望，说看到了一个贵族的鬼魂，恐怕并不顶用，你说呢？我会乐意说，但是我觉得明摆着的对台戏唱出来人家不愿看。”

“很对，不能这样做。”特伦斯说，用两个手指头慢慢梳理黄发卷，“如果说又见到那个鬼，但不穿工装，背着一桶金块，行吗？这一来，就不是干苦力活的穷鬼，而是个有钱的阔佬。你觉得这能挣回面子吗？”

“你们家祖先有人跟英国人打过仗，对吗？你妈妈说起过有。”

“我相信有。老祖宗里有人穿拉格伦式背心和高尔夫球裤。我不在乎什么大陆不大陆，打仗不打仗，但是我妈妈看重名声，门第，脸面，我想让她高兴。”

“特伦斯，你不辜负妈妈的心意，是个好儿子。”贝尔莫尔太太说着撩起丝绸衣，腾出身边一块地盘，“坐到我旁边来，我们一道看照片，就像二十年前的人一样。现在你一个个说。这位神气的高个子背朝天际，一只手搁在古希腊科林斯林柱子上，他是谁呀？”

“那个大脚老祖宗吗？”特伦斯问，伸长脖子看了看，“是叔祖父奥布兰尼根。他在鲍厄里街开餐馆。”

“特伦斯，我叫你坐下。如果你不听话，让我不高兴，早上醒来我会说见到了一个鬼，系着围裙，端着啤酒杯。对，这样才好。特伦斯，你这个年纪的人还害羞，说起来丢人。”

在临走那天吃早饭时，贝尔莫尔太太语惊四座，说她的确看到了鬼。

“鬼有没有——背——背——？”金索尔文太太又担心

又激动，说不下去。

“不是，哪儿的话！”

满桌人七嘴八舌地问：“你怕吗？”“鬼做了什么？”“什么模样？”“穿什么衣服？”“说话了吗？”“你叫起来了吗？”

“尽管我饿得慌了，你们问的事都会答。”贝尔莫尔太太痛快地说，“我惊醒过来。是听到声音还是叫什么东西碰一下惊醒了，我不能肯定。眼前站了个鬼。我夜里从不点灯，所以房间里黑糊糊，不过我清清楚楚看到了鬼。我不是在做梦。鬼的个子高，浑身上下一团白，穿戴全是殖民时期的，头上有扑粉的假发套，身上的衣服宽宽大大，带花边皱领，佩着一柄剑。房间黑黑，鬼像个白影，走路没有声音。的确，开始我有些怕，或者说有些吃惊。我见到鬼这是头一回。它一句话不说，我也没有喊叫。我用手肘支起身子，它一见悄悄走了，走到门口不见了。”

金索尔文太太顿时飘飘然，说：“看这模样一定是金索尔文上尉，格林将军的部下，我们的祖先。”她的声音因自豪和心头重负已释有些颤抖，“贝尔莫尔太太，很对不起，我们家人的鬼魂现了身，恐怕害得你一夜不安。”

特伦斯对母亲高兴地一笑，表示庆幸。金索尔文太太终于如愿以偿，特伦斯希望的就是看到她开心。

贝尔莫尔太太津津有味吃着早饭，边吃边说：“不瞒你们说，我照样睡得安稳。换了别人，会惊慌失措叫起来，闹得你们一家手忙脚乱团团转。但是我只一开始有些惊慌，过了这阵想怕都怕不起来。那鬼现了一会儿身后，不声不响太太平平下了场，我照睡不误。”

听的人几乎都内心明白，贝尔莫尔太太的话是无中生有，出于好意，要跟恶意说见到鬼的菲希尔·苏姆金斯太太唱反调。但是也有两三个人认为她说的是她确信无疑的事实。即使你不信有鬼，只要善于分析，你也不得不承认，至少在活灵活现的梦里，她的确看清了那位不速之客。

吃过早饭，贝尔莫尔太太的女佣忙着收拾行李。汽车两小时后来送她去车站。见特伦斯走到了走廊东头，贝尔莫尔太太迎了上去，眼里闪现出自信的目光。

“有件事我对别人都不愿说，但是可以告诉你。”她说，“我觉得多多少少该与你有关。猜猜看，昨天夜里鬼怎样惊醒了我。”

特伦斯想了想，答道：“弄得铁链发响，还是在哼哼？鬼多半有这两种响动。”

“你是不是听说过，我与你那位不安分的祖先金索尔文上校的女亲女眷长得相像？”贝尔莫尔太太突然前言不搭后语地问道。

特伦斯感到莫名其妙，说：“想不起来。从没有听说她们有谁长得很漂亮。”

贝尔莫尔太太眼睛直视着年轻人，神情严肃，说：“那么，那鬼怎么会吻我呢？我知道他确实吻了我。”

特伦斯诧异得大瞪着眼睛：“天哪！当真有这种事，贝尔莫尔太太？那人真吻了你吗？”

“我是说鬼吻了我。是鬼，不是人。”贝尔莫尔太太纠正了特伦斯的话。

“但是为什么你说与我有关？”

“因为鬼的亲人中唯有你是男性。”

“我明白。的确一脉相承。但说正经话，那人——那鬼——你怎么——？”

“怎么知道的吗？哪能不知道呢？我睡着了，就那样被惊醒的，我几乎可以肯定。”

“几乎？”

“哼！我醒来时正好——哟，你难道会不明白我的意思？如果你突然醒来，不论什么原因醒来，你都不敢肯定有没有做梦，或者——反正你心中有数。天哪，特伦斯，你非常聪明有见识，还用得着我一五一十向你细说吗？”

“但是与鬼接吻我完全不知道是怎么回事？我从来没有与鬼接过吻。鬼是不是——是不是——？”特伦斯委屈地说。

贝尔莫尔太太微微一笑，慢条斯理地说：“你想知道就告诉你吧，那感觉既有身体的，也有精神的。”

特伦斯的表情突然转而严肃，说：“那当然是做梦或者出现幻觉。现在谁也不相信有鬼。贝尔莫尔太太，如果你说见到鬼魂是出于好心，我对你感激不尽。我妈妈听了你的话欢天喜地。见到了独立战争时的祖宗，这主意妙绝。”

贝尔莫尔太太叹口气，无可奈何地说：“我没有逃过所有见过鬼的人的命运。唯有我看见鬼魂是因为多吃了龙虾酱，要不就是信口雌黄。得啦，干这件傻事我至少有一件收获，就是和阴间的人接了吻。特伦斯，金索尔文上尉是个很勇敢的人，对吗？”

特伦斯想了想，说：“我不知道他在约克敦吃了败仗。

只打一仗他就带手下一连人逃了。”

“他一定胆小，本应再干。”贝尔莫尔太太随口说了一句。

“再打一仗吗?”特伦斯傻乎乎问道。

“难道有别的意思吗?我得准备走了，汽车过一小时来。我很喜欢克利夫托普。今天上午天气真好，你说呢，特伦斯?”

在去火车站的路上，贝尔莫尔太太从衣袋里拿出块丝绸巾，看了看，现出异样的笑。然后把丝绸巾打了几个死结，随手扔下路边悬崖。

特伦斯回到自己房间后对用人布鲁克斯说道：“把这些东西打成包裹，按这个名片上的地址寄出去。”

名片上的地址是纽约一家服装出租店，“东西”是一八七六年的一套白缎男装，有银扣带，长筒白丝袜，白羊皮鞋，外加一个扑粉的假发套，一柄剑，周身一件不缺。

特伦斯有些着急地又补一句：“布鲁克斯，你到处找找，我有一条绣着我名字首字母的丝绸巾不见了，一定掉在什么地方。”

一个月后，贝尔莫尔太太和另一两个时髦人物定下了一份去卡茨基尔游玩人员名单。贝尔莫尔太太最后过目拍板。名单上本来有特伦斯·金索尔文的名字，却被贝尔莫尔太太用笔轻轻勾掉了。

“太腼腆!”她甜美的声音解释说。

十月与六月*

上尉满腹愁肠，凝视着挂在墙上的军刀。军刀边的一个柜子里放着褪了色的军衣，是在部队里穿久了褪色的。往日战争的烽烟仿佛隔得非常非常遥远。

他深知国家用兵只在一朝。现在他愁眉不展是因为敌不过一个女人温柔的眼睛和满面春风。房间里无声无息，他手里拿着封信坐着没动，就是这封信使他愁眉不展。他把断送了他希望的那段最重要的话重看了一遍：

> 我觉得该坦率地说，我不能答应你的要求嫁给你。我这样做的原因是我们的年龄差距太大。我非常非常喜欢你，但我们的结合不会是幸福的结合。说出这些话我非常抱歉，但我相信你会赞赏我的诚

---

* 原名 October and June. 见：*Sixes and Seuens*, *The Complete Works of O. Henry*, Garden City Publishing Co., Inc., 1937. ——编者注

实，将真正原因告诉了你。

上尉叹口气，把头靠在手上。的确，他们年龄相差了好些岁。但是他身体结实，为人诚恳，有地位，有钱。难道他给予她的爱情、体贴，还有他的优点不能使她忘记年龄差距吗？而且，他几乎可以肯定，她对他有好感。

上尉是位想干就干的人。在部队，他的果断和精力负有盛名。他要再去见她，当面向她恳求。年龄！他与他喜爱的人之间年龄相差有什么关系？

两小时后他做好了准备，开拔去打一生中最大的仗。他登上开往田纳西州南部的一座古城的火车，她住在这座古城里。

上尉走进围墙门踏上鹅卵石路时，西奥多娜·戴明正在一栋有门厅的漂亮老房子前台阶上欣赏夏日的晚霞。她看到他来并没显得尴尬，反而一笑。上尉上了台阶，站在她下方，两人的年龄差别并不显得大。他个子高，腰身笔挺，眼睛明亮，皮肤晒成了褐色。她青春年少，像朵花。

西奥多娜说："没想到你会来，不过既然来了你就在台阶上坐坐。我的信收到了吗？"

"收到了，所以我才会来。"上尉说，"听我说，西奥，你再考虑考虑你的答复，行吗？"

西奥多娜对他嫣然一笑。上尉看起来很年轻。她的确喜爱他身体好，长相好，有男子汉气概，也许，如果……

"不行，不行，完全不可能。"她断然摇着头说，"我非常喜欢你，但结婚不行。我的年龄与你的年龄——还是别再说了，我在信里对你说过了。”

上尉有点脸红，尽管皮肤晒黑了还是能看出来。好一会他没开口，望着夕阳发呆。在远处的一片树林后有一片平坦的原野，那些穿蓝制服的小弟兄曾在朝向海边的途中行军，在原野上宿营。现在想起来是多么遥远的事啊！说实话，命运与时间老人跟他有些过不去。就因为一些年的时间差异，他就得不到幸福！

西奥多娜的手慢慢放下来，让他的一只褐色皮肤的手紧紧握着。她至少是感觉到了痛苦与爱情是同一回事。

“你不要太难过，”她轻声说，“这样做最好。我前思后想过了，将来你会庆幸我没有与你结婚。结婚只会有一时的痛快。你想想吧，过不了几年，我们的所好会大不相同，一个要坐在火炉边看书报，也许夜晚还发头痛，关节痛；另一个只想去舞会，上剧院，出席夜宴。朋友，这不行。我们俩不是一个像元月、一个像五月，而是一个像十月、一个像六月初。”

“你希望我做什么我一定做什么，西奥。如果你要我……”

“不行，你办不到。现在你自以为能，而实际上并不能。请别再来求我。”

这一仗上尉输了。但他是一位刚强的斗士，起身告辞后，紧闭着嘴，昂首挺胸。

当晚他乘车北上，第二天夜里回到了自己房间，房间的墙上挂着他的军刀。他穿好衣服才进晚餐，白领带的结打得漂漂亮亮。然而也就在这时，他自言自语反省着：

“说老实话，我看西奥想得有道理。没人否认她艳如桃花，但估计至少已经二十八岁。”

各位须知，上尉年方十九岁，他的军刀除了在查塔努加[①]的检阅场还从没出过鞘，那地方离他很远，就像美西战争[②]离他很远一样。

① 查塔努加是美国田纳西州东南部一城市。

② 1989年4月至7月，美国为重新瓜分世界与西班牙进行了一场战争。西班牙战败求和，承认古巴独立，使古巴实际上变为美国的保护国。还把波多黎各各岛、菲律宾群岛割让给美国。

科尼岛上的变迁*

丹尼斯·卡纳汉说："这个星期天，我要去看旧游乐场凤凰涅槃一样新生的科尼岛。诺拉·弗林[1]跟我一道。我们看那些呢绒绸缎扎的骗人把戏会看得入迷，什么维苏维火山爆发啦、叫种族自行灭绝[2]的损招早产儿保育箱啦，其实一个是堆红法兰绒，一个是堆粉红绸。

"我去过那地方没有呢？去过，就是在星期二。到处看了吗？没有。

"上星期一我加入了建筑工会，可是就在那一天，因为参加支持华盛顿塔科马鲑鱼罐头女工二支部的罢工，砸了饭碗。

"一星期前，牛奶场工人和洒水车司机举行半年一度的

---

* 原名 The Greater Coney. 见：*Sixes and Serens*, *The Complete Works of O. Henry*, Garden City Publishing Co., Inc., 1937. ——编者注

① 诺拉为女性名，丹尼斯为男性名。

② 指用降低人口出生率提高新生儿死亡率的办法逐渐使一个种族消亡。

舞会，我和诺拉·弗林一因为生了忌妒，二因为天热火气大，再加上安迪·科格林那混蛋坏事，一言不合吵了起来。本来就不痛快，现在丢了饭碗，更加难受，脾气也大。

“所以我说星期二去科尼岛，如果滑了滑道，看了骗人的把戏，吃了嫩玉米，心情仍旧好不起来，我就无法可想了。

“你可能已经听说，科尼岛的风气已经好转。老鲍厄里街原来有人强拉你照相，给你吃蒙汗药再骗你看手相，现在那里成了岛上的华尔街。卖小红肠的摊点有明文规定得装行情收报机；扔棒球打中黑人头像有奖的游戏现在非法，警察局长下令把黑人头换成了开汽车的人。我听说有损道德的活动已经禁止。原来纽约来的人会坐到沙滩上让海浪冲，现在这些人挤到栅栏门里看画布上画的火烧水淹场面去了。老科尼岛上伤风败俗遭人唾骂的场所据说取缔了。取缔以后，票价从一角涨到了二角五，卖票的不是鲍厄里的米基，换成了一个金发女，叫莫蒂。这些话都是听人说的，真假我不知道。

“星期二我当真去了科尼岛。下了高架铁路，我直奔那个五光十色的地方。漂亮极了，巴比伦塔和印度屋顶花园灯火通明，街上人山人海。大家说得不假，到了科尼岛，就不分高低贵贱。我亲眼看到百万富翁吃着爆米花，挤在人堆里。还看到周薪八元的服装店售货员开着红汽车，在拐弯处拼命按喇叭，互不相让。

“我心想：‘我错了，不该到科尼岛。’人在郁闷的时候不该往热闹的地方跑，最好到墓地去冥思苦想，或者到教堂做礼拜。失恋的人不能到店里吃热玉米，拿服务员开心，不叫他拿盐瓶却叫他拿糖瓶，等人家拿来了却躲起来。也不能出二角五请吉普赛人看手相，听吉普赛人说以后会生三个孩子，说难免再遭大灾大难。这样做，失恋的人得不到安慰。

“我顺着海滩走，走到这个所谓‘梦幻世界’的新游乐场一个角落，这里有个旧长廊。一年前，这里热热闹闹，你花五分钱，老派头服务员会亲切地叫你‘朋友’，端来的蛤蜊肉杂烩够你吃一个星期，找的零钱够你买张车票回纽约。现在，听说海滨大道卖涂着干酪的烤面包，找的零钱只够你到小场子看场电影。

“我坐在长廊里看着海滩上的浪花，想着去年夏天我和诺拉·弗林坐在这里的情景。科尼岛没有变样时，我们玩得高兴。我们照相，在便宜的小餐馆吃杂烩。尼罗河来的女算命师给诺拉看手相，说她命里注定要嫁给一个红头发、罗圈腿。我站在门外听得心花怒放。也就是在一年前，诺拉·弗林握住我的双手，谈起租公寓，她会做什么菜，还有与这等等事离不开的情话。我们喜爱这样的科尼岛。它由魔鬼撒旦一手管着，热情，热闹，钱花得值，海滩没有用篱笆隔开，电灯不太多，不会把黑哔叽衣袖和白衬衫领照得黑白分明。

“我背朝着把月亮、梦想、尖塔都圈了进去的游乐场坐着，怀念旧科尼岛。海滩上人不多，其中好些人把硬币投进售票机，要看影片《情变》，还有好些人在威尼斯水道里过威尼斯瘾，另一些人在真灌了水的大水箱边，闻真战舰海战的硝烟味。沙滩上有几个人在欣赏月光和海水。老科尼岛上的新风气叫我开心不起来，尽管我身后乐队在演奏，身前大海在打低音鼓。

“过了一会，我起身沿旧长廊走，发现长廊另一边半明半暗处倒塌的木头上坐着个年轻姑娘，千真万确在独自哭。

“我问：‘你有什么为难事，能帮你吗，小姐?’

“她腰杆一挺，说：‘不关你的事，丹尼斯·卡纳汉。’听声音正是诺拉·弗林。

“我说：‘当然不关。弗林小姐，你今天晚上一定玩得高兴。新科尼岛你都看了？我猜你是来看新鲜的。’

“她说：‘看过了。我妈妈和蒂姆大叔在那边等我。今天晚上很开心，好看的地方全看过了。’

“‘这就好。’我对诺拉说。但是，我不能说今天什么时候我也玩得高兴。可笑得很，一面说扭转风气，一面还有改头换面的诈骗把戏玩。我玩过以后到了海滩呼吸凉爽空气。‘小姐，你去了印度土邦君主的宫殿吗?’

“‘去了。’她说，‘但是，从滑道往水里冲不安全。’

“‘难道你受伤了？’我问。

“‘对，去打枪了。’诺拉听走了耳，说，‘但是我怕枪，枪声响得震耳朵，蒂姆大叔打了枪，赢了雪茄。卡纳汉先生，我们今天玩得真高兴。’

“我说：‘你玩得高兴我听了也高兴。今天的热闹你一定爱看。那些早产儿保育箱，乱七八糟的表演，小矮人很对你的胃口吧?’

“‘我——我根本就没有胃口。’诺拉有气无力答道，‘不过我妈妈吃得很多。新科尼岛上的好东西我都喜爱。我很长时间没有这样高兴过了。’

“‘看了威尼斯吗？’我问。

“‘看了。’她说，‘是个大美人，一身红衣服，还——’

“我不再听诺拉·弗林说什么，上前一步，把她搂进怀里。

“我说：‘你别说瞎话啦，诺拉·弗林。你跟我一样，在新科尼岛什么也没有看。对我说实话吧，你来只为到这里坐坐。去年夏天你在海边这地方给丹尼斯·卡纳汉带来了幸福。开口说实话吧。’

“诺拉把头钻进我怀里。

“‘丹尼，我才不爱看哩。’她说，几乎哭出了声，‘妈妈和蒂姆大叔在看表演，我到这地方想着你。那么亮的灯，那么多的人，叫我受不了。我们吵架怪我不好，丹尼。’

“‘是我的错。’我说，‘我来这地方是因为想你。诺拉，你看看那些灯，不是很漂亮吗？’我说着转身背朝海。

“‘很漂亮。’诺拉说，眼发亮，‘乐队在演奏，听到了吗？哦，丹尼，我想到处看看。’

“我对她说：‘老科尼岛没有了，亲爱的。一切都在变。人高兴的时候不会去想叫人心酸的事。科尼岛现在变了样，如果情绪不好，我们会看不到它有什么不好。诺拉，亲爱的，下星期我们把新科尼岛看个够吧。’”

五月是个结婚月*

如果诗人在君前歌颂五月，请君当头给他狠狠一棒。五月是捣蛋乱来的小精灵得意忘形的时候。那帮淘气包不仅仅出没于刚发芽返青的树林里，他们的恶作剧简直玩遍城乡。

五月，大自然伸出个指头指着我们的鼻子，叫我们别忘了我们不是神，而只是她的大家庭的成员，不过自以为了不起罢了。大自然还提醒我们，我们与当做盘中餐的蚌，与骡子是亲兄弟，是黑猩猩的直系子孙；咕咕咕的鸽子也好，嘎嘎嘎的鸭子也好，我们自己也好，女佣和公园的警察也好，都是堂亲和表亲。

五月，丘比特蒙着眼睛乱射箭，结果百万富翁娶了速记员；头脑里装满智慧的教授在快餐柜台后向系白围裙、嚼口香糖的女人求婚；放学后，女老师把大个子坏学生留在学

---

* 原名 The Manrry Moth of May. 见：*Whirligigs*, *The Complete Works of O. Henry*, Garden City Publishing Co., Inc., 1937. ——编者注

校；小伙子搬着梯子偷偷溜到草地上，姑娘早拿着望远镜趴在格子窗上等；一对年轻人出门散一次步回家便结了婚；老家伙穿着白鞋罩在师范学校附近闲逛；甚至结婚多年的人都变得柔情脉脉，拍着老伴的背问："那事怎么样，亲爱的？"

今年的五月也是妖不是神，就在夏日刚来之际，发生了一件叫我们大家都意想不到的事。

库尔森老先生躺在椅子上呻吟了好一阵才坐起身。他的一只脚发风湿痛发得厉害，但他在格勒默西公园近旁有栋房子，存款五十万，还有个女儿。他请了个女管家，叫威达普太太。由于这件事与女管家的姓氏值得交代一笔，我便交代了一笔。

到了五月，库尔森先生比爱唱歌的斑鸠还心情舒畅。他坐在窗子近旁，窗台上摆着长寿花、风信子、天竺葵、三色紫罗兰。微风把它们的清香吹进房里。花儿的清香一进房，立刻与风痛膏发出的强烈气味展开搏斗。药膏轻易取胜，但只是在花香飘过库尔森老先生身边后才谈得上轻易。五月这难对付、爱乱来的妖孽的勾当不会白干。

库尔森先生的嗅觉也闻到了公园对过唯独有地下通道的大城市才有的春天的气息，它们的味道分明、独特，像版权一样不可侵犯，有发热的柏油味，地下的大窟窿味，汽油味，薄荷香水味，橘皮味，水沟臭味，阿尔巴尔海蚌味，埃及烟味，灰泥味，还有报纸未干的油墨味。吹进房里的空气甜美柔和。房子外到处有麻雀在快乐地叽叽喳喳。但你决不要轻信五月。

库尔森先生捏着往两边翘的白胡须，又埋怨自己的脚，埋怨过后便使劲一按身边的按铃。

威达普太太闻声进来。她这人中看，皮肤白，进来时神色紧张。她四十岁，可是滑头。

“希金斯出去了，老爷。”她笑着说，笑得一脸的肌肉都在动，“他出去寄信。老爷有什么吩咐?”

“我该吃附子啦，”库尔森老先生说，“你给我倒。瓶子在那儿。三滴，要对水。医……就他妈的希金斯混蛋！我没个人侍候，就是死在椅子上家里也不会有哪个在乎。”

威达普太太使劲叹口气。

“老爷别说得这个样，只怕是在乎了还没人知道呢！老爷，你是说十三滴吧?”她问。

“三滴!”库尔森老头说。

他吃完药抓着威达普太太的手。威达普太太脸红了。要脸红并不难，只要屏住气息，压迫横隔膜就行。

“威达普太太，现在真是春天了。”库尔森先生说。

“那还不好吗?”威达普太太说，“天气已经转暖，哪个角落里的气象都不同了。公园里开了黄花、红花、蓝花，我发了腿痛，全身痛。”

库尔森先生把两撇胡须一翘，感叹说：“到了春天——哎，到春天人就——人就有点儿想着爱情。”

“看你说到哪儿去啦!”威达普太太大声道，“想到又怎么着？现在爱情用鼻子都闻得着哩。”

库尔森老先生继续扯了下去：“到了春天，油亮的鸽子更叫人爱。”

“油亮的鸽子是叫人爱吃。”威达普太太感慨地叹了口气。

库尔森先生害风湿痛的脚一抽搐，痛得他做了个怪相，但他还是说："威达普太太，这屋子没有了你会变得冷清清。我已经——已经是上了年纪的人。可是呢，我那一大堆票子还不会白白搁着。要是价值五十万的公债还顶用，要是一颗真有感情的心——就算这颗心不像年轻人的热得像火——要是它跳起来还真……"

摆在隔壁房间门边的一张椅子倒了，咣当一声，打断了这位中了五月邪气的老先生的话。

范·米克·康斯坦霞·库尔森小姐昂首阔步闯了进来。她瘦而精神，个子高，鼻子也高，不动感情，教养很好，年已三十五岁，也是守着格勒默西公园长大的人。她举起长柄眼镜一瞧。威达普太太赶紧弯下身，给库尔森先生发风湿痛的脚扎绷带。

"我还以为希金斯在你这儿。"范·米克·康斯坦霞小姐说。

"希金斯出去了，威达普太太听到铃响来了。"她父亲解释道，"现在痛得好些了。谢谢你，威达普太太。行啦，我现在没别的事了。"

管家走了出去，脸发烧，是让库尔森小姐冷冰冰的怀疑目光看得发烧的。

"今年春天的天气好，孩子你说呢？"老头子搭讪着说。

"正是这么回事。"范·米克·康斯坦霞·库尔森小姐的回答有些含混，"威达普太太什么时候开始休假，爸爸？"

“我记得她说是从今天起休一星期。”库尔森先生答道。

范·米克·康斯坦霞小姐在窗口站了一会儿凝视着沐浴在下午温暖的阳光下的小公园。她是在用植物学家的眼睛观察花，而花是狡滑的五月用以偷偷制服人的最厉害的武器。她的脉膊像科伦[1]的处女一样平稳，可见能抵挡和风的柔情。温暖的阳光的利箭射不进她冷冰冰的护胸甲胄，落到地上，也变凉了。她那颗沉重的心还是个未知领域，花儿的芳香唤不起心中的温情。麻雀的叽喳叫声只使她觉得难受。她冷对五月。

话说回来，尽管库尔森小姐叫五月奈何不得，她却能估量到五月的能耐。一年中的这个月最胡闹。坐上了五月的怪车，上了年纪的男人和粗腰身的女人会变成经过训练的跳蚤，叫蹦就蹦。她早听说过老糊涂娶女管家的事。把这种感情叫成爱情，多离奇！

第二天上午八点，卖冰的人来了。厨师对他说，库尔森小姐请他到地下室一趟。

“哼，就不叫出名，谁还不知道我是奥尔科特－迪普公司?”卖冰人这样神气活现地炫耀着自己的身份。

然而他还是放下袖子，把冰钩摆到注水器上，走了回来。范·米克·康斯坦霞·库尔森小姐对他说话时，他取下了帽子。

---

① 科伦是德国西部莱茵河滨的一城市，以天主教堂而著名，这种地方的人照理应该对上帝信得更虔诚，行为更守规范。

“这房子的地下室有个后门。”库尔森小姐说，“隔壁在挖地基建房子，你的车从那块空地上过就能走到后门。请你两小时内从后门送一千磅冰来。你还可以找一两个人帮忙。放冰的地点我会告诉你。明天也是一千磅，也从后门进，接连送四天。这些冰的钱照老办法付给你们公司。这点钱给你，就算有劳你了。”

库尔森小姐拿出一张十元钞票。卖冰人鞠一躬，然后两手摆到身后，抓着帽子。

“小姐，你这就用不着了。怎么办，一切都听从小姐吩咐。”

五月真多怪事！

中午时分，库尔森先生把桌上的杯子掀下两个，还按坏了按铃的弹簧，一边扯开喉咙叫希金斯快来。

“快拿把斧头来，要不就叫人去买一夸脱氰酸，要不就喊警察把我毙啦！活活冻死还不如那样痛快。”库尔森先生下了莫名其妙的命令。

“老爷，天的确像在转冷。我刚才还没注意。我把窗户关上吧，老爷。”希金斯说。

“快关！”库尔森先生说，“这种天还算得了春天吗？要这样冷下去，我就回棕榈滩[①]去了。这屋子成停尸间啦！”

库尔森小姐不愧为孝顺女儿，过一会进来了，问风湿痛有没有好些。

“康斯坦霞，外面天气怎样？”老头问。

---

① 美国佛罗里达州东南部之一市镇，为避寒胜地。

“大晴天，只是冷得很。”库尔森小姐答道。

“我看像是三九寒天。”库尔森先生说。

康斯坦霞茫然望着窗外，说：“这就是有人说的‘春天里的冬天’，但我看这样说算不得怎么高明。”

过了一会儿，她从小公园的侧面往西去百老汇，想买点东西。

她走后又过了一会，威达普太太来到风湿痛病人的房间。

“老爷，你按了铃，是吗？”她问，笑得满脸是酒窝，“我叫希金斯去药店买药了，好像听到你按铃。”

“我没按。”库尔森先生说。

威达普太太说：“昨天老爷像是要说什么话又叫我岔开了。”

库尔森老头板着脸问：“威达普太太，我觉得这屋子冷得厉害，这是怎么回事？”

“老爷觉得冷？”管家反问，“呀，真怪，老爷说这房子冷当真这房子就冷了。不过，外面有太阳，像六月天那么暖和，老爷。这天气真叫人心里有说不出的畅快。房子外边墙上的藤蔓长齐了叶子，有人拉起了手风琴，娃娃们在人行道上还跳舞呐。就这时候谈心里的事最合适。老爷，昨天你想说……”

“去你的！”库尔森先生吼了起来，“你这蠢货，我出钱是叫你把这屋子管好。坐在自己房子里都快冻死了，你跑进来还只顾扯什么藤呀，手风琴呀。马上去给我把大衣拿来，把下面的门窗全部关上。大冷天的还唠叨什么春天、花，你这胖老婆子又不管用又糊涂！等希金斯回来叫他热点有酒的饮料来。你这就给我滚出去！”

然而，有谁能羞辱五月的笑脸呢？虽然有人施了毒计，使得头脑正常的人莫名其妙，虽然多心计的姑娘狡诈，虽然用了冷窖，五月并没有低下她的头，仍然胜过其他月份。

噢，对，故事还没有说完。

过了一夜，到第二天上午，希金斯把库尔森老头扶到窗边的椅上。房间里不冷了，人间天堂的各色气味与温馨的花香同时飘了进来。

突然威达普太太急急忙忙走进房间，站到他的椅子边。库尔森先生伸出一只瘦骨嶙峋的手抓住她的圆滚滚的手说：

“威达普太太，这屋子没有了你不会成为一户人家。我有五十万块。要是这笔钱还顶用，要是一颗真有感情的心尽管不像当年，可是还没有冷，还能……”

“我知道了为什么昨天冷得厉害，”威达普太太靠在他椅上，“是冰在作怪，有好几吨，地下室里摆着，客厅里摆着，没哪儿没摆着。我把往你房间里灌冷气的进口全关死哪！库尔森先生，真作践人啊！现在好了，又是五月天。”

库尔森老头只顾说自己的，心里的真情是春天唤醒的：“不过，威达普太太，我女儿会怎么说呢？”

“老爷别担心，库尔森小姐昨天晚上跟着卖冰的人跑啦！”威尔普太太喜形于色地说。

生活的波折*

司法员贝纳哲·威达普坐在办公室门口，嘴里叼着他那根接骨木烟斗。下午高耸云天的坎伯兰山有薄雾，青山成了灰蒙蒙的山。一只花斑母鸡招摇过市，咯咯咯不知叫些什么名堂。

一辆车嗄吱嗄吱慢慢地由远而近，扬起一股灰，原来是兰西·比尔布罗和他老婆坐的牛车。车停在司法员办公室门口，夫妻俩都下了车。兰西身高六英尺，瘦，黄头发，浅褐色皮肤。群山万古不变，而兰西事事沉着。他老婆穿件花布衣，长得瘦，头发扎得紧，不知有什么不称心事，显得无精打采。从这些看来，她似乎不知不觉中虚度了青春。

司法员怕失体面，连忙穿上鞋，起身请他们起来。

“我们俩要离婚。”那女的说，声音像吹过松树林的

---

* 原名 The Whirligig of Life. 见：*Whirligigs*, *The Complete Works of O. Henry*, Garden City Publishing Co., Inc., 1937. ——编者注

风。她看了看兰西，就怕他认为自己没把与两人相关的事说好，有什么差错，含糊，是在推脱责任，袒护自己，做得不公道。

“要离婚。”兰西重复了一句，庄重地点点头，“我们在一起没法过日子。就算是两人感情好，守在山里也闷得慌，更别说她在家里要不就像野猫瞎叫唤，要不就像闷葫芦不吭声。哪个男人凭什么就要死守着她？”

“他就不说自己是没出息的害人精。”那女的开口了，却并没提高嗓门嚷，“跟着帮流氓无赖，偷贩私酒的家伙鬼混，喝了烧酒就挺尸，还招来一群饿牢里放出的下流坯，叫你招待饭菜！”

兰西并不相让：“她动不动摔锅盖，把滚开的水往狗身上泼。那么好的猎狗，坎伯兰山里都没见过第二条！还不肯给人做饭菜，吵得人夜里不能睡，骂骂咧咧没有个完！”

“他老跟缉私酒的人作对，又在山里捞了个二流子的臭名声，害得人夜里哪还睡得着？”

司法员不急不忙地履行起公务来。他端过独有的一把椅子和一张木凳让两个上公堂的人坐下，再翻开桌上的法令全书，先看索引。过了一会，他擦擦眼镜，挪挪墨水瓶，说道：

“法律与法令没有提及本官处理离婚问题的权限。但根据对等精神、宪法、《圣经》的金科玉律，有来无往不是正道。既然司法员能批准结婚，显然也就一定能批准离婚。本官将发给离婚书，并根据最高法院决定坚持其效力。”

兰西·比尔布罗从裤口袋里拿出个小烟叶袋，从袋里抖出张五元的钞票放到桌上，说：“这是一张熊皮和两张狐皮卖的钱。我们就这么点。”

“本官办理离婚案的定价是五元。”司法员说，把钞票塞进家织布做的背心的口袋里，还装出若无其事的样子。他又劳力又操心，先在半张大的纸上写了份离婚书，又在另半张抄一份。兰西·比尔布罗和老婆听他把让他们得到解脱的公文念了一遍：

为周知事，兰西·比尔布罗与妻埃里娜·比尔布罗当本官面议决，今后恩断情绝，互不相干。两人均头脑清醒，身体健全。为恪守本州治安，维系本州尊严，各领离婚书一份。今后各安本分，皇天可鉴。

田纳西州皮德蒙县

司法员 **贝纳哲·威达普**

司法员正要把一份离婚书给兰西时，埃里娜却节外生枝。两个男人看着她。男人生性迟钝，没料这女人会突然闹出点名堂来。

“法官大人，这张纸你先别给，事情还没有了结清楚。我先有个要求，得给我生活费。男人一个钱不给就把老婆离了，没这么便宜的事。我想去霍格巴克山我兄弟埃德那儿，总得穿双鞋，带点鼻烟，还有别的什么的。兰西拿得出离婚的钱，还拿不出我的生活费？”

兰西·比尔布罗听了目瞪口呆，生活费的事原来提也没提过。女人就这样，总要无事生非，闹出你想都想不到的事。

司法员觉得这个问题需要依法裁决。法律对生活费问题也没有触及，但这女人赤着双脚，而去霍格巴克山的路又陡又多扎脚的石头。

“埃里娜·比尔布罗，本官且问你，本案的生活费你认为以多少为宜?”司法员打着官腔问。

女人答道：“要买鞋，还要买别的，加起来我看得五元。这笔钱不算多，但我拿了还能到我兄弟埃德那儿。”

“这个数目不能说不合理。”司法员道，“兰西·比尔布罗，本官令你先如数付给原告五元，付后再领取离婚证书。”

“我没钱了。”兰西着急地说，“我的钱全都给了大人。”

“你不付就是藐视本官。”司法员说，两只眼从眼镜上方严肃地瞧着兰西。

“如果大人宽限到明天，我也许有办法凑得起。”当丈夫的请求道：“我想都没想到过还要付生活费。”

“本案暂停。”贝纳哲·威达普说，“明天你们再来见本官，听候判决。事完发给离婚书。”他坐到门口，解开鞋带。

“我们只好去齐阿大叔家过夜了。”兰西打定了主意说。他和埃里娜一人从牛车的一边爬上车。红毛小公牛见绳一动，慢吞吞转了个向。车缓缓往前走了，车轮扬起一股灰。

司法员贝纳哲·威达普抽着接骨木烟斗。将近黄昏，订的周报来了，他直看到天色太晚辨不清字迹。接着点燃桌上的牛油烛，又看到月亮升起该吃晚饭的时候。他住在山坡上靠近一张白杨树的木屋里，前后两间房。回家吃饭时，他横过一条小路。小路黑乎乎，路旁长着密密丛丛的月桂。冷不防月桂树丛中蹿出一个黑影，用一支长枪对准了司法员的胸膛。来人的帽子拉得很低，脸蒙住了一大半。

“把钱拿来，别乱叫。”那人说，“我神经紧张，手指扣着枪栓还发抖哩！”

“我只有五……五……五块钱！”司法员说着从背心里掏出了钱。

“卷起来放进枪管里！”又是一道命令。

这张钞票是崭新的，纸硬，哪怕你手笨，还发抖，但卷成小圆筒不难，塞进枪口里也不难。

“现在滚你的吧！”抢劫犯说。

司法员一溜烟跑了。

第二天，红毛小公牛把车又拉到了办公室门口。司法员贝纳哲·威达普知道有人来，穿上了鞋。兰西·比尔布罗当着他的面把一张五元的钞票交给了老婆。司法员睁大眼瞧着，发觉钞票是卷的，似乎有谁卷成小筒塞进枪口里过。但是他没有声张。卷成小筒的钞票当然还可能有。离婚书他让两人各执一份，但两人都站着发呆，只慢吞吞地把自由保障书叠起来。女方偷偷瞟了兰西一眼，说：

“你是一定要赶着牛车回屋里去的。面包放在架上的铁盒里。我怕狗偷了腊肉，把肉摆在烧水的锅里。今天晚上别忘了给钟上发条。”

“你就去你兄弟埃德的家?”兰西问，带有八九分关心。

“不等天黑我得赶到那儿去。他们高不高兴我去还难说，可是我又没别的地方好去。路远着呢，我这就得走。兰西，你要是还肯说声再见，我也就说声再见。”

“再见都不肯说那不是变成猪狗了?”兰西说，听声气是受了大委屈，“就怕你急着走，不让我说一声。”

埃里娜没再答话。她把五元钱和离婚书慢慢叠好，揣进了怀里。贝纳哲·威达普透过眼镜看到钱落进了别人怀里，一阵心酸。

但接着她说了句话（确实是他心里想的），说明他或者具有世界上大多数人有的同情心，或者具有为数不多的大富翁的那种大气量。

“兰西，今天晚上你那老屋里会冷冷清清。”他说。

兰西睁大眼望着坎伯兰山，这时阳光下的坎伯兰山显得郁郁葱葱。他没瞧埃里娜。

“我也知道会冷冷清清，”他说，“可是人家气冲冲要离婚，你怎么能留住人家呢?”

“还不知是哪个要离哩!”埃里娜说，是向着木头凳子说的，“再说，也没谁要留谁。”

“没哪个说不留。”

“没哪个说留。我还是这就去我兄弟埃德家吧。”

“那架老钟没人上发条。”

“要我坐你的牛车回去给你上发条吗，兰西?”

从山里人的脸上是看不出他内心的想法的。然而，他伸出一只大手，抓住了埃里娜又瘦又黑的手。埃里娜一张掩饰不住自己内心的情感、本来木无表情的脸有了神采。

“你别再怕那些狗。”兰西说，“我当真太不像样，不是人。你给钟上发条吧，埃里娜。”

“兰西，我的心老挂念那屋子，”她小声说，“还想着你。以后我再不发火了。兰西，我们走吧，现在走不到太阳落山还能赶到家。”

两人把司法员贝纳哲·威达普忘到了脑后，往门外走去，司法员这时说话了。

“我代表田纳西州，严禁你们干出无视本州法律和法令的事来。”他说，“看到两个本来相亲相爱的人消除不和与误会，本官感到十分欣慰与高兴，但本官也有责任维护本州的道德与风尚。本官提醒你们注意，你们不再是夫妻，已办理正式离婚手续，所以不能享有存在婚姻关系时的权益。”

埃里娜挽起兰西的手。难道这些话意味着他们刚刚接受了生活的教训，她就得离开他吗？

司法员又开口了：“不过，使你们失去那些权益的离婚书本官愿意撤回。本官抬手即可办理庄严的结婚手续，扭转乾坤，满足双方愿望，重结鸾凤。办理两位这项手续的费用是五元。”

埃里娜从这席话里看到了希望的光芒，手赶紧往怀里伸，五元的钞票像鸽子一样飞到了司法员的桌上。她与兰西手牵手听司法员说他们已破镜重圆时，蜡黄的脸上出现了血色。

兰西扶她上车后爬进车里坐到她身边。红毛小公牛再一次将车掉转头，拉着手牵手的两人往山里去了。

司法员贝纳哲·威达普坐到门口，脱下鞋。他再一次伸手摸摸背心口袋里的钞票，再一次点着接骨木烟斗。那花斑母鸡再一次招摇过市，咯咯咯不知叫些什么名堂。

爱情之歌与警察*

在百老汇一家通宵餐馆里，有五六名客人不停地吵吵嚷嚷。经理三次特意从他们身边走过，有礼貌地向他们使使眼色，但这些人争得不可开交，没有把经理的眼色当回事。已到午夜。店里坐满顾客，是百老汇剧院散场后来的。有几个刚看完剧的人认了出来，吵吵嚷嚷的人中有卡罗尔喜剧团的演员。

他们一共六个，四个是老演员。另一个是小型喜剧《卖弄风情》的编剧，该剧在纽约几家杂耍场上演过，很成功。第六个在艺术王国无人知晓，但是由于他破钞，许多龙虾进了人的肚皮。

六个人的吵闹声一浪接一浪。没有人停过嘴，特别是有人一答话就会引来连珠炮似的反驳。此人是《卖弄风情》

---

* 原名 The Song and the Sergeant. 见：*Whirligigs*, *The Complete Works of O. Henry*, Garden City Publishing Co., Inc., 1937. ——编者注

的男主角。一个年轻人，一脸忧郁，不像喜剧演员。

在这场唇枪舌战中，有四张嘴全冲着克拉丽斯·卡罗尔小姐——小剧团里的耀眼明星。除那位萎靡不振的男主角外，其他人众口一词，怒气冲冲怪罪她坏了大事。他们说了五十遍："克拉丽斯，全怪你，是你一个人砸了锅。最近你演糟了，再这样下去戏只好撤单。"

卡罗尔小姐能以一敌四。高卢人的血统给了她旺盛的精力，使火气容易上升。一双大眼睛目光如电，射向责怪她的人时毫不留情。两只手纤细却有力，桌上的餐具是经不起它们动武的。嗓门高而清脆，一提就能发出尖叫，不过好在动听，有音乐之美。她对四个责备她的人反驳的声音悦耳，只是音量太大，在百老汇餐馆叫人吃不消。

到最后，无论作为普通人还是作为艺术家，她都忍无可忍。她像只豹子一样一跳而起，手臂一挥，叫六七个盘子杯子粉身碎骨，回敬了批评她的人。那些人站起来，嚷嚷得更厉害。男主角叹口气，显得更气馁，却无可奈何。经理轻轻走过来叫他们别吵。这些人却反而说口舌之战不用大惊小怪，即使在海牙国际法庭也难免发生。

这一来经理发了火，打个手势，一名服务员便悄悄出了门。二十分钟后，六个人全进了警察局，问案的是位头发花白久经世故的警官。

"在餐馆扰乱治安。"把六个人带来的警察说。

《卖弄风情》的编剧走上前。他戴着夹鼻眼镜，穿着礼服，皮鞋擦得锃亮。

他说话声音宏亮，像演员欧文：[①] “警官，这样抓人我抗议。我写了个小剧本，几位演员和我，还有一位朋友，不过在一起吃顿饭。最近这个剧演得不好，眼见会前功尽弃，我们在谈哪个角色坏了事。我们的声音也许大了些，影响了在店里吃饭的人，但是这件事对我们几个人都关系重大。你看得出来，我们没有喝醉，不是想惹是生非的人。请不要追究，让我们走吧。”

“谁报的警?”警官问。

“是我。”一个站在靠后的系白围裙的人说，“老板叫我报警。这帮人闹翻天，还摔破盘子。”

“盘子已经照价赔偿。”编剧说，“没有故意摔。我们怪这位小姐演戏演砸了，她气得——”

“不对，警官!”克拉丽斯清脆的声音高叫着。她身穿一件棕色丝绸长衫，头上的帽子插着红羽毛，一步跳到警官桌前。

“不能怪我!”她气冲冲地说，“他们怎能这样说！上演以来我一直担任主角。警官要是想知道功劳归谁，可以问观众。问观众最可靠。”

“卡罗尔小姐的话半对半错。”剧作者说，“剧本在最好的剧场演了五个月，一直叫座。这两个星期观众越来越不爱看了。有一场戏卡罗尔小姐本来演得很好，现在却几乎看不下去。她完全变了样，把戏砸了。”

---

① 欧文（Irving，1838—1905），英国演员，以演莎士比亚戏剧出名，曾八次到美国演出。

“怪不了我。”女演员反驳道。

剧作者气冲冲地说：“台上仅仅两个人，你和德尔马斯，可是——”

“那就要怪他。”卡罗尔小姐说，一双乌黑的眼睛轻蔑地扫了男主角一眼。男主角见到她的目光，情绪更低沉，无奈地看着警官桌上的笔录本。

这天夜晚警察局原本清闲。

见多识广的警官有些奇怪。

“你的意见我知道了。”他对剧作者说。然后，他转眼看着在小型喜剧里演“萝卜头大妈”的一脸苦相、面庞瘦削的女演员。

“你们吵得不可开交的戏你觉得究竟谁演砸了？”他问。

女演员答道：“谁都知道我不吹毛求疵。我也认为克拉丽斯一演到那场戏就出岔子，但我只是对她的演出有看法，不是与她本人过不去。原来她的表现很好，现在太糟。再这样下去她会把全剧毁了。”

警官看看男主角。

“你和那位小姐不是同演那场戏吗？如果问你谁出了差错，那等于白问，是这样吧？”

男主角躲开克拉丽斯小姐眼里两道咄咄逼人的目光。

“我不知道。”他说，低头看看自己的皮鞋。

“你也是演员吗？”警官问一个矮个子，他看起来已到中年，其实还年轻。

“哟，我吗？”最后一名证人说，“我是个跑龙套的人。

只是因为在舞台上混的时间太长，他们见到我才没有大惊小怪。”

“照你看，那场戏演砸了是这位小姐的错，还是这位先生的错?”警官问。

看上去已到中年的年轻人一脸为难。

他答道：“我觉得可惜，那场戏卡罗尔小姐似乎没有把握好。其他场都没有问题，只不过——不过，警官，你听我说，她能演好，一直比谁都不差，以后也能演好。”

卡罗尔跑上前，激动得发抖。

“谢谢你，吉米。很多天以来我这是第一次听到有人说我的好话。”她大声说，然后转身看着警官。

“警官，你就亲眼看看，能不能怪我。我当场进行表演。来，德尔马斯先生，我们开始吧。警官，让我们表演一次，行吗?”

“演多久?”警官问。

“八分钟。全剧才半小时。”编剧说。

警官说：“演吧。你们大部分人似乎都怪罪这位小姐，但是说不定她在餐馆摔一两个碟子事出有因。我们先看看她的表演再做结论。”

警察局的女看守一直站在附近听这场前所未闻的纠纷。这时，她也走过来，站在警察身边。留在警察局的还有两三名警察，都进来了，边走边张大嘴打哈欠。

编剧说：“如果你没有看过《卖弄风情》的演出，我先简单介绍一下吧。这是个滑稽歌舞剧，属小型喜剧。你听剧名就知道，卡罗尔小姐扮演的角色活泼、贪玩、调皮、不长心眼。在全剧中，她都要以这样一个喜剧人物出现。我有意进行了夸张，让她把她的风情表演得活灵活现。

“现在我们责怪卡罗尔小姐的那场戏叫‘猩猩舞’。她打扮成林中女仙，与猩猩同演一场歌舞。猩猩由喜剧演员德尔马斯先生扮演。舞台布景是热带森林。

“以往演出要谢幕四、五次，主要原因在于表演好、舞蹈好，纽约五个月没见过这样滑稽可笑的剧。观众喜爱德尔马斯唱的歌《我要娶你回家》和卡罗尔小姐在树林中躲躲藏藏的舞蹈。”

“这一场毛病出在哪里呢?”警官问。

“卡罗尔小姐演到一半就砸锅。”剧作者生气地说。

女主角伸手一挥，叫看客退后，在警官桌前腾出地盘，让她证实自己究竟是成是败。接着，脱下长衫，扔给看客中站得笔挺的警察。

卡罗尔小姐吃饭时穿了件长衫，长衫里面的林中仙女装却没有卸，下身仍套着条蕨类植物叶编的短裙，衣服有丝、金、紫三色，像只蜂鸟。

她翩翩起舞，舞姿妙曼，卡罗尔剧团另三位演员忍不住鼓掌叫好。

跳了一会，德尔马斯蹦到她身边，把猩猩笨拙古怪的动作模仿得惟妙惟肖，头发花白的警官见了也扑哧一声笑了。两人一道跳着猩猩舞，赢得全场一片掌声。

接着是最精彩的部分——猩猩向林中仙女求婚。表现形式是舞蹈，滑稽怪异。仙女风姿绰约。猩猩紧紧追随，边追边唱《我要把你娶回家》。

这是一首动听的歌。歌词胡言乱语，与剧本相配，但是曲调优美，而且德尔马斯的声音浑厚，使原本无聊的歌词也字字入耳。

唱第一句时，林中仙女按剧本安排做了一个怪动作。第二句唱到一半时，仙女站着不动了，脸上的表情奇怪，似乎在看着森林深处发呆。猩猩最后跳到她脚下，跪倒在地，抓着她的手，唱完了整首歌。全剧荒唐可笑，但是这首歌回肠荡气，好像一团油灰上沾了一颗钻石。

德尔马斯唱完后，卡罗尔小姐惊醒过来，用手捂着脸，泪如雨下。

“得啦！”编剧猛然一挥手，“警官你看，事情出在这里。每次演出一到这个地方她就这样砸锅，折腾了两星期。我一再叫她记住，她演的不是《哈姆雷特》中的奥菲莉娅或者《罗密欧与朱丽叶》中的朱丽叶。我们为什么再也受不了，你现在不觉得奇怪了吧？听到猩猩唱歌居然流泪！一出戏全完啦！”

不知由于中邪还是别的原因，林中仙女突然怒气冲冲伸手直指德尔马斯。

“就怪你，是你造成的。你现在唱得与过去不一样。全是你的错。”她发疯似地叫着。

“我真不明白。”警官说。

他话刚说完，警察局头发花白的女看守从他的身后走了出来。

“你们这些人难道要一个老太婆教你们脑子开窍吗？”她说着走到卡罗尔小姐跟前，握着她的手。

"孩子，他在表白对你的心意。他一开口唱，你就该听得出来。别看他学猩猩蹦蹦跳跳学得像，我猜到了他的心。怎么你会又聋又瞎呢？你演不好的原因就在这里，孩子。你是爱他呢，还是要让他一辈子做猩猩呢？"

卡罗尔小姐飞快一转身，闪电似的目光扫了德尔马斯一眼。德尔马斯无精打采向她走来。

"是这么回事吗，德尔马斯先生？"她问，呼吸急促。

男主角说："对，是这么回事。我原以为没有希望，只不过想靠歌声让你知道。"

看守说："傻瓜！为什么不明说呢？"

"不傻，不傻！他的办法最好。我没有明白过来，可是心里就盼着。"林中仙女大声说。

她像只蝗虫样跳起来。男主角张开双臂。然后呢？——笑了。

"滚出去，这地方没有你的事！"坐在办公桌后的警官对还在等待的餐馆服务员说。

城市之声*

二十五年前，小学生念书千人一调。他们的声音单一，念书既像圣公会牧师布道，也像锯木厂的锯子嗡嗡响。我并无对人有不敬之意。木头和锯屑是我们的不可或缺之物。

我记得，生理课有首诗很美，对人很有启迪，最精彩的一句是：

“人体最长之骨为胫骨。”

如果能把人们肉体与精神的全部真相都写成可以朗朗上口的诗，让我们从小念，那么我们会获益无穷。可惜，我们获得的解剖学、音乐、哲学知识少得可怜。

前几天，我有件事想不明白。我想寻找问题的答案。我回想着在学校的所学。但是，我们坐在硬板凳上哇啦哇啦念的那些书没有一句话涉及混合的人声。

---

* 原名 The Voice of the City. 见：*The Voice of the City*, *The Complete Works of O. Henry*, Garden City Publishing Co., Inc., 1937. ——编者注

就是说，聚在一起的人组成的声音，或者说，大城市之声。

单体发出的声音不足为奇。我们能领会诗人的歌唱，潺潺的流水，借五元钱下周一还这句话的意思，法老墓上的碑文，花的语言，乐队指挥说的“快乐拍”，凌晨四点牛奶罐的前奏曲。某些大耳朵的人甚至一口咬定，他们感觉灵敏，能察觉他们的耳膜怎样随着某某先生说话时空气的振动而振动。但是，谁能懂得城市之声呢？

我外出寻找答案。

首先问了奥里莉亚。她穿白细布衣服，帽子上插着花，全身这里飘着丝带，那里挂着零零碎碎的装饰。

“请告诉我，这座大——呃——巨大——呃——大得不得了的城市在——在说什么呢？”我结结巴巴问，因为我头脑空空，“它一定有它的语言。它对你说过话吗？你怎样了解它说了什么？它是一个整体，但是一定有开启它的钥匙。”

“像大旅行箱吗？”奥里莉亚问。

“不像，它没有盖。”我说，“我想，每个城市都有它的声音，都有话对能听见它声音的人说。这座大城市对你在说什么？”

奥里莉亚说出了她的见解。“所有城市说的话都一样。说完以后，费城会出现回声。所以，城市的声音都一样。”

“这座城市有四百万人，挤在一片小岛似的地方。这么多人汇集在一个狭小空间必然产生共性，或曰，或曰同一性，而有共性就有相同的心声。我们不妨说，相同的心声是一种一致的意思表达，即将一种清楚、共有的思想集中体现出来，成为所谓的‘城市之声’。你能告诉我听到的城市之声是什么吗?”我说，口气像老学究。

奥里莉亚现出动人的微笑。她高坐在门前的平台上。一根俏皮的常春藤轻拂着她的右耳，一缕冒昧的月光在她的鼻尖摇曳。但是，我心如铁石，不为她所动。

我说：“我非弄明白这座城市的声音是什么不可。其他城市有其他城市的声音。我以此为己任，非弄明白不可。”我提高嗓门说，“纽约最好别递给我一支烟，说：‘老兄，我的话不供发表。’别的城市与纽约不一样。芝加哥会毫不犹豫说：‘我乐意。’费城会说：‘我应该。’新奥尔良会说：‘我历来如此。’路易斯维尔会说：‘发表我不在意。’圣路易斯会说：‘请谅解。’匹兹堡会说：‘要发表就发吧。’只是纽约——”

奥里莉亚一笑。

“好吧，我得去找别人问问。”我说。

我走进一个华丽场所，里面地上铺着地砖，天花板上画着天使，警察从不光顾。我把脚搁到铜栏杆上，对当地最好的酒吧老板比利·马格努斯说：“比利，你来纽约的时间很长，知道这座古老的城市对你说过什么话吗?我指的是，说过什么发人深省的话，就像你在柜台递给人家的混合酒，有点苦味，加了片——”

“请稍等。有人在侧门按门铃。”比利说。

他走开了，回来时拿着个空铁罐，盛满了又走开，再转身后对我说：“是马梅。她按铃按两下。她要一杯啤酒吃晚饭喝。她就守着个孩子。可惜你没有看到我的那小宝贝坐在高脚椅上喝啤酒。哦，请问你要什么？我听到铃声响两下有点手忙脚乱。你要杜松子酒、汽水，还是问棒球赛比分?”

“姜麦酒。”我答道。

我走到百老汇，看到街口有名警察。警察干的事是收留孩子，搀扶女人过马路，把男人抓进班房。我朝他走去。

“劳驾，我想问你一个问题。”我说，“你见到的纽约是个声音嘈杂的纽约，你和你弟兄们的职责是使纽约的声音此起彼伏有序。你一定能理解有一种声音叫城市之声，夜晚单独巡逻时你必然听到过这种城市之声。它吵吵嚷嚷些什么呢？纽约对你说过些什么呢?”

警察甩着手中的警棍，说：“朋友，它什么也没有说。我按上级的命令办。老实说，你看来像好人。请你在这里站几分钟，留心看着来来往往的人。”

警察走进一条黑暗的小街，过十分钟又来了。

“我星期二结的婚。”他说，声音有些沙哑，“你知道女人是怎么回事。每晚九点她到那个路口，就为——来打个招呼！我想方设法也得去那里。哟，刚才你问我什么？是问纽约有什么新闻吗？哦，有！新开了一家屋顶花园，离这里十二个路口。”

我穿过电车轨道，沿着一个幽暗的公园边缘走。明月当空，塔顶的戴安娜女神镀金塑像英姿飒爽，闪着微光。我的一位诗人朋友迎面走来，头上戴着帽子，口中不停地念念有词。我一把逮住他。

“比尔，”我说（他在杂志上署名克里昂），“有件事求你。我受命了解什么是城市之声。告诉你吧，这是特殊任务。一般情况下，召开一个座谈会，听听各方名流意见就可以交差。但是这次不行。我们想了解一种广泛表达出城市灵魂和思想，像诗一样的、神秘的声音。你正是能指点我的人。若干年前，有人到尼亚加拉大瀑布，为我们测出它的声高比钢琴上最低的G键还低两英尺左右。纽约不一样，它的声音你不能用一个音符表示。但是你可以告诉我，当纽约说话时，它会说些什么。它的声音肯定铿锵有力，能传到很远。要了解它说些什么，我们离不开各种声音，包括白天人来车往声，夜晚的欢笑、音乐，帕克赫斯特博士[①]庄重的演讲，爵士乐，哭声，马车轮的低响，剧团宣传员的喊叫，屋顶花园喷泉的叮咚，卖草莓人的吆喝，《人人》杂志的采访，公园里情人的窃窃私语。这等等声音都包含在城市之声里，不是结合在一起，而是混合在一起。这种混合中存在一种本质，一种耳朵听得见的本质，只需得到点滴我们就能了解到我们在寻找的东西。”

诗人咯咯一笑，说：“上星期我们在斯蒂弗工作室见到的加利福尼亚姑娘你记得吗？我正要去她那里看看她。她一字不差背出了我写的《春颂》。现在纽约最聪明的姑娘就算她。喂，你看看这根该死的领带像不像样？我换了四条才打出这个样。”

“我问你的那声音呢？”我说。

---

① 帕克赫斯特（Parkhurst，1842－1933），美国长老会牧师，曾猛烈抨击美国政治和集团犯罪。

“哦，她不唱歌。不过，她朗诵我的诗《天使海上来风》你值得一听。”克里昂说。

我又往前走。一个卖报人向我挥挥一份提前两小时报道新闻的预言家式粉红色报纸。我拦住他。

我装作在口袋里掏零钱，一边说：“老弟，你是否有时觉得这个城市似乎会说话？每天人们来往穿梭，发生的事千奇百怪，如果这座城市会说话，你想它会说什么？”

“别开玩笑啦。”卖报的人说，“你要什么报？今天是我女朋友玛吉的生日，我想挣三角钱买件礼物给她。”

这个人不懂城市之声。我买了份报，把它所登的尚未签订的条约、尚在策划的谋杀、没有开始的战争扔进了垃圾桶。

我回到公园，坐在月光下左思右想，为什么问的人都回答不了我。

后来，我茅塞顿开，找到了答案，起身快步走回住所。许多恍然大悟的人脚步都快。我知道了答案，一路快步如飞一路牢记着答案，唯恐有人拦住我探听机密。

奥里莉亚仍坐在平台上。月亮升得更高，常春藤下显得更暗。我坐到她身边，与她一道眼望一朵浮云飘向月亮，在月亮下变淡，散开。

这时，奇迹中的奇迹、喜事中的喜事发生了！我们的手碰在一起，手指勾着手指，再没有分开。

半小时后，奥里莉亚现出她独有的微笑，问：

“你回来以后怎么一句话没有说呢？”

我意味深长地点点头，答道：“这就是城市之声！”

多尔蒂睁眼记*

大个子吉姆·多尔蒂是个有闲好玩的人。这种人有一帮，他是其中之一。在曼哈顿，这种人与众不同。他们是北方的加勒比人，身体结实，脑子灵活，自信心强，爱抱成团，恪守他们那帮人的规矩，不大瞧得起周围那些以社会的是非论是非的人。当然，我现在说的是那帮人中的佼佼者，还有些有闲好玩的人并上不了谱。但是，大个子吉姆·多尔蒂不在此列。

有闲好玩的人出没之处在餐馆，酒吧，饭店里的大堂，饭店外的角落。他们的体形不一，大个子小个子都有，但是个个脸刮得溜光，下巴和面庞泛青，冬天穿着黑丝绒领的深色大衣。

这帮人的家庭生活外界所知甚少。据说，有时爱神和司

---

* 原名 Dougherty's Eye-Opener，见 *The Voice of the City*，*The Complete Works of O. Henry*，Garden City Publishing Co.，Inc.，1937. ——编者注

婚姻之神会光顾，将他们的心收入网中。胆大的人断言(并非随口说说)，这帮人娶妻甚至生子的不在少数。有时候，这帮人也参与政治，因此，在带政治色彩的杂烩野餐会上，会出现他们的身影，而且拖家带口，头戴有光纸帽，手拿铁皮饭盒。

但是，大多数时候这帮人像东方人那样，不让女眷抛头露面，太太等先生回家只站在铁护栏后或者放着花盆的消防梯上。女眷在家无疑过得舒适，地上铺着德黑兰进口地毯，可以听听夜莺叫，弹弹洋琴，吃吃糖果。但是，这帮人出门不带女眷。与曼哈顿其他人不同，在夜晚，他们身边没有脚踏高跟鞋、衣上花边飘拂的人高高兴兴陪着共度闲暇。他们只站在街口，跟同伙人一起用他们那帮人独有的话对来来往往的女人评头品足。

大个子吉姆·多尔蒂有太太，但是上衣的翻领没有别太太的小像。他有家，住在西区一条路旁有铁护栏的街上的一栋褐石房里，那些街很像不久前出土的庞贝古城[①]的保龄球道。

等到夜深，多尔蒂先生一帮人消遣已够，他便回家。到这时，守在家里的太太已进入梦乡，夜莺不再开口，他也该睡了。

每天大个子吉姆正午十二点起床吃早饭，然后与那帮人在老地点会合。

---

① 庞贝（Pompeii）为意大意南部一古城，公元前七十九年被维苏威火山的火山灰掩埋。

多尔蒂先生尚且知道他有位太太。他完全明白，吃饭时坐在桌子对面那个文静、整洁、惬意的苗条女人是他妻子。其实，他清楚记得他们结婚已近四年。她常会向他讲起牌中的技巧，金丝鸟，住在街对过公寓里的浅色头发女人。

有时大个子吉姆·多尔蒂会静心听她讲。他知道，每当七点回家吃晚饭时，准有一顿好饭好菜等着吃。他偶尔白天去看看戏。她有一台留声机，六七十张唱片。有一次她的阿莫斯大叔远道来纽约看她，她陪大叔参观了伊甸博物馆。对女人来说，有这类消遣足够了。

一天下午，多蒂尔先生吃完早饭戴上帽子打算出门，就在伸手抓住门把手时，他听到太太说话了。

“吉姆，今晚你带我出去吃晚饭好吗？你已经三年没有带我出门了。”太太说，口吻不含糊。

大个子吉姆吃了一惊，以往太太从来没有开过这种口，这是新鲜事。然而，他毕竟多的是闲情逸致。

“好吧！”他说，“你收拾好，我七点回来。到时别说‘等两分钟’，结果拖拖拉拉，叫我等一个钟头，迪莉娅。”

“我一定收拾好。”他太太安然答道。

晚七点，她与大个子吉姆·多尔蒂肩并肩下了台阶，走在庞贝城保龄球道似的街上，身上的晚宴长衫衣料薄如蝉翼，颜色美如晚霞，短衫的肩上垂下许多中看却无用的装饰丝带。“鸟美靠羽毛。”这句话如果弦外有音，那么它的弦外之音就是有的男人不愿掏钱照顾驼鸟毛行业的生意太不应该。

大个子吉姆·多尔蒂困惑起来。走在他身边的人非常陌生。他记得，这只极乐鸟关在笼中羽毛暗淡，现在突然变了，看得他发了呆。他想起四年前迪莉娅·卡伦的模样。他在她右边走着，觉得有些别扭。

“迪莉娅，吃过饭我送你回家，然后去赛尔策店里的朋友们那里。”多尔蒂先生说，“今晚你可以美餐一顿。昨天我在蟒蛇酒家赌赢了钱，你想吃什么点什么。”

多尔蒂先生这次破例带太太出门本不想张扬。在他这帮人看来，疼爱老婆是个缺点。他那些在赛马场、弹子房、拳击场的朋友即使娶了太太，谁也不声张。灯火通明的百老汇横街上有许多餐馆，他想带她去，这样一来就能够神不知鬼不觉。

但是，多尔蒂先生半路变了主意。他朝身边楚楚动人的伴侣偷偷看过几眼，觉得她绝不会给他丢脸面，决定带着太太从赛尔策酒吧旁经过。每晚到这时候，他的好些同伙都聚在酒吧外，看来来往往的过路人。他还想，要带她到胡格利店里吃饭，餐馆中这一家顶呱呱。

一群脸刮得精光的先生果然早已站在赛尔策的店门外。见到多尔蒂先生和初次露面的太太，他们目瞪口呆，回过了神才脱帽致意。他们脱帽致意要算破例，因为大个子吉姆叫他们开这种眼界是从未有过的事。大个子吉姆脸上并未多动声色，只闪过一丝得意的表情，就像牌桌上抓到一手黑桃同花顺的人，内心的高兴只露在瞬间。

胡格利店里生意兴隆，灯火通明，这本在意料之中。桌布、餐巾、杯盘干净，花儿鲜艳，无愧这家餐厅的美誉。客人众多，个个衣冠楚楚，心情畅快。

一名服务员不卑不亢把大个子吉姆·多尔蒂和他太太领到一张桌边。

“菜单上的菜你随便点，迪莉娅。”大个子吉姆说，“今晚你尽管吃。看来，我们家常便饭吃得太多。”

太太点了菜。大个子吉姆看着太太不由得佩服。太太点了鲜美的块菌，他原来还以为太太不知道块菌为何物。她点的酒正是他中意的品牌，他眼里现出了赞赏的神情。

太太一脸兴奋。女人在见到世面的场合，自然而然会一脸兴奋。她兴高采烈地对他谈天说地，边吃饭她脸上边现出红晕，而憋在家里时，脸上却缺少血色。大个子吉姆看看四周，发现餐厅里没有一个女人有她美丽动人。想起三年来她从没有跟他出过门却不发一声怨言，他自责了，脸红了。本来，他那一帮人讲究的一条是公平。

但是，事情远远没有到此为止。多尔蒂所在选区的头面人物、议员、他的朋友帕特里克·科里根看见他夫妇俩，走了过来。帕特里克议员对女人的态度历来殷勤，行动也殷勤，这是天知地知人也知的事。

“吉米兄!”他大声招呼道，往多尔蒂背上拍一巴掌，然后满面春风看着迪莉娅。

“这位是议员科里根先生——这位是我太太。”大个子吉姆说。

科里根议员寒暄的话、赞美的话滔滔不绝。服务员见状只好搬来一张椅子。他果然坐下，酒杯又斟满酒。

“你这混蛋太小气，把太太藏在家不让我们见。”他说，向大个子吉姆晃晃小指。

大个子吉姆·多尔蒂不善言谈，坐着不言不语，眼看三年来天天在家吃饭的太太，仿佛置身童话，太太成了童话中突然开放的花。太太反应敏捷，头脑灵活，且容貌动人，对经验丰富的议员帕特里克的进攻应付自如，也叫这位先生又惊喜又佩服。她展开了久久封闭的花瓣，而她吃饭的餐厅整个成了大花园。两人想让大个子吉姆也开口，但吉姆偏偏开不了口。

后来，餐厅又进来一群政坛的人和同道的朋友。他们见到大个子吉姆和帕特里克，也走过来，认识了多尔蒂太太。不出几分钟，众星开始捧月。六七个人团团围住她，向她讨好，还有六七个人简直着了迷。大个子吉姆呆呆坐着，内心一个劲在念叨："三年！三年！"

饭终于吃完。帕特里克议员伸手为多尔蒂太太拿衣服，但可惜手上功夫不及嘴上功夫，多尔蒂的大手比他抢先两秒。

在餐厅门口道别时，帕特里克议员在多尔蒂的肩上又重重拍了一掌。

"吉米兄，嫂夫人是颗水色一等的钻石，你艳福不浅。"他说给多尔蒂一个人听的话声音大得人人能听见。

大个子吉姆带着太太往家里走。太太似乎既爱听胡格利店里男人的赞美，也爱看沿街橱窗的灯光和陈设。夫妇俩经过赛尔策的店时，听到酒吧里人声嘈杂。朋友们正在喝酒，闲谈一天的作为。

迪莉娅走到家门时停住了，脸上仍因这次外出带着喜悦。她不能指望吉姆天天如此，但是今宵的愉快会在一段长时间里减轻她一个人在家的寂寞。

她心怀感激地说：“吉姆，谢谢你带我出门。你得去赛尔策店里了。”

“滚他妈的赛尔策店！滚他妈的帕特里克·科里根！”他狠狠地说，“难道他真以为我有眼无珠？”

两人都进了屋，关上门。

俯首听命*

蜜月美满无比。一套公寓里，地上铺着鲜红的新地毯，门上挂着有流苏的门帘，餐厅的护墙板上方的壁架上成一排摆着六个有锡盖的啤酒杯。主人仍沉浸在喜庆中。夫妇俩都没有见过河边象征幸福的樱草，但是即使见过，他们并非诗人，也只知樱草就是樱草。

新娘坐在摇椅里，心想全世界。她的晨衣是玫瑰色，梦也是玫瑰色。她嫁给了小山羊麦加里，格陵兰、塔斯马尼亚、俾路支斯坦①的人会怎样奔走相告呢？人家说什么无关紧要，反正，从伦敦到南克罗斯②，没有哪个次重量级拳击手能与她的新郎较量四个小时。不，连四个回合都吃不消。

---

* 原名 Liltle Speck in Garnered Fruit. 见：*The Voice of the City*，*The Complete Works of O. Henry*，Garden City Publishing Co.，Inc.，1937. ——编者注

① 格陵兰（Greenland）靠近北极，塔斯马尼亚（Tasmania）在澳洲，俾路支斯坦（Beloochstan）位于阿拉伯海北面。这三个地方喻意为世界各地，天南海北。

② 南克罗斯（Southern Cross）是澳洲的一个地方。

他成为她的人已达三个星期。全世界任何一个体重一百四十二磅的拳击手的拳头打不倒的人，她伸个小指头就能叫他服贴。

爱情属于我们自己时，它是克己和牺牲的别称；爱情属于一墙之隔的人时，则意味着傲慢和自负。

新娘叉起双腿，眼望着画在开花板上的爱神丘比特。

“亲爱的，我想吃个桃。”她说，那神情活像克莉奥佩特拉叫安东尼把罗马包在手绢里送上门。①

小山羊麦加里起身穿上衣，戴上帽。他的脸刮得精光，不苟言笑却重感情，反应敏捷。

“好吧。”他满不在乎地答应了，好像只不过签个合同与英国的拳王比赛，“我去替你买一个来，行吗？”

新娘说：“别去太久，你这淘气包不在，我会觉得寂寞。买一个味道好、熟透了的。”

小两口又抱又吻，亲热好一阵，仿佛远航异国道别，小山羊这才上了大街。

他犹豫起来。这也难怪，因为现在仍是早春，要在仍冷飕飕的街上找出一家店卖盛夏的水果似乎难上加难。

走到街口一个意大利人的水果摊，他停住扫了一眼，见只有纸包着的橘子、用蜡抛光的苹果和少见阳光的香蕉，都不屑一顾。

“有桃子吗？”小山羊问，心里装着所爱的人，是多情

① 典出莎士比亚剧《安东尼与克莉奥佩特拉》。安东尼为罗马三执政之一，征服埃及后为埃及艳后克莉奥佩特拉所迷。

种中的多情种。

摊主叹口气，说："噢，没有。桃子一个月内上不了市，还没有到时候。好橘子倒有。要橘子吗？"

小山羊懒得答话，继续找。他走进他的朋友和拳击迷贾斯特斯·奥克拉汉的店里。这家店通宵营业，既可就餐，又可喝酒，还可打保龄球。奥克拉汉在店里团团转，照看生意。

小山羊对他说："我有急事，老婆莫名其妙想吃桃子。卡尔，你有没有？有就马上拿来，一个也行，多我也要。"

奥克拉汉说："这里的东西随你挑，但就是没有桃子。为时太早。就算你把百老汇翻个底朝天，我看你也找不着。这事麻烦。女人要是想吃什么水果，非吃那种不可。现在时间也太晚，最好的水果店都已经关门。如果嫂夫人想吃橘子，我倒刚好进了一箱上等货，就不知——"

"谢谢，卡尔。她开口要的是桃子。我再找找。"

小山羊走到西区的一条马路时已近半夜。没有几家店仍开着门，而且开着门的一听说桃子都摇头。

然而，身处公寓的新娘仍然等着源自波斯的水果。难道次重量级冠军找不到一个桃子？不能跨越季节、地域，不理睬历书，把鲜果拿给他的心肝宝贝吗？

小山羊见到一个橱窗，窗里灯火通明，色彩纷呈，是大自然里的迷人色彩。突然灯灭了，小山羊快步跑去，赶上水果商刚要锁门。

"有桃子吗？"他很没把握地问。

"哟，没有，先生。还要等三四个星期。我看你上哪家店都找不到。也许纽约的温室里有，不过不知道温室在哪里。要不然，去去豪华宾馆吧，那是花钱如水的地方。我店里的橘子倒再好不过，今天刚从船上卸下的。”

小山羊在路口迟疑一阵后，快步往一条小街走去。黑暗的小街有所房子，门前的台阶两边各亮着一盏绿灯。

“所长在吗?”他问警署的值班警官。

所长正好从里屋匆匆出来，身穿便衣，似乎正在忙着。

“哟，小山羊，你不是去度蜜月了吗?”他对拳击手说。

“昨天刚回来。现在我已安分守己，想关心关心社会上的事。所长，今晚捣丹佛·迪克的场子，怎么样?”

所长摸摸胡须，说：“是本旧账。丹佛金盆洗手已经两个月了。”

“不错。”小山羊说，“拉弗蒂把他赶出了四十三大街，现在他进了你的辖区，买卖比以前还大。我恨开赌场的人，能带你把他的窝端了。”

“进了我的辖区吗？此事当真，小山羊？我得谢谢你。你有门路了吗？怎么干?”所长说，声音如雷。

“砸开门。”小山羊说，“他们的门还没有包铁皮。你得带十个人。他们不会让我进场。丹佛一直想找我算账。他以为上次被抄是我告的密，其实我没有。你赶快吧。我还得回家。那地方离这里才三个路口。”

不出十分钟，所长领了十二个人，跟着向导，进了一幢外表气派、没有灯光的房子门厅，这里白天是热闹的经营场所。

“三楼后屋。跟我来。”小山羊轻声说。

他朝一扇门一指，两个手拿斧头的人站到门边。

所长怀疑地说："里面好像没有动静，消息可靠吗?"

"砸开门！错了罚我！"小山羊说。

斧头砸开尚未包铁皮的门，砸开的门缝里露出耀眼的灯光。门一倒，警察持枪冲进房间。

房间很大，按丹佛·迪克的西部人爱好，布置得俗丽，各种赌博正热热闹闹进行。一见警察，房间里五十来人一轰而散，夺路逃跑。便衣警察只好挥动警棍。参赌的人逃了一半多。

这天丹佛·迪克也在场，他带头往外冲，想逃过数量占劣势的警察之手。但是，当他看见小山羊时，他想到的便只有自身恩怨。他列为重量级，比仇人体重大，信心十足地扑了上去。两人扭成一团，滚下一段楼梯。滚到楼梯拐弯处的平台，分开手，都站起来。被体重两百磅，因眼见要失去两万真金白银而拼命的大汉死死抱住时，小山羊展不开手脚，现在能拿出浑身解数了。

制服对手后，小山羊冲上楼，跑进与赌场有一道拱门相通的小房间。

小房间里摆着张长桌，桌上放着非常精美的瓷器和银器，瓷器和银器里盛着赌客喜爱的吃食，都价格不菲，市场难觅。由此也可看出，那位与丹佛市同名的先生出手阔绰，讲究派头。

直拖到地的桌布下，露出一只十码大的皮鞋。小山羊抓住鞋，拖出一个系白领带、穿用人服的黑人。

"起来！免费吃食是由你管吗?"小山羊喝道。

“是，先生。他们又逮着了我们吗，老板？”

“好像逮着了。我问你，这地方有没有桃子？没有我只好自认倒霉。”

“先生，今天开赌的时候有三四十个，但是估计现在已经吃光。如果你想吃个好橘子，倒不难找。”

小山羊厉声命令道：“快去把桃子统统拿来，不然对你不客气。今晚谁再跟我提橘子，非打断他脊梁骨不可。”

搜遍丹佛·迪克的豪华餐厅，只找到一个桃子幸存者，没有落入那帮来碰运气的人之口，它收入了小山羊囊中。这位尽职尽责的水果采购员有了收获立刻打道回府。楼下，警官在把抓捕的人塞进巡逻车，小山羊瞧也不瞧一眼，迈开大步飞快往家里跑。

一路上他心情畅快。当年，骑士们为了自己的心上人出生入死，大功告成回亚瑟王的卡默洛宫时，高兴劲也不过如此。爱妻一声令下，小山羊立刻赴命。不错，爱妻想要的仅是区区一个桃子，但是在深更半夜，早春二月，在一个冬天的积雪仍硬似铁的城市，找一个桃子谈何容易！那女人想吃一个桃子，那女人是他新娘。小山羊把温暖的手放在口袋，紧抓着桃子，唯恐桃子滑落再也找不到。

半路上他拐进一家通宵营业的药店，对戴眼镜的店员说：

“老兄，劳驾你看看我肋骨有没有断。我打了小小一架，在楼梯上摔了两个跟斗。”

药剂师做了检查。

“骨头没断，不过有摔伤，好像是从最高的熨斗大厦摔下过两回。”药剂师下了诊断。

“没断就好。请把衣刷借给我用用。”小山羊说。

灯上罩着粉红色灯罩，新娘在美如玫瑰的灯光下等着。一场精彩的戏并未落幕。只要轻轻开口有所求，就求一件小小的东西，例如一朵花，一个石榴——哦，对，一个桃子，她能叫他连夜出门，叫他到处闯，在他所向无敌的世界到处闯，他心甘情愿俯首听命。

他终于站到她身边，把桃子放在她手里。

“淘气包！我说过要桃子吗？我想吃的是橘子。”

愿新娘有福！

一千元*

“一千元!”托尔曼律师庄重严肃地重说了一遍，“钱你这就拿去。”

吉利恩少爷边数着薄薄一叠每张五十元的新钞票，边做个鬼脸一笑。

“这个数目真叫人哭笑不得。”他满不在乎地对律师说，“如果有一万元，拿到手你尽可以大手大脚花，脸上有光彩。甚至干脆只有五十元也好对付。”

“刚才向你宣读了你叔父的遗嘱，就不知道你句句话都留心听了没有。”托尔曼律师用职业性的干巴巴语气说，“我想提醒你一条：立遗嘱人要求你在用完这一千元后立即向我们说明是怎样用掉的。这在遗嘱上写得很清楚。我想你会完全尊重你叔父的遗愿。”

---

* 原名 One Thousand Dollar. 见：*The Voice of the City*, *The Complete Works of O. Henry*, Garden City Publishing Co., Inc., 1937. ——编者注

"那理所当然，"年轻人有礼貌地说，"尽管这一来我得增加开销。我也许要雇一名秘书，算账我从来就不内行。"

吉利恩回到他的俱乐部，在俱乐部里找了个人，他平日里称为老布赖森。

老布赖森四十岁，遇事沉着，与人很少交往。他坐在角落里看书，见吉利恩走过来，叹了口气，放下书，取下眼镜。

"老布赖森，你听我说，我给你讲件有趣的事。"吉利恩说道。

"弹子房里有人，你对那儿谁说都行。你的事我不爱听。"老布赖森说。

吉利恩卷了根烟，道："这件事不同寻常，我就愿对你说。弹子房里叮叮当当不是说话的地方。我叔叔去世了，我刚从他请的两个吃法律饭的人那儿来。他给了我一千元整数的遗产。你说说，拿了一千元你能干什么？"

"我还以为塞普蒂默斯·吉利恩该有五十来万的家当。"老布赖森说，"对这件事我毫无兴趣，就像蜜蜂对醋瓶毫无兴趣一样。"

"他的确有。"吉利恩高兴地附和着，"有趣就有趣在这儿。他把整整一车金币扔给了一种微生物。具体说来就是好些钱给了发明了一种新杆菌的人，剩下的却又用来新建一所医院再消灭这种杆菌。除此之外只有一两个人沾了点小小的光。两个管家各得一枚戒指和十元钱，我当侄儿的得一千元。"

"你从来没缺过钱花。"老布赖森说。

"数不清的钱。"吉利恩说，"要说给钱花，我叔叔大方得不能再大方。”

“还有谁得了钱？”老布赖森说。

“再没别人。”吉利恩对着烟皱眉头，又心神不安地用脚踢着长沙发。“有位海登小姐是我叔叔收养的人，就住在他家。她性格文静，还爱音乐。弄不清她爸爸是什么人，只知道偏偏跟我叔叔是要好的朋友。我刚才忘了说，她也得了一个戒指和可怜巴巴的十元钱。我还不如就得这么一点点东西好，得了钱我买两瓶酒，戒指送给服务员，整个事情就算了结。老布赖森，你别拉架子，说难听的话。告诉我吧，拿了一千元该怎么办？”

老布赖森擦擦眼睛，笑了笑。吉利恩知道，老布赖森一笑便不会有好听的话。

他说：“一千元大事小事都可办。有人拿着能买一个幸福的家，连洛克菲勒都瞧不上眼。另一个人也许送他太太去南方，救下他太太一条命。一千元也可以买纯牛奶，供一百个孩子从六月喝到八月，保住其中五十个人的命。你又可以在哪家有名的美术馆用它买来半个小时的痛快。一千元还可供一个有远大抱负的孩子上学。我听说科罗[1]的一幅真迹昨天在拍卖行卖的就是一千元。你可以到新罕布什尔州的某个小城镇花一千元过上两年的体面日子，也可以花一千元租用一夜麦迪逊广场花园，向听众谈假定继承人[2]的不稳定性，

① 科罗（1796－1875），法国画家。

② 当有更近的亲属诞生时，假定继承人便不能继承。吉利恩本应是叔父的继承人，但前文提到其叔父将大笔财产送给发现新杆菌的人和捐赠新建医院，所以这句话是挖苦吉利恩的话。

如果还有人听你讲演的话。”

吉利恩并不生气，说：“你少来点说教，别人反而喜欢你。我只是问你，我拿了一千元该怎么办。”

老布赖森轻轻一笑，说：“你呀？得啦，博比·吉利恩，你该办的事只一件，就是给洛塔·劳里埃姑娘买个钻石耳坠，然后滚到爱达荷州的哪个牧场去。我建议你去养羊的牧场，因为我最讨厌羊。”

吉利恩起身说：“多谢了。老布赖森，我早知道找你可靠，你说的话正好对路。我就想将这笔钱整个花完，因为怎么用完的我得交代清楚，零打碎敲，交代起来太麻烦。”

吉利恩打电话叫来一部马车，对车夫说：“到科伦拜恩剧院后台门口。”

洛塔·劳里埃小姐正在化妆，马上要登台演出，下午剧场坐无虚席，就在这时服装师告诉她吉利恩先生求见。

“请他进来。”劳里埃小姐说，“博比，你怎么赶在这时候来？我还差两分钟就要演出。”

“摸摸你的右耳朵根，”吉利恩一本正经地说，“摸摸，你一定会有好事。我耽误不了你两分钟。给你买件小东西做耳坠，怎么样？价钱在三个零前带个一，我付得起。”

“那随你的便吧。”劳里埃小姐高兴地说。

“亚当，把右手套拿来。喂，博比，德拉·斯塔西那根项链前几天晚上戴的，你看到了吗？在蒂法尼买的，两千二百元。不过呢，当然——亚当，你把我的腰带往左拉拉。”

“劳里埃小姐出场领唱第一个节目合唱!”唤演员出台的人在外面喊道。

吉利恩坐上等候在外的马车。

“如果你有一千元会怎么花?”他问车夫。

马车夫不假思索地用沙哑的嗓门答道：“开家酒店。我知道下个可以大把花钱的地方，在一个街口，是栋四层楼的砖房。我都数得出有些什么。二楼是中国餐馆，三楼是修指甲的和一些外国人，四楼是赌场，如果你想把钱投在……”

“你别误会，我只是问问而已。车子按钟点算吧，我不叫停你就一直赶。”吉利恩说。

在百老汇过了八个街口，吉利恩轻轻用拐杖敲敲，叫车停下，下了车。一个盲人坐在人行道上卖铅笔。吉利恩走过去站在盲人面前。

“请问，如果你有一千元会怎么花呢?你能告诉我吗?”他说。

“你是刚从马车上下来的，对吗?”盲人问。

“是的。”吉利恩说。

“我猜你是个好人，要不然不会白天坐马车。你看看这东西，好吗?”卖铅笔的人说。

他从上衣口袋取出一个小册子，拿给吉利恩。吉利恩打开一看，原来是本银行存折，这盲人竟存了一千八百五十五元。

吉利恩把存折还给他，上了马车，说：“我忘了件事。请你把车赶到托尔曼—夏普律师事务所，在百老汇××号。”

托尔曼律师透过金边眼镜怀疑地、没好气地看着他。

吉利恩笑嘻嘻地问：“对不起，我想问一个问题，该不会唐突吧？不知海登小姐除了一枚戒指和十元钱外还得到我叔叔的什么东西没?”

“没有。”托尔曼先生说。

“谢谢，先生。”吉利恩说着出门上了马车，叫车夫赶车去他叔叔家。

海登小姐在书房写信。她个子小，苗条，身穿黑衣，但那双眼睛一定会引起你的注意。吉利恩旁若无人地走进去。

“我刚从老托尔曼的事务所来。”他解释说，“他们在所里清理卷宗，发现了个……”吉利恩开动脑子想一个法律用语：“发现了遗嘱的修正件或补充件什么的，上面说老头子经再次考虑后慷慨解囊，再给你一千元。我正要上这儿来，托尔曼叫我把钱带给你。你拿去吧，最好数一数，看看是不是一千。”吉利恩把钱放在桌上她手边。

海登小姐脸色变白了，连叫两声：“哎呀！哎呀!”

吉利恩侧过半边身子，看着窗外。

“我想，你肯定知道我爱你。”他低声说。

“对不起。”海登小姐说，拿起了钱。

“就不行吗?”吉利恩问，暗自有些高兴。

“对不起。”她又说了句。

“我写个便条，行吗?”吉利恩笑着问。他在书房的大书桌边坐下来，她给了他纸和笔后走回自己的写字台。

吉利恩是这样写明这一千元的开销的：

不肖子孙罗伯特·吉利恩遵从遗愿，将上天所有之一千元交付世上最好，最亲爱的姑娘。

吉利恩把他写好的纸装进信封，鞠躬告辞。

他的马车又在托尔曼－夏普的事务所门前停下了。

“我把一千元已开销了。”他兴冲冲地对戴金边眼镜的托尔曼说，“我答应了交代清楚用途，这就来了。你这儿有些热，像过夏天，你要看是吗，托尔曼先生？”他把一个白信封扔到律师的桌上：“一千元作了什么用写在上面，先生。”

托尔曼先生没有拆信，走到一扇门边，叫来合伙人夏普。他们一道在一个特大的保险柜里翻着，找出了一个大信封，用蜡封的口。两人开了封，把脑袋靠在一起看着信。看完，由托尔曼说话。

“吉利恩先生，”他用庄重的声音说，“你叔父的遗嘱有条附录，是单独交给我们的，嘱咐在你交代清楚如何使用根据遗嘱继承的一千元时才可启封。由于你已经按要求办事，我的合作人和我看过了附录。我不想让你为附录中的法律术语费脑筋，只将其内容的要旨告诉你。

“如果这一千元的用途表明，你做了值得嘉奖的事，你将受到厚报。我和夏普先生被指定为评判人。你可以放心，我们将恪尽职守，公正办事，不偏不倚。吉利恩先生，我们对你并无偏见。现在让我们回到附录的内容。如果你得到的这笔钱用得谨慎、明智，或者是慷慨助人了，我们有权交给你价值五万元的证券。这笔证券已委托给我们处理。然而，我们的委托人，已故的吉利恩先生说得明白，如果你花这笔钱像过去花钱一样，用已故吉利恩先生的话说，就是在不正经的朋友中胡乱挥霍，那么五万元马上送给已故吉利恩先生的保护人米里亚姆·海登小姐。吉利恩先生，现在我和夏普先生来审查你如何用了那一千元。我相信你写得明白。希望你信得过我们的判断。”

托尔曼先生伸手去拿信封。吉利恩动作稍快，先拿到了手，把信封和里面的纸条撕成几片，塞到口袋里。

“请别见怪。”他笑着说，“这件事没有必要麻烦两位了。我想两位不会懂得人各有爱。那一千元我赛马输掉了。再见，先生们。”

吉利恩走了以后，托尔曼与夏普无可奈何地相对摇摇头，因为他们听见他在门厅等电梯时高兴地吹着口哨。

城市的失败*

罗伯特·沃姆斯利在纽约的奋斗有成有败，有失有得。他胜在名利双收。与此同时，他被这座城市完全制服。它满足了他的心愿，却在他身上印下了“纽约”二字。纽约动刀剪改造，叫他变成了它允许的模样。它先向他敞开大门，然后把他与一群优选反刍动物一道，关到一片修剪平整的草坪上。从他的穿着、生活习惯、行为举止、地方观念、办事方式、心理状态，都可看出曼哈顿的先生了不起而渺小。他们既可亲又傲慢，既无可挑剔又招人嫌弃，既精明又愚蠢，讲究平稳却失之平稳。

纽约州北部一个县骄傲地说，纽约市这位出人头地的年轻律师是他们那一方水土养大的人。六年前，沃姆斯利老头满脸雀斑的儿子鲍勃离开一日固定三餐的农场时，随身只有

---

* 原名 The Defeat of the City. 见：*The Volce of the City*, *The Complete Works of O. Henry*, Garden City Publishing Co., Inc., 1937. ——编者注

一匹马。听说他要到那座随时有快餐吃的城市，当时县里人放下咬在嘴里的麦秆，露出浆果汁染红的牙齿，发出阵阵嘲笑。六年过去，谋杀案的审判，交通事故的处理，离开了罗伯特·沃姆斯利就难以了结。裁缝为了偷学他笔挺的裤子新裁剪式样，会在大街上等着他。俱乐部里的要人和名门望族的成员都巴不得与他拉关系。

但是，罗伯特·沃姆斯利登峰造极还在于娶了艾丽西亚·范·德·普尔。我用“登峰造极”四个字形容是因为这位名门闺秀像阿尔卑斯山的马特洪恩峰[1]，难以企及。如果把社交界比作阿尔卑斯山，她就是阿尔卑斯山的马特洪恩峰。成千登山者翻越重重险关，最后只能到达她脚边。她出类拔萃，卓尔不群。她文静、纯真，气质不凡。她不趟喷水池，不养猴子不养狗。她是范·德·普尔家的人。喷泉只供她观赏，猴子是别人的祖先，狗在她看来是用来陪伴盲人和那些抽烟斗的可恶家伙的。

对罗伯特·沃姆斯利攀上的马特洪恩峰就交代于此。如果她像那位拐脚、留卷发的优秀诗人[2]，发现登上山顶的人最后看到大多数的高山之峰都云遮雾罩，冰封雪盖，那么，他势必会不让人看出冻疮，勇敢面对现实，有说有笑。他是幸运儿，自己心中也有数，尽管他存在难言之隐。

在国外做短期结婚旅行后，夫妻俩回到纽约，在上流社会平静的水塘（这个水塘的水是不见阳光的冰凉死水）中

① 马特洪恩峰（Matterhorn）为阿尔卑斯山一峰，位于意大利与瑞士交界，海拔近四千四百八十米。

② 指诗人拜伦。

掀起了一阵不小的波纹。他们在家招待宾客。家安在一个老广场一幢气派的老红砖大宅里，只不过老广场已经风光不再。罗伯特·沃姆斯利为能娶到这样一位太太喜气洋洋，尽管在与客人握手时，一只手在握，另一只却紧拽着手杖和温度计。

有一天，艾丽西亚发现一封罗伯特母亲写给罗伯特的信。信里不见大手笔，满纸写的是庄稼，母亲的情意，农场的琐事。谈了猪和刚下的小牛崽长得很好，又问罗伯特身体如何。它寄自老家，散发着乡土气息，蜜蜂的养殖、萝卜的生长、母鸡新下蛋的多少、父母对离家在外儿子的思念、苹果的滞销等等无所不包。

“你母亲的信为什么不拿给我看呢?”艾丽西亚问。听到她的声音，你总会不由得想起剧场里看戏用的长柄望远镜，蒂法尼首饰店的账单，从道森到四十里铺小路上滑行的雪橇，老祖母枝形灯架上叮当响的挂件，修道院房顶上的积雪，拒绝保释的警察。艾丽西亚接着说：“你母亲叫我们回一趟农场。我从来没有见过农场，去那里住一两星期好吗，罗伯特?”

“去吧。”罗伯特说，神态像宣布赞同的大法官。“我没有让你知道母亲叫我们去，是因为我以为你不会愿意。你这样说我太高兴了。”

“我来写回信吧。”艾丽西亚答道，满腔热情。“马上叫费利斯收拾我的大箱子，我看七个足够。你母亲大概很少请客。她常在家举行晚会吗?”

罗伯特站起身，对七个箱子中的六个提出异议，说乡下用不着。他费尽力气想说明何谓农场，勾勒、表述、描绘、形容农场的模样，可是自己说的话自己也觉得不对劲。他意识不到，他已成了彻头彻尾的城市人。

一星期后，他们到了离纽约四小时路程的一个乡下小站。一个年轻人赶着辆骡子拉的大车接站，大嗓门粗声粗气打招呼，一张嘴咧开着直笑。

“你好哇，沃姆斯利先生。总算回老家来啦！对不起，没有开汽车来接你们，今天爸爸要用它对付那十顷苜蓿地。没有穿晚礼服来，你们不会见怪吧？你看，现在还不到六点。”

“汤姆，见到你真高兴。”罗伯特说着一把紧握弟弟的手，“对，我总算回来啦。该你责备我，说‘总算’。我有两年没有回过家了，但是以后不会隔这样久，兄弟！”

艾丽西亚出了车站，身穿白色薄棉布衣，手撑花边阳伞，在暑气炎炎时看到她像看到清凉的南极雾气，北欧雪人。汤姆傻了眼。他穿着蓝色牛仔服，自觉刺眼。在回家的路上，除了对骡子吆喝，他说不出话，把想的事全闷在心里。

车往前走着，西下的夕阳在麦田撒下一片金光。城市已离得很远。路穿过树林、山谷、山岗，蜿蜒曲折如丝带——是粗心的夏姑娘长袍上掉落的丝带。风呼呼地吹，像一头小马驹跟在太阳神车后不停地叫。

渐渐看到了农场的家，灰色房子外的灌木丛依旧。从大路到房子间有条小路，路旁长着核桃树，他们也看到了。他们还闻到野玫瑰的芳香，小河床上柳树沁人心脾的气味。这时，故土的种种声音一齐在罗伯特·沃姆斯利耳边响起。山坡的树林里有声音，声声低沉；草地里有声音，或唧唧，或嗡嗡；河湾里有声音，是水流响；牧场上有声音，是六畜神的清脆笛声；蚊母鸟也来凑热闹，在空中边追寻小虫边叫唤；牛铃声算是伴奏，慢悠悠慢悠悠。每一个声音仿佛都说同一句话："你总算回来啦！"

故土熟悉的声音在对他说话。树叶、花蕾、花瓣都用他少年时所用的词汇与他交谈。那些无生命的东西，那些熟悉的石头、栏杆、农场的大门、沟沟垄垄、屋顶、弯弯曲曲的道路，也在滔滔不绝，有许多话要说。故乡笑了，他感觉到了故乡的呼吸，内心似乎顷刻间恢复了昔日的情感。城市已离得很远。

这种乡情使罗伯特·沃姆斯利着了魔。他有一个奇怪的发现，坐在身边的艾丽西亚似乎突然成了陌生人。她与这片土地无关。她离自己过于遥远，与己无关，高不可攀，甚至虚无缥缈，并不存在。然而，他比以往任何时候更喜欢她。本来，无论就他的心愿而言，或者就她的地位而言，她都不该与他并肩坐在这摇摇晃晃的大车里，就像马特洪恩峰不该搬进庄稼人的菜园子里，但她就是与他并肩坐在了摇摇晃晃的大车里。

晚上，该见面的都来了，晚饭也吃过了，全家聚在一起，连黄狗巴夫也蹲在门口。艾丽西亚穿件茶会时穿的浅灰色衣服，坐在暗处，没有高傲的神态，但是也没有开口说话。罗伯特的母亲满心高兴，向她谈了橘子果酱怎样做，又谈自己有腰间风湿病。汤姆坐在最后一级台阶；米利耶和帕姆姐妹俩坐在最下一级台阶，见萤火虫飞来就捉。母亲坐柳条摇椅，父亲坐缺了一边扶手的大扶手椅。巴夫在门当中挡着进出的路。入夜开始，出没的精灵偷偷来了，勾起罗伯特对往事的回忆。他起了乡下人的疯狂劲。城市已离得很远。

父亲出于礼貌穿着笨重的长靴，没有抽烟，显得难受。罗伯特嚷道："不行，你别这样。"他拿来烟斗，点着，抓住老爷子一双靴子用力一脱。没有想到其中一只自己滑落，从华盛顿广场来的这位罗伯特·沃姆斯利往后一滚，滚到门外，把巴夫也撞翻，吓得它乱叫起来。汤姆开心地大笑着。

罗伯特脱下外衣和背心，扔到一丛丁香花树上。

"出来吧，你这脓包！"他朝汤姆叫着，"我要叫你嘴啃地。刚才你不说我是花花公子吗？来，我给你点颜色瞧瞧。"

汤姆不害怕，反而高高兴兴地出来了。两人打了三个回合，在草上滚成一团，不可开交。汤姆两度吃亏，让名律师占了上风。回到门边时，兄弟俩都头发散乱，气喘吁吁，然而都吹嘘自己本领高强。米利耶说了一句不中听的话，挖苦城里来的哥哥。罗伯特立刻捉到一只难看的蝈蝈吓唬她。她尖叫着，朝门外的路上跑。身后要报复的人紧追不舍。跑出一大段路后，两人回来了，"花花公子"凯旋，米利耶不停地悔过。乡下人的疯狂劲他有增无减。

"你们这些草包来一个我收拾一个。连狗也放出来，长工短工也找来吧！"他得意洋洋大喊着。

他在草上翻跟斗，叫汤姆看得眼红，说起了风凉话。后来，他又狂叫一声，冲进里屋，拖来家里的老用人艾克大叔，还抱着这位黑人大叔的五弦琴。他在门口撒上沙，跳起《面包盘上的小鸡》等快步舞，闹腾了一个多小时。他撒野，他大呼小叫，什么都干。他唱歌，他讲笑话，笑得人人前仰后合，只有艾丽西亚一个例外。他还模仿乡下人的怪模怪样。他完全疯了，由于重温往日的生活而疯了。

他闹得太过分，有一次母亲忍不住说了两句责备的话。艾丽西亚也挪挪身子，似乎要开口却没有开口。她自始至终坐着听任他闹腾。她像夜里的白色精灵，无人能猜透她的心思。

不久，她说觉得累了，想去自己房间。她得经过罗伯特身边。罗伯特站在门口，头发乱糟糟，脸通红，衣服不成体统，完全不像那个一身无懈可击的罗伯特·沃姆斯利，那个俱乐部里受人敬重的人物，那个精英中的精英。他正在用家里的几件用具变戏法，看得一家人个个佩服。

见艾丽西亚从身边走过，罗伯特吃了一惊。他早忘了她在场。她没朝他看一眼就上了楼。

此后太平了。一家人聊了一小时，罗伯特也上了楼。

他走进房时，她正站在窗口。她仍穿着在楼下穿的衣服。外面靠窗长着棵大苹果树，花开得茂盛。

罗伯特叹口气，走近窗口。他准备好了面对厄运。他现出了庸人的本相，预计这位不说话、一身白衣裳的人会做出怎样的判决。他知道范·德·普尔家的人严守的规矩。他是个爱胡闹的庄稼汉，这位冰清玉洁、一尘不染、可以比作马特洪恩峰的人对他不能不嗤之以鼻。他的行为使他原形毕露。城市给了他修养、风度、仪表，但是所有这些不过是件披在身上的外衣，让乡村一口小小的风一吹，掉落到了地上。他默默等着挨训斥。

“罗伯特，我原来以为我嫁给了一位上流人物。”他的审判员不急不忙地说。

果然，预料没有错。但是，眼见过不了关，罗伯特·沃姆斯利却看着苹果树的一根粗树枝出了神。往日他常从这扇窗爬上这根粗树枝。他相信现在自己仍会爬，现在树上的花有多少朵呢？一千万吗？刚想到这里，他又听到人说话了。

“我原来以为我嫁给了一位上流人物。”还是那个声音，“但是——”

她走过来紧挨他站着。这是为什么呢？

“但是现在我发现我嫁的人——”艾丽西亚说话的声音怎么变了呢？“——可贵的不仅在地位，而在于本性。鲍勃，吻我，好吗，亲爱的？”

城市已离得很远。

情场报应*

霍诺丽娅扯下袖口花边上一根断头线，说：“我们明天上午坐‘凯尔特号’船。”

“我已听说了，所以来与你话别。”年轻人艾夫斯说，手中的帽子一滑，想抓却没有抓住。

“你当然只听说。我们没有机会亲口告诉你。”霍诺丽娅说，口气冷淡，声音动听。

艾夫斯用恋恋不舍的眼神看着她，但心里并不抱希望。

街上传来一声有节奏的高亢吆喝：“卖——糖果！新鲜——美味——的——糖果！”

“我们老买他的糖。”霍诺丽娅说着从窗口探出身子打个手势，“我要纸上印了格言的糖。百老汇的哪家店都没有这样的好糖。”

---

* 原名 Nemesis and the Candy Man. 见：*The Voice of the City*, *The Complete Works of O. Henry*, Garden City Publishing Co., Inc., 1937. ——编者注

卖糖果的人把小车推到麦迪逊路霍诺丽娅的老宅前。他今天的穿着、神态不像穿街走巷的小贩，倒像在过年过节。系根全新大红领带，领带上的马蹄形别针几乎大如马蹄，闪闪发亮。黑而瘦的脸上堆着傻笑。袖口上的狗头形纽扣紧紧扣着，使你看不到他晒得发黑的手腕。

“他肯定要结婚了，这副模样以前还从没有见过。几个月都不见他出门做买卖，今天是头一回叫唤。”霍诺丽娅说，带着几分怜悯。

艾夫斯把一枚硬币丢到人行道上。卖糖果的人熟悉买主。他用纸袋装了一袋糖，走上老宅门前的平台，递了进去。

艾夫斯说：“我记得——”

“等等。”霍诺丽娅说。

她从书桌抽屉里拿出个小纸夹，从小纸夹里拿出张长两英寸宽四分之一英寸的纸片。

“这是我们吃的第一块糖的包装纸。”霍诺丽娅说。

艾夫斯伸手接过，说：“那是一年前的事。”

他把纸片上的字念了一遍：

> 亲爱的，我的心永不变，
> 就像头上永有一片蓝天。

“半个月前我们就想走。”霍诺丽娅说，“今年夏天太热，城里没有剩下几个人，也没有地方可去。但是听说有一两座屋顶花园还能消消遣，在那里唱唱歌跳跳舞倒不坏。”

艾夫斯没有打退堂鼓。一旦上了拳击场，胸口挨了对手一拳不足为怪。

艾夫斯岔开话题，说："那次我追上卖糖果的人，在去百老汇的街口给了他五块钱。"

他伸手拿起放在霍诺丽娅膝上的糖袋，掏出一块方形糖，剥开纸。

"萨拉·奇林沃思的爸爸给她也买了辆汽车。"霍诺丽娅说。

"你念念吧。"艾夫斯说，递给她包方形糖的纸。

生活教会我们怎样过日子，
爱情教会我们怎样宽恕别人。

霍诺丽娅脸红了。

"霍诺丽娅！"艾夫斯大声说，从椅上一跃而起。

"叫我克林顿小姐！"霍诺丽娅说，也大不客气，"我早对你说过你得改口。"

"霍诺丽娅！"艾夫斯仍不改口，"你得听我说说。我知道我不配得到你的宽恕，但又非得到不可。人有时会糊涂，但一时的糊涂并非因本性恶劣。为了你，我已不顾一切。我挣脱了束缚我的锁链和引诱我离开你的妖精。我要请那张包糖果的纸为我求情。我爱的人只有你。让你的爱心原谅我吧。我向你发誓，'我的心永不变，就像头上永有一片蓝天。'"

* * * *

在城西六马路和七马路间有一条小巷，小巷尽头是一个院子。这里住着吃开口饭的人，分属六七个民族，语言多种多样，居住期不定，像一锅杂烩。

卖糖果的人就住在小巷尽头的院子里。晚上七点，他把小车推进小巷巷口，停在高低不平的石板路上，坐到车把上乘凉。小巷有穿堂风，凉爽宜人。

他天天停车的地方头上有扇窗。傍晚天气转凉，高空屋顶花园的当红演员阿黛勒小姐坐到窗口吹风。她总是散开一头浓密的红褐色头发，边叫侍女西多尼梳边让和风吹。她最引摄影师注目的双肩披着条淡紫色长巾。手肘以下的手臂露在外面，虽然没有雕刻家看着七嘴八舌发议论，但是小巷墙上坚硬的砖头如果有知觉，应该会发出赞赏。她这样坐着时，另一名侍女费利斯在帮她洗脚，一双夜夜在高空屋顶花园轻盈跳舞、迷倒观众的小脚。

不经意间阿黛勒小姐看到了窗下卖糖果的人，见他在揩额头，乘凉。由于两名侍女正在伺候，她使不出干她这行的人惯有的本领——迷倒男人，把男人绑上战车。阿黛勒小姐不愿让时间白过。眼前的人只是个卖糖果的人，并不值得她动手擒拿，但这人属男性，而她生来就爱与男性过不去。

她先是冷冷地、不屑地看看他，看了十几回。一天下午，她突然放下架子，对他微微一笑，笑容的甜蜜远非他车上的糖果所能及。

“卖糖的，你看我漂亮吗？”她娇声娇气地问，低下头，让西多尼不停地梳理一头浓发。

卖糖果的人抬起头，用红蓝两色手帕擦擦前额，瘦削的下巴一动，发出粗声粗气的笑。

“你上得了杂志的封面。”他不冷不热说，“漂不漂亮谁爱看谁看，与我无关。你想要人献花环得上别处找，时间在九点以后，十二点前。天像要下雨了。”

说实话，迷倒一个卖糖果的人并不容易，像大雪封山时打野兔，然而猎人不愧是猎人。阿黛勒小姐从西多尼手里抓过一大把头发，让它垂到窗外。

“卖糖的，你心上人在哪里？头发有这样长这样柔顺吗？手有这样丰满吗？”说着，她把一只玉臂伸到窗台上。

卖糖果的人咯咯咯笑着，顺手把一堆坍塌下的黄油硬糖重新叠好。

“得啦！”他不大客气地说，“吹捧人的事我不干。我也不糊涂，见了一把头发一条粉嫩胳膊不会犯昏。我猜，你浓妆艳抹伴着乐队演奏《老苹果树下》跳舞会跳得不坏，但是千万别戴上帽子跑下楼，带我去街口的小教堂结婚。我历来爱跟美白粉化妆品闹别扭。好啦，不再说笑话。天会下雨，你看呢？”

“卖糖的，你难道不觉得我漂亮？”阿黛勒小姐娇滴滴地问，翘起嘴角，现出一对酒窝。

卖糖果的人咧开嘴笑了。

“你是拿不出钱做广告，在自吹自擂吧？”他说，“我爱抽烟，可是从没有在哪个烟盒上看过你的像。女人叫我动心谈何容易，我把她们里里外外看透了。我只求每天生意好，晚上七点能吃到洋葱牛排，坐在院子里抽抽烟斗，看看报纸，不稀罕大美女演员莉莲·拉塞尔会不会瞧我一眼。你别费心机了吧。”

阿黛勒小姐噘起嘴。

“卖糖的，你一定知道我长得漂亮。男人都这样说，你也得承认。”她不服气地轻声说。

卖糖果的人大笑着拿出烟斗。

他说：“好啦，我得回家。晚报上有篇小说我在看。一群人出海寻宝，没想到海盗在礁石后盯着。地上、水里、空中都不见女人。再见！”他把车推过小巷，进了他住的有霉味的院子。

这个卖糖果的人不了解女人。说来会叫他不信，阿黛勒小姐天天坐在窗口撒网，就只为捕捉他这条小毛虫。有一次，一位贵人在她的客厅足足等了半小时。这时间她一直缠着卖糖果的人，想叫他的死脑子开窍但没达目的。卖糖果人粗里粗气的笑声伤透了她的自尊心。每天，这两人一个坐在小车上让小巷的和风吹得一身爽，另一个让小巷的和风吹干一头秀发。她的美貌像利箭，只可惜每天射到他麻木不仁的胸膛都白射，一支支弹了回来。她的一双眼因失望和痛苦反而更明亮，她越伤了自尊心越对他殷勤。这种殷勤如果献给那些爱慕她、比卖糖果人身份高的人，他们会喜出望外，飘飘然起来。卖糖果人无情的眼光时时还藏着轻蔑，她见到受不了。这位美人决定掏出箭袋里最利的一支箭。

一天下午，她在窗口探出大半个身子，但一反常态，没有多招他、多惹他。

“卖糖的，你站起来看看我的眼睛。”她说。

他站起身，看着她的眼睛，狂笑起来，笑声像锯木头的声音一样难听。他掏出烟斗，用手摸了一阵，又放回口袋，手却发起抖来。

阿黛勒小姐款款一笑，说：“这就行啦！我得去按摩。再见。”

第二天晚上七点，卖糖果的人又来了，把车停在窗下。难道是同一个人吗？他身穿崭新的花格子衣，领带颜色红似火，亮晶晶的马蹄形别针几乎大如马蹄，鞋子溜光，晒黑的脸翻了白，一双手洗得干干净净。窗口没有人，他在窗下抬头伸长脖子等着，像条狗盼着扔下块骨头。

阿黛勒小姐来了，西多尼跟在身后托着她一头浓发。她看着卖糖果的人笑，但笑容慢慢变成了倦态。这时她知道已大功告成，对网中之物顿时兴趣全无。她开口跟西多尼谈话。

“今天天气真好。”卖糖果的人大声地自言自语，“这个月就数今天最舒服。去了趟麦迪逊广场，那里天天生意好。天好像要下雨吧？”

阿黛勒小姐把一双玉臂搁到窗台的软垫上，托住长着一对酒窝的脸。

“卖糖的，你不喜欢我吗？”她轻声问。

卖糖果的人起身靠到砖墙上。

他上气不接下气地说：“小姐，我攒了八百元。什么时候我说过你不漂亮呢？八百元你全拿去，给你的狗买个项圈吧。”

小姐房里传出阵声音，像一百只银铃在叮叮当当。笑声飘遍小巷，飘进院子里。小巷和院子从未进过阳光，也未听过这样银铃般的笑声。小姐开心了。西多尼聪明，跟着也笑，声音虽然不动听，但是表现出了对主人的忠诚。这两人的笑声似乎使卖糖果的人明白过来。他不停地摸着马蹄形别针。小姐笑得精疲力竭后终于转过泛红、美丽的脸，对着窗外。

“卖糖的，你走吧。我一笑，西多尼会扯痛我的头发。你在这里我会笑个不停。”

“小姐有封信。”费利斯进屋走到窗台边说。

“这是哪儿的话！”卖糖果的人说着推起小车走了。

才走三步，他又站住了。阿黛勒小姐窗口传来声声尖叫。他赶紧往回跑，听到了有人倒地的声音和有人跺脚的声音。

“怎么啦？”他大声问。

西多尼从窗口探出头，脸阴沉沉的。

“小姐得到坏消息昏倒了，她真心爱的人走了。你也许知道这个人，就是艾夫斯先生。他明天坐船出海。哼，你们男人！”

身份之谜*

在联邦广场南角，乔治·华盛顿身跨铁马，高举右臂，永远做出叫百老汇往十四大街转弯车辆停车的姿势。但是，车辆并不理会，继续前行，仿佛打招呼的只是个普通百姓。如果这位大将军的神经并非铁铸，他一定会对这滚滚车流佩服得五体投地。

现在将军举的如果是左臂不是右臂，那么他指点的方向就是在外国被压迫得抬不起头的人居住的一片避难所。那些人或为追求国家的自由，或为追求个人的自由，落难后到了这里。提供庇护的保护神骑在马上，俯视着这片地区，左耳能听到拿他庇护的人的子孙开涮的喜剧。居住在这一带的意大利人、波兰人、西班牙前属地人、奥匈帝国①讲五花八门

---

* 原名 Philistine in Bohemia. 见：*The Voice of the City*, *The Complete Works of O. Henry*, Garden City Publishing Co., Inc., 1937. ——编者注

① 原中欧一国，存在于1867年至1918年，包括奥地利、匈牙利、捷克斯洛伐克以及波兰、罗马尼亚、南斯拉夫及意大利部分地区。

语言的人的后裔人丁兴旺。这里人员变动频繁，许多新面孔常取代熟悉的面孔。这些不安定的鸟飞往了何处呢？如果你仔细观察你吃饭的餐馆新服务员殷勤的外国态度和外国礼仪，你能找到一半答案。另一半答案也许你在理发店理发时能从理发师嘴里听到。

流落到这里暂住的人头衔多如牛毛。本来这些头衔可以摆上五马路的柜台，但是在这里由于未经包装，只好推在小车上卖。这些贵胄没有叫新世界[①]的主人看得眼花缭乱的头冠和纹章。他们没有千金小姐可嫁，只有油炸面圈可卖。他们不经营珍珠粉和糖果，只经营以面粉和糖为原料的制品。

下面这个故事中的人物均为平头百姓，与头衔不沾边，但是刚才的话可视为引言。

在这片外国人群居的地方，凯蒂·登普西的母亲当了个二房东，房客的吃住全包。她的生意不挣钱。母女俩所得如果能付房东的房租，每天买到爱尔兰炖菜的原料，那就算万幸。炖菜里常缺肉少马铃薯，有时简直是清水汤。

凯蒂长得丰满、健康、美丽，有雀斑，是开在这栋有霉味的老房子里的虎百合。每天把干净的湿毛巾和洗净的衣服放到房客房间里的事由她承担。

你靠天文学的知识看得出，星级房客姓布鲁内利。这位先生系根黄色领带，房租到时即付，所以与其他房客截然不同。他的衣着漂亮，皮肤呈橄榄色，八字胡浓密，风范像王爷，戒指和别针有游方牙医戴的那么抢眼。

---

① 指美国。

早饭得送到他房间，吃饭时他穿件带绿色流苏的红浴衣。他中午出门半夜归。这段时间是段神秘时间，但是登普西太太的房客除了不算神秘的事没有神秘事。诗人吉卜林写过一首诗，献给“掌握除白纸黑字写出的事外所有无白纸黑字线索的人”。读过这首诗的读者，请猜猜我那句难懂的话的意思吧。

布鲁内利先生容易动感情，又是拉丁人，把凯蒂当成了amare[①]一词的宾语。凯蒂对她母亲谈了这事。

“我的确喜欢他。”凯蒂说，“竞选市参议员的人十个有九个不及他懂礼貌。跟他一起走，我觉得自己成了王后。不过我不知道他是干什么的。我有我的怀疑。上午他从不出房门，每星期的房租都放在冰箱上。”

登普西太太说：“他看起来像南欧佬，只是说话太文绉绉。也许你错看了他。人家按时交房租，交洗衣服的钱，怎么反而不是贵族出身呢?”

凯蒂叹口气说：“他说起话来，两只手做起手势来，活像图尔太太家住的那个法国贵族。不承想法国贵族偷了图尔先生星期天穿的好裤子跑了，留下一张巴士底狱的照片，说是他爸爸城堡的照片，能抵十星期的房租。”

布鲁内利先生继续追求，凯蒂仍然举棋不定。有一天，他请她出去吃饭。她觉得，两人的事眼见会出现一个结局。凯蒂穿了件最好的棉布衣。趁他们俩在路上走时，我们且看看纽约一个文人、艺人荟萃之地。

---

① 意大利语，动词，意为“爱”。

托尼奥的餐馆开在这一带，具体地址得保密。如果你想知道，遇上谁你向谁打听，他会悄悄告诉你。托尼奥不守常规，把店面搞成黑色，让人不敢进。他店里饭菜很糟，该吃饭的时候却关门。但是他这里的意大利面条最好，就像包吃包住的公寓里的冷牛肉一样下足了功夫。他在一家意大利银行里存了许多钱，这是一家有金字招牌的银行。

布鲁内利先生把凯蒂带到这家餐馆。店里黑糊糊，卷帘门放了下来，但布鲁内利先生一按地下室门的电铃，两人进去了。

他们经过一条又黑又长的过道，一间灯光明亮、一尘不染的厨房，进了一个后院。

后院三面是三栋房子的外墙，另一面是道高高的木板隔墙，旁边蹲着几只猫。院子两对角牵着根绳，绳上高挂着店里的衣服。托尼奥从不收衣服。

院子光秃秃的地上摆着二十来张桌子，桌边坐满文人、艺人。他们来这里是因为托尼奥表面不欢迎他们，但能给他们一顿美餐。好些文人、艺人来就想换换口味，他们在地道的文人、艺人餐馆已经吃腻了。还有些人妙语连珠，国会议员的一些精彩话就源自他们嘴里。

有一句这类话是托尼奥店里的产物：

“在托尼奥店里吃一顿物超所值，超过两倍。”

难免有人会问：

“怎么会呢?”

“吃顿饭四角，其中你给服务员小费一角，所以会心想只花了三角。”

大多数客人只能吃套餐。他们为饱口福而来，本想喝玉液琼浆，却个个大失所望。

布鲁内利先生把凯蒂带到一张小桌边，小桌四周放着盆栽小树。他叫她先稍等。

凯蒂独自坐着，被眼前的景象迷住了。阔太太们衣着华丽，戴的戒指金光闪闪，帽上插着羽毛。潇洒的男人放声大笑。招呼服务员的声音和服务员“来了，先生”、“来了，太太”的应答此起彼伏。文人、艺人汇集的地方与众不同。人们谈得高兴，吞云吐雾，笑得开心，使个眼神就能会意。面前的这一切叫登普西太太的女儿目瞪口呆。

布鲁内利先生走进院子里，对所有人都微笑、欠身。一路上许多人鼓掌，有的还高声叫好，喊着“托尼奥！托尼奥！”。女人向他挥动餐巾，男人伸长脖子，就怕打招呼他没有看见。

一阵热闹过后，布鲁内利先生最后深鞠一躬，马上进了厨房，飞快脱掉上衣和背心。

派来专门侍候凯蒂的是弗莱赫蒂，服务员中他手脚最敏捷。当天登普西家的爱尔兰炖菜太不顶事，凯蒂饿得快晕了。她闻到阵阵香味，只是说不上菜的名目。弗莱赫蒂端来一道又一道，味道美得连神仙吃了也叫绝。

一顿美餐摆在面前，凯蒂吃着吃着却放下了刀叉。她的心情像铅一样沉重，一滴眼泪落到烤里脊肉上。她对星级房客的怀疑又起，是原来的四倍。满院子时髦、体面的人物向布鲁内利先生微笑，热情招呼，表示喜爱，难道不说明他是豪门望族之后吗？这些人声名显赫，付房租却会不声不响，她凯蒂与他们打交道已久，怎会觉察不出呢？一方面，她一天比一天喜欢他的为人；另一方面，越来越感到与他门不当户不对，内心产生痛苦。他为什么让她独自一人吃饭呢？

正想到这里，他来了，没有穿上衣，衬衫雪白，衣袖卷过手肘，一顶白色船形帽盖住了一头黑卷发。

“托尼奥！托尼奥！”许多人喊着。另外的人却喊：“意大利面条！”

托尼奥店里的意大利面条非经托尼奥检查，加过调味汁和佐料，做得十全十美，没有哪个服务员敢端上桌。

托尼奥逐张桌子与客人打招呼，气派如王爷走在自己宫里。四面八方的人向他伸出白皙、珠光宝气的手。

他跟这张、那张桌子的客人喝杯酒，对所有人微笑，遇到口无遮拦的人用一句玩笑话对付。即使王爷宴请宾客，有几个能让大家这样高兴呢？有哪位艺术家的作品能得到一致欣赏呢？凯蒂不知道，纽约人最引以为荣的事，是与意大利面条师握手，或者有哪位百老汇的领班向他点点头。

终于，客人渐散，只剩下几个人在喝新倒的酒，叙以往的事。布鲁内利先生这才走到凯蒂坐的单独摆放的桌边，拉过张椅子紧挨她坐着。

凯蒂对他一笑，如在梦中。她正吃最后一调羹加法国勃艮第调料汁的山莓甜点。

布鲁内利先生把一只手放在胸前，说：“你看着我！我叫安东尼奥·布鲁内利！一点不假，鼎鼎大名的托尼奥也是我！想不到吧？凯蒂，我爱你，嫁给我吧。难道你会不愿意吗？叫我一声安东尼奥，说愿意成为我的人。”

凯蒂把头靠到现在已不是贵胄无疑的人肩上。

她叹了口气："哎，安迪，太好啦！我当然会嫁给你。但是，为什么不早告诉我你是个厨师呢？我原以为你是哪个国家的伯爵，想把你拒之门外。"

春天在心中*

女神不可能死。所以，古老的撒克逊春天女神伊斯特尔会掩面笑话人们，怎么能相信与她同名的复活女神伊斯特尔在教堂的礼拜结束后，仅仅现身于五马路的几段人行道呢？①

啊，复活女神现身于全世界！奇尔库特山口的雷鸟抖掉白色的冬装，换上一身棕色衣服。巴塔哥尼亚的花花公子往头发抹油抹得溜光，又找到一个情人带回公寓。而在克里斯蒂街——

“老虎”麦夸克先生起床时有一种莫名其妙的烦躁感。他抬起一脚，睡在地上挡道的三个弟弟像三根圆木一样滚开了。窗边挂着面一英尺见方的镜子，他对着镜子刮胡须。如果你认为刮胡须是件小事，不用多费笔墨写，那也情有可

---

* 原名 The Easter of the Soul. 见：*The Voice of the City*, *The Complete Works of O. Henry*, Garden City Publishing Co., Inc., 1937. ——编者注

① 原文中撒克逊春天女神的拼写为 Eastre，复活节的拼写为 Easter。

原，因为你不知道，麦夸克先生从面颊刮到下巴要费多少手脚。

麦夸克的父亲早已上班，可这位长子无班可上。他是大理石切割工，干这行的人正在罢工。

“你怎么啦？今天早上好像不对头。”他妈妈不解地问。

“他在想安妮·玛丽亚·多伊尔。”十岁的弟弟蒂姆是个冒失鬼，说道。

“老虎”伸出在拳击场夺冠的手，叫小家伙从椅子上滚了下来。

他说：“我没生病，只是有些莫名其妙的感觉，好像会发生地震，又好像听到了音乐，又好像在野餐，像发冷又像发热。说不清是什么感觉。我想拧下警察的脑袋，又想逛遍科尼岛，上岛吃爆米花，最后坐大象轿。”

麦夸克的妈妈说：“这是因为春天在你身体里作怪，叫你不安稳。以往蚯蚓早上钻出地里喝露水时，我也会两腿闲不住，脑子静不下。去药房买点梅笠草和龙胆，连茶一道煎，喝了会好些。”

“得啦，春天连影都没有见着。”麦夸克先生说，“多诺万家后院的小木棚上还有雪。昨天六马路上刚有敞篷车，看门人刚停止进煤。看现在这架势，还要过一个半月冬天。”

吃过饭，麦夸克先生对着影像走样的镜子照了十五分钟，梳理头发，结好绿紫条纹相间的领带，戴好紫晶别针。别针形如墓碑，表明他从事的职业。

罢工开始后，这位参加罢工的人每天上午会到十字路口弗莱厄蒂兄弟酒店前的人行道上，边让人给他擦皮鞋边看街景，一直看到中午十二点吃中饭。“老虎”麦夸克先生身高七十英寸，体格健壮，长于运动和打架。一张脸五官端正，面相可亲，胡须刮得溜光，皮肤白——但剃须刀所到之处发青。衣服穿得考究，气度不凡。他本人其实就是街头一景。

但是这天上午例外，麦夸克先生出门后没有去看街景消遣的地方。他感到空气中有异常却又不明白异常是什么。他的思想乱了，感觉乱了，既无精打采又内心烦躁，既有不满情绪又欣喜兴奋。他说不出所以然，不知道在复活节前的四十天大斋期里生理产生了紊乱。

他妈妈提到春天。“老虎”将信将疑地寻找着春天的迹象，可见的极少。拉手风琴的人拉起了手风琴，但是这些人总是走在时间前面。公园里滑冰的人寥寥无几时，他们就觉得春天已近，该去挣几个小钱了。帽子店橱窗里像开出了花，五颜六色，但都是复活节的帽子。人行道上有小块绿色，但那是杂货摊的绿色。三楼一个窗台上摆出了第一个衬手的垫子，底色紫红，带浅黄条纹，垫上搁着一个穿着晨衣、闷闷不乐的女人的手臂。东江吹来的风寒气逼人，不过麻雀在含着枯草飞向屋檐。一家既有远见又有信心的旧货店摆出了冰箱和棒球用品。

“老虎”正觉得这些迹象不足为凭时，眼睛发现了一线希望。他看到一幅新石版画，这幅画是酿造业派出的先锋。

麦夸克先生走进酒店，要了杯黑啤酒。他把一枚五分镍币扔到柜台上，拿起杯，却尝也没尝又放下，大步朝门口走去。

“怎么啦，波林勃洛克公爵？[1] 要用金杯玉杯才喝吗？”酒店的人挖苦地问。

麦夸克一转身，一昂头，一挥手，说：“闭嘴！不关你的事，轮不到你来管爷们。我不想喝了，怎么样？给了你钱，不是吗？不该你多嘴的事别开口，行吗？”

就这样，麦夸克先生不仅情绪反常，连主意也变化不定了。

出了酒店，他走出二十步，往理发师卢茨的门上一靠。他和卢茨是朋友，别看常骂骂咧咧，斗嘴斗得厉害，其实有真情。

“你好哇，爱尔兰二流子？看来警察和捕狗队都没有尽到责任嘛！”卢茨大声道。

“喂，德国佬，你能不动香肠的歪脑子吗？”麦夸克先生说。

德国人也靠到门上，说：“呸！今天我想都没有想到香肠。春天的气味来啦，我闻到街上的烂泥里有，河面的冰块里有。过不久，岛上会有人提着啤酒罐在树下野餐。”

麦夸克先生把帽子推到一边歪戴着，说：“怎么人人都骗我说春天来了呢？二马路带家具出租的房里没有摆马鬃毛沙发，空气里也闻不出春天的味。我现在仍穿着冬天的内衣，吃着荞麦饼。”

卢茨说：“你不懂诗。不错，天气还冷，城里还看不出

---

① 波林勃洛克（Bolinbroke），莎士比亚《理查二世》中的人物，原为公爵，后成英国国王亨利四世。

多少春天的迹象，但是有三种人春天一来总是先感觉到，就是诗人、情人和穷寡妇。”

麦夸克先生继续往前走，心头总有一种莫名其妙的烦躁。他总感到不自在，可是又不知道为什么不自在，所以心头有些火气。

走过两条马路，他遇到一个冤家，是一个姓康诺弗的人，见面总要打架的。

麦夸克先生出手在先，又快又猛。正因为历来如此，他得了“老虎”的美号。康诺弗先生还手也迅速，很见功夫。两人打得难解难分，最后多亏看热闹的人好心，叫了句：“快跑，警察！”两位主角窜进最近一扇开着的门，跑进后院，逃之夭夭。

麦夸克先生到了另一条马路。他在一根路灯杆边站了一会儿，想了想后转身进了家小书报店。一个嚼着口香糖的红头发年轻女人走来，隔着冰封草原似的柜台，冷冷看着他。

他说：“小姐，这首歌哪本歌曲集里有？我记得开头一句是：

等春天来时我们到山谷徜徉，
亲爱的，缅怀往昔的时光——

“我的一位朋友摔断了腿，叫我来买。他不能出门喝酒，就想听听歌，读读诗。”

年轻女人一脸鄙夷，答道：“我们这里没有。不过，新歌倒有一首，开头一句是——

让我们一起坐到老扶手椅里，
看火光闪烁尽情享受安逸。”

这天“老虎”麦夸克先生还去了其他地方，我们不用一一细说，只说他最后站到了安妮·玛丽亚·多伊尔家门口，敲敲门。看来，春天女神伊斯特尔终于使他走对了地方。

“是你呀，吉米·麦夸克。”安妮·玛丽娅打开门，一笑说，她从没有放“虎”进过门，“什么事，说吧！”

麦夸克先生说：“你出来吧，我想问问，你觉得天气怎样。要说实话。”

“你没有发疯吧？”安妮·玛丽娅说。

“就是疯了。今天人人对我说，现在能闻到春天的气味了。是他们错了呢，还是我错了呢？”

“哎哟，你难道没有发现？我好像闻到了紫罗兰香，还有青草香。当然不是真有这些气味，只是感觉。”安妮·玛丽娅说。

麦夸克先生说：“问题就在这里。我也闻到了。一开始我没有想到，以为是什么怪味，在十四大街就发现了。我心烦，不会想到紫罗兰，只在想你安妮·玛丽亚。我脑子里只有你。下周一我去干活，一天挣四元。你亲口说说吧，我们相不相配？”

安妮·玛丽亚叹口气，一头钻进他大衣里：“吉米，难道你看不出现在到处是春天吗？”

你一定记得这一天天气的最后变化。早上放晴，春意盎然，傍晚却转冷，下了一英寸厚的雪，尽管已到三月末。五马路上，女人裹紧了冬天穿的皮大衣。只有在花店的橱窗里，才能看到女神埃斯特尔仍像早上一样在微笑。

六点，卢茨先生正要关店门时，听到一个熟悉的声音在叫："喂，德国佬！"

"老虎"麦夸克没穿大衣穿着衬衫，站在漫天飞舞的大雪里抽雪茄，帽子扣在后脑勺。

"这鬼天气，又到冬天啦！"卢茨大声说。

"鬼话，德国佬！现在分明到了春天。"麦夸克善意地顶撞了他一句。

傻瓜的克星*

在南方，谁干了件大蠢事，别人会说："找杰西·霍姆斯吧。"

杰西·霍姆斯是傻瓜的克星。当然，他是传说中的人物，就像圣诞老人、冬先生、财神爷等等，实际上不存在但又代表一种观念的人物一样。连最聪明的南方人也不知道杰西·霍姆斯的来历，但是从罗阿诺克到里奥格兰德，没有几家人不是一提起这个名字就高高兴兴。人们总是带着微笑，甚至常含着眼泪向他个人求助。杰西·霍姆斯是个大忙人。

我清楚记得我光着双脚走路时，这位有求必应的人物在脑海中出现的模样。他是个形象可怕的老头，穿身灰衣服，留着乱糟糟的花白长胡须，一双眼睛发红，露出凶光，一路跑一路尘土飞扬，手舞一根白橡木手杖，脚穿一双大皮鞋。

* 原名 The Fool-Killer. 见 *The Voice of the City*, *The Complete Works of O. Henry*, Garden City Publishing Co., Inc., 1937. ——编者注

我也许——

但是，我现在是要另讲一个故事，而不是续讲一个故事。

很遗憾，我发现值得一看的故事几乎都有喝一杯的情节，有喝烈性红威士忌的，也有喝淡淡的乌龙茶的。既已成惯例，我来几滴苦艾酒也无妨，是一种银器具里有规律滴出的乳白色、清凉、叫人眼红的苦艾酒。

克纳是个傻瓜。傻虽傻，但他是画家，也是我的朋友。如果说世上真有两件东西完全不相配，那就是画家的插图和作家的小说。你不妨试试，写一篇爱达荷州矿山生活的短篇小说，把它卖了，花掉稿费。半年后，向人借二角五或一角，买份刊登这篇小说的杂志，你会发现一张整版淡墨画，把你小说中的主人公布莱克·比尔画成了牛仔，因为你小说中出现过一个“马”字。哈，画家真善于心领神会。布莱克·比尔穿着韦斯特切斯特县狩猎俱乐部的统一裤子，背一杆长枪，戴单片眼镜。背景是四十二大街挖掘煤气管道的一段马路和印度著名的泰姬陵。

够了！我恨克纳，却不想有一天我见到他后竟然成了朋友。他年轻，但郁郁寡欢，因为他高兴的事太多，生活太丰富。不假，他几乎愁容满面。这年轻人就这样。如果有人快乐得发愁，那你可以拿一百万打赌，他必定染发。克纳的头发浓密，弄得一团糟，一望而知是艺术家，烟抽得凶，吃饭少不了红酒。但最重要的是，他傻。我有自知之明，羡慕他。他说贝拉斯克斯[1]和廷托雷托[2]的坏话时，我会耐心听。有一次他对我说，他读了本小说集，很喜欢我写的一篇。他讲述了小说的内容。我听了为菲茨·詹姆斯·奥布赖恩[3]先生感到惋惜。他已作古，听不到人对他作品的赞扬。但是克纳并不常出洋相，仅一贯傻而已。

我最好解释一下我的这句话，得说说一位姑娘。在我看来，姑娘只跟女子学校或者相册有关，但是看在与克纳的朋友关系份上，我承认世上确有这种动物。他让我看了表链上小相盒里的照片，究竟长着头金发还是黑发我已忘记。她在一家工厂干活，每周挣八元。为了不让工厂拿这个数字为自己打掩护，我得补充一句：她开始每周挣一元五角，干了五年才挣到每周八元的数目。

克纳的父亲身价两百万，他愿意支持艺术，但把在工厂干活的女工拒之门外。于是，克纳拿不到父亲的钱，住进了一间租金低廉的房间作画，早饭啃香肠，午饭进法罗尼店里吃。法罗尼喜爱艺术，让画家和诗人赊欠，价格上也退一大步。有时，克纳卖出张画后，买了新挂毯，一枚戒指，一打丝巾，会预付法罗尼两元。

一天，克纳邀我与他和那位在工厂干活的姑娘一道吃饭。只要克纳的画卖得出钱，他俩就会结婚。至于他父亲的两百万——得啦，别提了！

---

① 贝拉斯克斯（Velasquez，1599—1660），西班牙名画家。

② 廷托雷托（Tintoretto，1518—1593），意大利名画家。

③ 奥布赖恩（Obrien，1828—1862），美国作家，其神秘怪诞的小说曾十分流行。

姑娘算是很难得。个子小，也可说漂亮也可说不漂亮。有的人在芝加哥帕尔默大饭店吃饭时把一支小勺藏到内衣里会若无其事，这姑娘是在便宜饭馆里吃饭若无其事。她不做作。我注意到她有两点与众不同：一点是腰带扣不偏不倚位于背后的正中；另一点是没有对我们说，一个戴红宝石别针的魁梧男人从十四大街起一直跟在她身后。克纳真傻吗？我不停地琢磨。后来，我想到两百万能买多少手镯和蓝玻璃珠送给土著人，所以觉得他傻。接着，埃利斯——没错，姑娘名叫埃利斯，像说笑话一样告诉我们，她衣上的一块黄斑要怪房东太太。她在煤气上烧熨斗时，房东太太来敲门。她把熨斗藏进被子里，直藏到房东太太走。她拿起熨斗熨衣服时，没有想到熨斗上沾了块口香糖，结果——我想不透口香糖怎么会到被子里，难道姑娘们在被子里也嚼口香糖吗？

然后呢——请别急，苦艾酒马上就上桌，别忘了我和克纳是在法罗尼的店里吃饭。店里响起曼陀铃琴声和吉他声。烟雾弥漫，一股接一股，好像圣诞节广告画上葡萄干布丁冒的热气。一个穿蓝色绸衣，戴有汽油味长手套的女人唱起卡茨基尔山的山歌。

"克纳，你是傻瓜。"我说。

克纳说："当然我不会让她再干活。当我的太太不用干活。何必等呢？她愿意。昨天我卖掉了水彩画《帕利塞德断崖》。[1] 我们能在双孔煤气灶上做饭。我会烧蔬菜炖肉，

① 帕利塞德断崖（the Palisades），位于纽约东南，哈得孙河畔，长二十四公里。

知道吗？我想下星期我们就结婚，这是真话。”

“克纳，你是傻瓜。”我说。

“喝口苦艾酒吧。”克纳满不在乎地说，“今晚你敞开肚皮喝，喝了由艺术买单。我打算租一套有浴室的公寓房。”

“我从没有碰过——我是说苦艾酒。”

服务员端来苦艾酒，缓缓倒在酒具的冰上。

“这种公寓的租金每周八元。”克纳说。

“你是傻瓜。”我说，尝了口苦艾酒，“你这人该让杰西·霍姆斯来收拾。”

克纳不是南方人，听不懂这句话，还在盘算怎样卖画租公寓。我目不转睛看着叫人眼红的苦艾酒。

过一会儿，我偶然发现，在紧靠天花板墙面上的一群酒徒动了起来，从右至左穿过房间。我没有把眼见的事告诉克纳。画家天生固执己见，墙上的画出现了违反自然规律的事叫他看他也会视而不见。我慢慢吮着苦艾酒，品尝看苦艾酒。

一口酒不算多。我又对克纳说话了，声音温和。

“你是个傻瓜。”接着搬出南方人那句常说的话，“你得让杰西·霍姆斯收拾。”

说完，我往四周扫了一眼，看见了这位傻瓜的克星。他仍是我想象中的模样，就坐在旁边桌子，用一双冷酷、带杀气的红眼睛打量我们。从头看到脚他都是杰西·霍姆斯，花白长胡须乱糟糟，灰色衣服式样古老，一脸凶相不输于行刑的刽子手，一双鞋因远道跋涉沾满灰尘。他的眼睛最后死盯着克纳。想到他在百忙中我从遥远的南方把他叫来，心头一阵害怕。我打算溜之大吉，但后来坐着没有动。许多人眼见无望时曾逃出他的手掌。他把克纳兄弟叫做傻瓜，因此有进地狱遭火刑之虞。遭火刑就遭火刑吧，但我非让他逃出杰西·霍姆斯之手不可。

傻瓜的克星起身走到我们桌边，手按住桌子，一双不肯饶人的凶神恶煞的眼睛看着克纳，但不理会我。

“你是个不可救药的傻瓜。”他对画家说，“难道挨饿没有挨够？我再给你一次机会。与这姑娘一刀两断回家去，不照办你后果自负。”

傻瓜就在威胁他的人面前，距离不到一英尺，却无知无觉，叫我担心起来。

“我们下周结婚。我画室里有家具，再买些二手货，我们就够用了。”他这话其实是脱口而出的。

“你自作自受，必死无疑。最后的机会你已经错过。”傻瓜克星说话的声音小，但听来可怕。

克纳又轻轻说：“月夜我们坐到天窗下弹吉他，把虚荣和金钱抛到脑后。”

“你的脑袋就没啦!”傻瓜的克星鄙夷地轻轻说了一句。我看到克纳眼没有见到耳没有听到杰西·霍姆斯，不禁心里发毛。接着，我明白过来，眼前的一幕唯有我能看到，也唯有我能从傻瓜克星手中救朋友一命。也许，我脸上露出了惊恐。

克纳莞尔一笑，说：“对不起，我在自言自语吗？可能我有这个习惯。”

傻瓜的克星走出了法罗尼的店门。

“你坐在这里等等。”我说着站起身，“我得跟那人谈谈。你怎么不回答他的话呢？难道你因为傻，就非让他一脚踩死不可，像踩死一只老鼠那样吗？你怎能不开口为自己辩解呢？”

“你喝醉了。没有人跟我说过话。”克纳不以为然地说。

“刚才收拾你的克星站在你面前，说要你的命。你并不瞎且不聋。”我说。

“我不知道有人。除了你坐在桌边，我谁也没有看见。坐下！苦艾酒你千万别再喝了。”克纳说。

我生气了，说：“在这里等着。就算你不把自己的命当一回事，我也得帮你留着。”

我快步出门，走过半条马路，赶上了穿灰衣服的人。他的模样仍是我在想象中见过上千次那样，凶恶可怕，拄着那根白橡木手杖走路。多亏马路洒水车洒过水，要不然会一路走一路尘土飞扬。

我拽住他衣袖，把他拉到一幢房子的偏僻角落。我知道他只是传说中的人物，因此不愿让警察看到我对空处说话。万一进了精神病院，我的银火柴盒和钻戒就会不保。

我硬起头皮对他说：“杰西·霍姆斯，我认识你。我从小就听说你。我知道你如何祸害了国家。你杀的不是傻瓜，而是有天才的青年。一个民族在生存发展，少不了有天才的青年。霍姆斯，你自己才是傻瓜。三代人以前，社会、荣誉、传统遵循的狭隘偏执标准变得陈旧过时，你就开始了杀戮。我的朋友克纳是我至今见到的最聪明的人，你却决定要对他下毒手，这就证明你是傻瓜。”

傻瓜的克星冷眼盯着我。

“你喝多啦?”他觉得奇怪，说，“哦，想起来了，我知道你是谁。刚才你与他坐在一张桌上。嗯，如果我没有听错，你也叫他傻瓜。”

我说：“我叫过，这样叫了高兴，是出于嫉妒。但是，在你的眼中，他是世界上傻透了顶的大傻瓜，所以你才想杀他。”

“你能告诉我，你把我看成何许人物吗?”老人说。

我狂笑起来，但突然又止，因为我想起来了，不能让人看到我独自对着砖墙欣喜若狂。

“你是傻瓜的克星杰西·霍姆斯，要杀我的朋友克纳。我不知道谁叫你来，但是如果你杀他，我会给你点厉害看看，找警察来抓你。警察的眼睛不好，连普通人都看不清。要抓一个传说中的杀人凶手，他们得倾巢而出。”我开始只是严肃地说，说到后来变得气急败坏。

“嗯，我得走了。你最好回家让脑子睡清醒。再见。”傻瓜的克星挖苦地说。

听他这样一说，我不由得更为克纳担心，态度软了下来，决定求他。我拽住他灰衣服的衣袖说：

“先生，你是好心人，别杀克纳这孩子。你回南方去杀国会议员，杀乡巴佬，别管我们的事，不是更好吗?为什么你不去五马路杀百万富翁?他们把钱藏起来不让一对年轻傻瓜结婚，只因为他们俩有一个不住在五马路。去喝一杯吧，杰西。为什么老忙着不歇一歇呢?”

“你认识叫你朋友变成傻瓜的那位姑娘吗?”傻瓜的克

星问。

“有幸认识。”我说，“所以我才会叫克纳傻瓜。他太傻，因为他等了很久还没有与她结婚。他太傻，还因为他希望得到身价两百万的父亲之类人同意。”

傻瓜的克星说：“也许——也许——我——我想错了。你能不能回店里把克纳叫来？”

我打了个哈欠，说：“哦，叫来有什么用呢，杰西？他看不见你，他不知道你在桌边对他说过话。你知道，你是个虚幻人物。”

“也许这次能。你愿去叫他吗？”

我说：“行！但我怀疑你的头脑是否真清醒。你好像在摇摇晃晃，身子变得模糊不清。别等我回来就什么也见不着了。”

我回到克纳那里，说：

“外面有个看不见的杀人狂等着见你。我知道他肯定想杀你。去吧。反正你看不见他，不用害怕。”

克纳显出焦急的神情。

他说：“唉，想不到几滴苦艾酒把你变成这样。你最好守着香肠吃吧。我送你回家。”

我把他领到杰西·霍姆斯那里。

傻瓜的克星说：“鲁道夫，我让步了。把姑娘带回家吧。孩子，让我握握手。”

克纳紧握着老人的手，说：“爸爸，你真好！见了她你绝不会后悔。”

“这么说，他在桌边对你说话时你当真没有看见他吗？”

我问克纳。

“我们已有一年互不理睬。现在和好了。”

我走开了。

“你去哪里?”克纳问。

“我去找杰西·霍姆斯。”我神气且神秘地说。

纪念品*

莉奥内·达曼德小姐把背对着百老汇。这算是“礼尚往来”，因为百老汇常把背对着达曼德小姐。不过，真正的往来还说不上，因为“活报应”剧团的这位往日的台柱子处处有求于百老汇，反过来的情况却没有。

话说莉奥内·达曼德小姐把椅子背对着朝向百老汇的窗口，坐下缝补一只刚破口的黑丝袜。窗下喧嚣的百老汇的闹声和灯光对她没有吸引力，她一心只向往这条仙境般的大街的化妆室里闷人的空气和喜怒无常的剧院里观众的喝彩。然而，袜子也非应付不可。丝织品不及时补会不可收拾，但你不穿丝袜又穿什么呢？

马拉松①俯瞰大海，塞莱娅旅社②俯瞰着百老汇，位于

* 原名 The Memento. 见：*The Voice of the City*, *The Complete Works of O. Henry*, Garden City Publishing Co., Inc., 1937. ——编者注

① 马拉松在希腊雅典东北十二英里处，公元前 490 年雅典人于此地击败波斯人，有人为报告胜利消息从马拉松一直跑到雅典。

② 塞莱娅（Thalia）是希腊神话中司牧歌与喜剧的女神。塞莱娅旅社系作者虚构，似指达曼德小姐与许多演员住该旅社之故。

两条大道的交汇处，正对人流的旋涡，犹如一段屹立的峭壁。一帮又一帮游方演员辛辛苦苦跑完了路便来这里歇脚打尖。旅社前后左右的街上有密密麻麻的售票房、剧院、事务所、学校和饭店。

塞莱娅旅社的走廊不同一般的旅社，光线暗淡，还有股怪味，你走在里面仿佛有些闷在还没启航的船里或是还没启程的车里，只不过这条船或这辆车大些罢了。整个屋子给你的感觉是不安稳，多不测，是暂留之地，甚至你会生出许多心事和忧虑来。这些走廊成了迷宫，如果没有人领路，你会如坠在五里雾中。

每转一个弯，你或者会遇上一个穿着睡衣的人，或者会发现进了死胡同，都只好止步。你还会撞上穿浴衣的喜剧演员到处找不知什么地方才有的浴室。客房有几百间，间间房里不是传出说话声，便是听到有人唱几句歌，新歌老歌都有，要不就是一些演员聚在一起打哈哈。

夏天到了，各剧团已经解散，演员一面进各自喜爱的旅社休息，一面找经理求聘，寻求秋季演出的门路。

这天下午时间已晚，该跑的代理人那儿都已经跑过，你在潮湿的走廊里走着，辨不清东南西北，却能见到许多仙女从身边经过，戴着面纱，眼睛像明星，丝绸衣窸窣，装饰带飘飘，给沉闷的走廊带来活泼气氛，还有芳香。年轻的喜剧演员聚在门口，谈着当代的明星布思，他们多才多艺。远处不知什么地方飘来火腿香和红甘蓝香，还有杯盘响。

塞莱娅旅社生活的节奏本来并不分明，多亏了啤酒瓶塞一声声啪啪响得有规律而悦耳。这家热情好客的旅社的生活这样一来才容易分出个层次，像是句子有了标点，但逗号经常用，分号很少用，句号不用。

达曼德小姐住的是个小房间，梳妆台与脸盆架之间的空隙只够放一张摇椅，还是竖着放，梳妆台上除了常有的用品外，还摆着这位往日的台柱子保存的演出纪念品和同行最亲密要好的朋友的照片。

她一边补袜子，一边朝一张照片看了两三次，脸上现出亲切的微笑。

“就不知雷现在在哪里。”她自言自语道。

如果你有幸见到这张受她如此喜爱的照片，瞧第一眼时，你以为看到的是朵多瓣白花，在一阵劲风袭来时吹得花瓣全张开了。然而错了，张开来的并不是白色花瓣。

你看到的是罗莎莉娅·雷小姐的薄纱短裙，她正在舞台最前方，将腿高抬过头旋转着，向台下观众表演紫藤绕梁。你看得出来，照相机表现力不足，没有能够反映她腿部动作的优美刚劲。其实，每天晚上到了这个动人的时刻，她的腿一抬，黄色的丝袜带便飞出来，从她灵巧的腿上凌空而起，飞得又高又远，飘落到台下兴高采烈的观众中。

你还能看到，在穿黑衣服的观众中（主要是爱看精彩杂艺的男观众），有上百个人举起手，想抓着这根从天而降的彩带。

这个动作使罗莎莉娅·雷小姐在两年里每年走红四十个星期。在十二分钟的表演里她还有别的节目：唱歌，跳舞，模仿两三个没人能模仿的男演员的表演，在高凳上用鸡毛帚表演平衡技艺。但是，最精彩的一刻莫过于罗莎莉娅小姐把像花一样张开的短裙一收，微笑着跳到座位上。那根金箍分明在她腿上，转眼之间便飞了出去，变成人人想要的奇货。就是在这一刻，观众个个从座位上起立（这样说也许不算夸张），为她的绝技叫好，而这一抬的确使她的名字在票房卖得了大价钱。

两年后雷小姐突然对她的密友达曼德小姐说，她要到长岛北岸的一个古老村镇过夏天，而且从此告别舞台。

莉奥内·达曼德小姐说出想知道老朋友下落的心愿后十七分钟，响起一阵阵砰砰的敲门声。

来人正是罗莎莉娅·雷。她听到里面一个尖嗓音叫“进来”，便一下闯进了屋里，把一只重重的手提袋往地上一扔。果然来者是罗莎莉娅，没有汽车却套了件坐小汽车穿的宽松上衣，风尘仆仆，棕色面罩的带子紧紧系着，还垂下一码长，足穿黄褐色浅帮鞋，裹着紫色绑腿，一套旅行服是灰色的。

她取下面罩和帽子后，现出了一张很漂亮的脸，正发红却因心绪不正常而阴沉沉。眼睛大，但不高兴的事使眼神显得黯然。一头浓密的赤褐色头发是匆匆梳理的，一些成波形起伏的散发，小发卷梳子和发夹都没有能拢住。

这两位不是在舞台上而是在生活中亲如姐妹的人见面本该又叫又跳，又亲吻又问好，然而她们没有。她们只是抱了一抱，吻了两吻，然后各站在以往站的地方。这两位久别重逢的人的见面礼像士兵和荒野里行路人的见面礼一样，非常简单。

“我租了间过道边的房子，在你上面两层楼，但还没上去，先来看看你。”罗莎莉娅说，“我不知道你住这里，是他们告诉我的。”

莉奥内说：“我是四月末来的，马上要跟个倒霉剧团巡回演出。下星期我们在伊丽莎白开场。我原以为你告别了舞台，雷。你说说，你现在怎样了。”

罗莎莉娅灵巧地一扭身子，坐到达曼德小姐的衣柜上，头靠着糊了纸的墙。巡回剧团的台柱子及其姐妹们长期以来养成了习惯，觉得这样坐着舒服。不比别人，要倒在围椅里才舒服，而且靠背和扶手越高越好。

“我会告诉你，莉。”她说。不知为什么，这年轻姑娘的脸上现出了气愤而无可奈何的神情，“明天我又要走百老汇这条老路，把代理人办公室椅上的漆磨掉一层。从今天下午四点算起，往前数三个月，这三个月里无论什么时候谁要是对我说，我又要听代理人说什么请留下大名和住址之类的屁话，我真会笑掉牙。莉，给我一块手帕。哟，长岛的火车真够呛！我脸上落满了煤粉。哦，对啦，你有什么酒吗，莉？”

达曼德小姐打开洗脸架的门，拿出一个瓶子。

“还有将近一品脱曼哈顿鸡尾酒。酒杯里插了束荷兰石竹，不过……”

“就用瓶子喝吧。酒杯留着，给你做伴。谢谢！这酒很好。三个月里我第一次喝！

“莉，你没说错，春天过完时我告别了舞台。我要离开舞台是因为我厌倦了舞台生活，特别是因为打心眼里讨厌男人，就是我们吃舞台饭的人非应付不可的男人。你知道这里面的名堂，上自想要我们坐他的新汽车的经理，下至想亲亲热热叫我们的贴广告的人，我们都得想法对付。

“最糟的是那些演出完毕后我们不得不见面的那帮人。有上后台找我们的，有经理的朋友。他们请我们吃饭，炫耀手中的宝石，叫我们去见这个人那个人，全是群畜生，我恨死了这些家伙。

“莉，依我看，值得同情的是我们这些舞台上的姑娘。正派人家的姑娘真心想干一番事业，辛辛苦苦练就了本领想出头，可是永远不能出头。你老听到别人唠叨什么合唱队里的人可怜，一星期才挣十五块。呸！合唱队里的人有了伤心事吃一只龙虾就能又快活起来。

“谁要想流泪就该为当演员的流，在没名堂的戏里当主角，一星期挣三十到四十五元。她明知道绝不会有大出息，可是年年照样干，盼望着永远不会来的‘机遇’。

“我们还得演那些瞎胡闹的名堂！就说那‘双推磨’吧，你的腿让人家倒提着，手成了腿，满舞台走，还算是什么歌舞喜剧？不过与我表演的那些乱七八糟的东西比起来，倒称得上是正经货。

“但我最恨的还是男人，那些坐在你桌子对面色迷迷说胡话的家伙，就想把你买到手，出价的大小全在于他们对你怎样估计。还有观众席上的男人，有拍巴掌的，有大喊大叫的，有放开声吼的，有手舞足蹈、乱蹦乱跳的，全像一大群野兽，把眼睛死死盯着你，只等爪子够得着时便把你一口吞下去。哼，我恨透了他们！

“哦，我还没有对你说我自己怎样了，对吗，莉？

“我积攒了两百元，夏天一到便与舞台一刀两断。我去了长岛，住在一个美丽的小镇上，小镇叫索德波特，紧靠海。我打算在那里过夏天，钻研讲演技巧，在秋天上时一个班。靠近海滩的一所房子里住着死了丈夫的老太太。有时候老太太租出一两间房来，为的是有个人作伴，就让我住了进去。另外还有个房客——阿瑟·莱尔大牧师。

“他的确是个不同寻常的人。莉，你听我说吧。这件事一会儿可以说完，只是个独幕剧。

“莉，第一次见到他我的心就活动起来。一开口说话，我就听入了迷。他与观众中的那些人不同。他个子高，但瘦。他进房来你不是用耳朵听出来的，而是用心感觉出来的。他的脸像画上的骑士，像圆桌边的一位武士。[①] 声音像独奏的大提琴。还有他的风度！

“莉，你想想大美男子约翰·德鲁在他最漂亮的客厅的那派头吧，如果把这两人一对比，你会觉得约翰让人看不上眼。

“细节不对你说了。没出一个月，我与阿瑟订了婚。他在美以美会的教堂里讲道。等结婚以后我们可以住进一所小小的牧师住宅，养养鸡，种种金银花。阿瑟爱对我讲天堂，但他的话我每次都一个耳朵进一个耳朵出，老想着养母鸡，种金银花。

“我没有对他说我上过舞台，我恨舞台生活，凡是跟舞

① 英国传说中公元六世纪有位亚瑟王，与其武士坐圆桌席位，以免争论席次的尊卑。

台相关的无论什么都恨。我与舞台已经一刀两断，何必提起往事呢？我是个规矩人，除了喜爱演说，没什么好忏悔，叫我良心上过不去的就那么一件事。

“莉，说实在的，我感到称心如意，我在教堂的唱诗班里唱圣歌，参加了缝纫协会，朗诵安妮·劳里的作品，还能在朗诵时夹杂口哨，镇上的周报说‘水平已接近行家’。我跟阿瑟去划船，到树林里散步，捡贝壳，这偏僻小镇在我看来是世界上最好的地方。本来我会在那里无忧无虑过一辈子，如果……

“但是有天上午格利太太，就是那位单身老太太，多了一嘴。我在后门厅帮她剥豆荚。出租房子的人知道了什么事肚里藏不住，这位老太太也一样。她把莱尔先生看成世上的圣贤，我也这样看。她说尽了莱尔先生的长处，但临了告诉我，阿瑟前不久爱上了一个人，爱得发疯，可惜结果没有成功。她不知道详细经过，只知道受的打击很大。她说，他脸上没有了血色，也瘦了。他还留着那姑娘的一件纪念品，放在一个小小的花梨木盒里，小木盒锁在书房的书桌抽屉里。

“她说：‘晚上我有好几次看见他对着木盒发呆。只要有人进房来，他必定会把盒子锁进书桌里。’

“哼，不问你也能知道，我会不会很快向阿瑟私下里打听这件事。

“就在那天下午，我们慢慢划着船在水上看荷花。

“‘阿瑟，’我说，‘你从没有对我说过你还爱过一个人，可是格利太太告诉了我。’接着我让他知道了已瞒不过我。我很讨厌别人说谎话。

“他看着我，神情很诚恳，说：‘你来以前，我动过一次感情，而且是动的真情。既然这件事你已经知道，我就对你实话实说。’

“我说：‘那么请说吧。’

“‘我的好艾达，’阿瑟说——在索德波特时我当然用真名实姓——‘其实这次动感情完全是精神上的。虽然这姑娘真正打动了我的心，我把她看成理想的女人，可是我并没有与她会过面，从没有对她讲过话，只是心中爱慕。我对你同样有心目中的爱慕，但毕竟有所不同。这件事我想你不会在意，不会影响我们的关系。

“‘她长得漂亮吗？’我问。

“‘她长得非常漂亮。’阿瑟说。

“‘你常见到她吗？’我问。

“‘大概五六次。’他答道。

“‘每次都是从远处见到的吗？’我又问。

“‘每次都隔着一段距离。’他答道。

“‘你真的爱她？’我追问。

“‘在我看来她是外表、风度和心灵美的化身。’阿瑟说。

“‘你牢牢锁着，而且常常看得发呆的那件东西是她留下的吗？’

“‘我珍藏的一件纪念品。’阿瑟说。

“‘她送给你的吗？’

“‘是原来属于她的东西。’他说。

“‘并不是直接得来的吧？’我问。

“‘也可以说不是直接，但说直接更恰当。’他答道。

“‘为什么你没有与她直接会过面呢？’我问，‘难道说你们在生活中的位置相距太远？’

“‘她可望而不可及。’阿瑟说，‘艾达，算了吧，这件事已经过去。’他继续说，‘你不会吃醋，对吗？’

“‘吃醋？’我说，‘你看你说到哪儿去啦！现在正因为我知道了这件事，我对你的好感增加了十倍。’

“莉，这话不假，就不知你能不能理解我。心目中的爱对我来说是件新鲜事。我觉得，在我听说过的事情中，这种爱最珍贵、最崇高。你想想吧，竟然会有这样的男人，爱着一个连话也没说过一句的女人，死死恋着心中想象的偶像！我觉得这了不起。我原来认识的男人找上你不是拿宝石引诱，就是在酒里下迷昏药，或者许愿加工资，他们哪有什么心肝！哼，就别提了吧。

“说真的，这一来我对阿瑟更有了好感。我不可能嫉妒他曾经崇拜的远在天涯的偶像，因为我马上会得到他。有了这事我也把他看成了世上的圣贤，就像格利老太太看他那样。

“这天下午四点有人来找阿瑟，叫他去看望他教堂里的一个病人。格利太太躺在床榻上睡午觉，房子里只剩我一个人。

“从阿瑟书房过时我往里一瞧，发现他书桌的抽屉上吊着串钥匙，忘了带走。要说嘛，我们大家有时都会干点偷偷摸摸的事。莉，你看是嘛？我一心想看看他从来不公开的那件纪念品。倒不是因为我关心究竟是什么东西，而是单纯出于好奇。

“打开抽屉时我做过一两种猜测。我想，也许是她从阳台上扔下的一朵玫瑰花蕾，被他捡到，早发干了；要不就是她的一张照片，从一份杂志上剪下的，因为她很有社会地位。

“打开抽屉，果然见到一个花梨木盒，大约是男人的衣领盒大小。在一串钥匙中我找出那把开盒子的小钥匙，打开了盖。

“只对那纪念品看了一眼，我就回到自己房间，收拾行李。我把几件东西扔进手提箱，拔下插在头上的小梳子随便理了理头发，戴上帽子，走进老太太房里，在她脚上踢了一下。当时我想压住一腔火气，说话礼貌和文雅些，也给阿瑟留点面子，而且我也有这个习惯，但是根本不行。

“我说：‘别拉风箱啦，你起来好好听着，我这就给你钱。我不在这里住了。还有八元房租该付给你。车夫在等着提行李。’

“我把钱给了她。

“‘哎哟哟，是克罗斯比小姐！’她说，‘究竟出了什么事？我一直以为你在这里住得很开心。我的天，年轻姑娘就是叫人捉摸不透，你以为她们是这样，结果她们偏偏又是那样。’

“我说：‘算你说对了，有的姑娘的确难捉摸。不过男人就不是这么一回事。你了解了一个男人，便了解了所有男人！人类是怎么回事可以这样一锤定音。’

“说完我赶上四点三十八分的火车走了，弄得满身是细煤灰，我一口气到了这里。”

达曼德小姐忍不住追问道：“雷，那盒子里装的到底是什么呢？”

“以前演杂艺时我一腿甩到观众中的一根黄色丝袜带。莉，你还有什么鸡尾酒吗？”

心中有数*

当然，这个问题有两方面。我们且看它的另一面。我们常听人说“商店女”。这种人并不存在。有的年轻姑娘在商店工作，她们靠此谋生。为什么我们以她们的工作地点叫她们呢？我们应讲公道。那么，住在五马路的年轻姑娘该叫什么女呢？

卢和南希是好朋友。两人因为家里无饱饭吃，到纽约这座大城市找工作。南希年方十九，卢已满二十。她们都漂亮、活泼，但生长在乡下，没有上舞台的大志。

命运之神把她们带到一所便宜却体面，包吃包住的公寓。两人都找到工作，挣到工资。她们依旧要好。现在半年已经过去，我想请各位上前一步，向各位作个介绍。爱管闲事的读者：这两位是我的女性朋友南希小姐和卢小姐。你们

---

* 原名 The Trimmed Lamp. 见：*The Trimmed Lamp*, *The Complete Works of O. Henry*, Garden City Publishing Co., Inc., 1937. ——编者注

握手时请看看她们的穿着，但小心别让她们察觉。的确，得小心。坐在包厢看赛马的贵妇人发觉有人盯着看会不高兴，她们也一样。

卢在一家手工洗衣店熨衣服，拿计件工资。她穿紫色衣服，不合身，帽子的羽毛也太长，长出足足四寸，貂皮手筒和围巾花了二十五元，而快过季时，橱窗里同类货标价七元九角八。她的脸蛋红扑扑，浅蓝色眼睛亮晶晶。你一见便知她过得心满意足。

你会叫南希为“商店女”，因为你已习惯成自然。其实无所谓典型不典型，然而有些人固执，非找出典型不可，所以，典型就是这么回事。她的头发往上梳，高高隆起。她的裙子是便宜货，但合身得体。没有毛皮大衣为她抵挡料峭的春寒，她只穿件绒面泥短大衣，但精神抖擞，仿佛是波斯羔羊皮做的。各位孜孜不倦寻找典型的人，在她脸上和眼里，你倒可以看到典型的商店女的神情。这种神情含有一种无声的鄙视，叫你别以为女性好欺骗，还向你预言恶有恶报。当她放声大笑时，这种神情依然存在。它本应使男人望而却步，但是大家知道，男人嬉皮笑脸，仍旧献花，别有用心地献花。

卢对你高兴地说了声“再见”。南希对你现出了淡然而甜蜜的一笑，这笑容像一只白蛾，似乎冲着你飞却与你擦肩而过，越过屋顶，直上高空。既然如此，你可以对她们致礼告别了。

两人站在路口等唐。唐是卢的朋友。这人可不可靠呢？这样说吧，有需要帮忙的事他总会来帮一把。

“你冷吗，南希？”卢问，“你守着那家店干活，每星期才挣八元，傻不傻呀？上星期我挣了十八元五角。虽说拿熨斗不比站柜台卖花边惬意，但是能挣钱。我们拿熨斗稳挣十元。再说，干这活并不丢人。”

南希翘起鼻子说：“你干你的好啦！我宁可拿八元，住过道尽头的隔板房。我爱与好东西和有钱人打交道。这其中有机会，知道吗？你瞧，我们店卖手套的一位姑娘嫁了匹兹堡一位身价百万的人，大概是钢铁大王之类，就前几天的事。以后我也要找一个有钱的主，倒不是我以为自己长相好或有别的资本。呆在大佬进进出出的地方，我就有机会。姑娘守在洗衣店里，能守出什么名堂呢？”

卢得意洋洋地说：“我不就在洗衣店结识了唐吗？他来取星期天穿的衬衫和领子，看见我在第一张台上熨衣服。我们上班都想在第一张台。那天埃拉·马金尼斯生病，我坐了她的地方。唐说他一眼看到了我两只手臂又白又丰满。我卷起了袖子。洗衣店里也有不寻常的人来。他们把衣服放在手提箱里，一转身突然进门，这种人就不一般。”

“卢，你怎么穿这样一件背心呢？看来你眼光太差。”南希说，眯起眼瞅着那件讨人嫌的衣服觉得可笑。

“这件背心吗？”卢气得睁大了眼，说，“哼，这件背心我花了十六元，到商店买得二十五元。一个女人送来洗再也没有取，老板卖给了我。上面的手工刺绣有好几码。你自己穿的衣服难看得要命，为什么不说说？”

南希并不生气，说：“这是难看得要命的衣服吗？是范阿尔斯丁·费希尔夫人衣服的仿制品。据说她去年在店里买时花了一万二。我自己动手做，成本才一元五角，十码外你看不出与她的有什么区别。”

“那好，你要是想饿着肚皮摆阔，就饿吧，摆吧。”卢说，口气变得温和，“我爱干我的活，多挣钱，干几个小时能买到漂亮中意的衣服穿。”

话刚说完，唐来了。这年轻人是电工，每周挣三十元。他系根活结领带，不苟言笑，对卢一往情深。卢的绣花背心像张蜘蛛网，蚊蝇都爱往上飞。

“欧文斯先生，这位是我的朋友丹福思小姐，握握手吧。”卢说。

唐伸出手，说：“很高兴认识你，丹福思小姐。常听卢说起你。”

南希用冰凉的指头碰碰唐的手指，说：“谢谢。我有时听她提到你。”

卢咯咯笑起来。

“南希，你这样握手也是模仿范阿尔斯丁·费希尔夫人吗？”她问。

“我能模仿，你更可以学。”南希说。

“哼，学了也白学。我摆不了这架势。这样握手是为了显露钻戒。等我有了几枚再学吧。”

“先学吧，学了，有戒指的希望才会大。”南希开导她说。

唐乐呵呵一笑，说：“别争了，听我的吧。带两位去最有名的蒂法尼首饰店我不够条件，就去小剧场看看，好吗？我有票。不能与戴真家伙的人握手，看看舞台上戴钻戒的人也行吧?”

忠心耿耿的护卫走在紧靠马路边。卢挨着他，一身衣服鲜艳漂亮，像孔雀毛。南希走在里面，她身材苗条，衣服颜色暗淡得像麻雀毛，但步态形似范阿尔斯丁·费希尔夫人。三人就这样出发了，打算晚上小小消遣一番。

我想，把大百货店当教育机构的人并不多，但是，南希工作的那家店对她而言起到了教育机构的作用。她周围的东西美不胜收，有情调，有品位。只要你身处奢华的环境，无论为奢华掏钱的是你还是别人，你都可以尽享奢华。

南希接待的人大多是女性，其衣着、风度、社会地位都为人艳羡。南希注意学她们的样，每个人她认为什么最好就学什么。

她模仿这个人的手势，那个人说话时怎样扬眉，还有走路的步态，怎样提包，怎样微笑，怎样招呼朋友，怎样对“地位在下”的人说话。她最喜爱的楷模是范阿尔斯丁·费希尔夫人。她向夫人学到了一个莫大的长处，就是说话的声音，轻而温柔，如银铃般清脆，如莺啼般圆润。既然受到上流社会温文尔雅气氛的熏陶，她不可能不深受影响。据说，好习惯胜过好原则。那么，好风度也许便胜过好习惯。你父母的教导不一定能使你保持新英格兰地区人的心，但是如果你坐在一把直背靠椅上，口中不停念念有词，魔鬼就近不了身。当南希用范阿尔斯丁·费希尔太太的声气说话时，她觉得浑身有了贵人气。

在百货店这所学校里，还有一个学问的源泉。如果看到三四个商店女聚在一起交头接耳，似乎闲聊，你别以为她们真在议论某某的发型不好。她们的会议虽不及男性审议机构的会议庄重，但意义不亚于夏娃与大女儿第一次碰头，让亚当明白他在家庭中该把自己放在什么位置。女人在这种研讨会上结成联盟，也交流在世界中的攻守策略。世界是个舞台，男人是台下观众，不停地往台上扔花束。女人比任何出生不久的动物都无法自力，她们有小鹿的温柔，却缺乏小鹿的敏捷，有鸟儿的美丽却没有鸟儿的飞翔本领，像蜜蜂会酿蜜却不能——唉，别再打这类比喻吧，再打，我们中也许有人会被蜇伤。

在这种军事会议上，她们拿出武器供大家使用，交换各自从生活战术中研究出的战略。

只听萨迪说："我对他讲，你太过分啦！对我说这种话，究竟把我当成了什么人？你们猜猜，他有什么话可答？"

几个脑袋凑到了一起，有棕色的、黑色的、亚麻色、红色的、黄色的，答案也就应运而生。锦囊妙计有了，各人以后与共同的敌人——男人——狭路相逢时都可用。

就这样，南希学会了防御之术。女人能防意味着能胜。

百货店的课程包罗万象。要实现她生活的理想，即成就婚姻大业，也许上哪所大学都不及上这所学校。

她在店里占有地利，音乐厅离得很近，一流作曲家的作品她渐渐听熟，至少熟到使她进入现在开始梦想的社交界后能对这些作品说出个名目。她受到艺术品、昂贵华丽的服装、女人几乎少不了的珠宝首饰的陶冶，如饮甘泉。

其他商店女很快看出了南希的心愿。每当模样像百万富翁的人走近她的柜台，她们会对她说："南希，你想要的人来啦。"男人有个习惯，就是趁太太、女儿挑商品时，会在商店闲逛，总要走到手帕柜，细看麻纺的方块。南希学来的大家闺秀气质和天生丽质很有吸引力。于是，许多男人过来在她面前装模作样，他们有的腰缠万贯，有的却是假货色，南希见识多后能分辨。手帕柜台尽头有扇窗，窗外马路上顾客开来的车她看得见。她日久发现，车与车主一样，各不相同。

有一次，一位风度翩翩的先生买了四打手帕，在柜台上大模大样求起婚来。他一走，一位同伴开口了：

"南希，怎么啦？你对那家伙冷冰冰。我看他行，像个阔佬。"

南希出现范阿尔斯丁·费希尔夫人式的微笑，无比动人，却无比冷漠，不以为然地说："他吗？不中我的意。我看到他在外面的车，是辆十二匹马力的货色，司机是爱尔兰人。你看看他买了什么手帕？丝绸的！再说，他有指甲炎。我呀，要就要货真价实的，否则不如不要。"

店里"气质"最好的女人中，一位是领班，一位是收款员，她们俩常与几位阔气的男性朋友吃饭。有一次，南希也受到邀请。吃饭的这家酒店非同寻常，除夕夜的座位得隔年预订。"男性朋友"有两位。一位秃顶，是奢华生活使他头发掉光（对此我们不难证明）。另一位年纪轻轻。看他的两件事你会深信不疑他的身价和见识。一是他的衣袖用钻石做钮扣，二是他咒骂所有的瓶装酒用软木塞。这位年轻人看出了南希超凡脱俗。他本来就喜爱商店女，而眼前这一位既有她那个阶层的质朴魅力，谈吐、风度又像他所属的上流社会的人。所以，第二天他出现在商店，买了一包土法漂白的爱尔兰麻纱手帕后，慎重求婚。南希拒绝了。十码外，一位一头棕发高高堆在头上的同伴一直眼在看着，耳在听着。等吃闭门羹的求婚人一走，她把南希狠狠数落了几句。

“你这小傻瓜不可救药！那个人是百万富翁，范斯基特尔老先生的亲侄子。再说，他出于真心实意才开口。南希，你疯了啊？”

“疯了吗？”南希说，“我没有答应他，对吗？你总能看得出他不是百万富翁哟？他家一年给他的花费只两万，昨天晚上吃饭时那秃头还拿这事笑话过他。”

一头棕发高高堆起的人走过来，眯缝起眼睛。

“那你要多少钱？”她问，因为没有嚼口香糖而声音发哑，“两万你还嫌少？难道你想嫁洛克菲勒、格拉德斯通·道伊、西班牙国王一类人？一年两万你还不满足吗？”

对方一双浅薄的黑眼睛直逼南希，使南希的脸微微发烧。

她解释说：“卡丽，不是全因为钱。昨天晚上吃饭时他撒谎被朋友当场戳穿。他说他没有陪哪个姑娘上过剧院。哼，我容不得人说谎！总之一句话，我不喜欢他，这就够了。我要卖也不会在大拍卖日卖。我嫁人总得嫁个像样的人。不错，我在物色人，但是并非凡有鼻子眼睛的人都行。”

“你等着进精神病院吧！”棕色头发高高堆起的人说完走开了。

南希一面继续每星期靠八元过日子，一面抱着这些思想——即使不算理想。为了追寻她想要的了不起人物，她天天啃干面包，勒紧裤腰带。她知道男人命中难逃她这位猎人，可爱的脸上总挂着淡淡、冷酷、有信心的笑。商店是她的猎场。许多次她似乎看到了大麋鹿，举枪瞄准，但是每次某种深藏的天性（也许是猎人又或许是女人的天性）使她放下了枪，又往前寻找。

卢在洗衣店干活，日子好过。每星期挣十八元五角，六元开销吃住，其余主要花在穿上。她学习谈吐举止的机会比南希少。在蒸汽弥漫的洗衣店里，除了不停地干活，你只会盼望晚上的休闲。她的熨斗熨过许多贵重漂亮的衣服。也许，这块导热的金属也导给了她对衣服的喜爱。

每天干完活，唐都在店外等她，如影相随。

有时候，他忍不住朝卢的衣服不安地看一眼，不是觉得式样不对，而是觉得她越穿越花哨。他没有变心，但是不愿看到她穿着这些衣服走在路上招惹路人的目光。

卢对她的朋友同样忠实。无论两人玩到哪里，南希一直陪着，这已成惯例。虽然多了个人，唐心甘情愿，而且高高兴兴。可以说，在一道游玩的三人中，卢具有色彩，南希具有情趣，唐担着重负。这位陪护的人穿的衣服整洁，但一望而知是成衣店买的，领带也是现成的活结。他可靠、能干、灵活，事事不出他意外，也不会看不惯。有一种人在面前时你会忘记他们，离开了却会清楚记得他们，唐就属于这一类人，这一类难得的人。

南希的情趣不凡，有时老一套的消遣使她觉得索然无味，但好在她年轻。青春像个胃口好的人，在没有美食吃时，什么都吃得下。

有一次卢对她说："唐老催我马上跟他结婚。为什么我得马上？我要自由自在。我自己能挣钱，爱干什么干什么。一结婚，他绝不会让我再干活。想起来了，南希，你为什么老守着那家百货店？你现在肚皮吃不饱，衣服也穿得差。我能为你在洗衣店找份工作，只要你愿来。依我看，你别自以为是了，还是多挣几个钱吧。"

南希说："我觉得不是自以为是，卢，少吃几口，守在原地不动，我心甘情愿。大概是习以为常了。我想要的是机遇，我不打算站一辈子柜台。每天我都长见识。从早到晚我遇到的是体面、有钱的人，虽说得侍候他们，但是我周围所见让我得益不浅。"

"遇到百万富翁了吗？"卢问，讥讽地一笑。

"还没有中意的。我在留心看。"南希答道。

"天啦！想一个一个挑！南希，来了一个就别放过，差点钱上百万就差点吧。不过，你只是在说说而已，百万富翁哪会要我们干活的姑娘！"

南希另有高见，说："他们还是要我们为好，我们中有人能教他们怎样理财。"

卢笑着说："假如有哪个百万富翁对我说话，我会觉得浑身不自在。"

"那是因为你没有见过，大阔佬与其他人没有什么区别，你得仔细看才能分出来。卢，你的丝绸上衣颜色是不是红得太艳？"

卢看看朋友暗淡、朴素的橄榄色上衣。

“我觉得不会。只不过与你穿的灰不溜秋颜色一比，是太艳了些。”

南希得意地说：“我的衣服式样与尺寸跟范阿尔斯丁·费希尔夫人前几天穿的一模一样。我才花了三元九角八，她那件估计贵了一百多元。”

卢不以为然地说：“哼，得啦，我看你穿了也难使百万富翁上钩。要是我比你先找到一个并不奇怪。”

这两位朋友所言是否有道理非请一位哲学家来评判不可。有的姑娘心高气傲，宁可在商店干活挣口饭吃。但卢不同，在闷热闹哄哄的洗衣店拿熨斗，过得快活。她的工资使她舒舒服服过日子有余，连衣服都很讲究，所以有时候会不屑地看看穿得整洁却寒酸的唐，虽然唐一直忠诚不二。

至于南希，像她这样的人成千成万。有教养、有品位的人享受的绸缎、珠宝、首饰、花边、香料、音乐本是为女性创造的，南希向往它们在于情理之中。既然她生活中存在这些，而她又愿意多接触这些，那么，就让她多接触吧。她并没有行为不轨，她守着自己的本分，吃着自己挣得的一口饭。

南希的状况就是如此。她安身立命，吃得简单，穿得节俭，但是有志向，心安稳。她已经了解女人，正在研究男人这种动物，研究男人的习性和特点。到某一天，她会收到她想捕的猎物。她下了决心，要放倒就得放倒最大最好的，非最大的不要。

可以说，她心中有数，只等到时候该来的新郎自己来。

但是，她还学了一门课程，也许是无意中学的，她的价值观起了变化。有时候，“金钱”两个字在眼中渐渐模糊，变成“真实”，“荣誉”甚至“善良”两个字。我们再打一个比喻吧。有人在大森林里打麋鹿时，看到一个小山谷。山谷里苔藓满地，绿树遮天，流水潺潺，使他想舒舒服服地休息。这时候，再锋利的矛也会变为钝器。

所以，南希有时怀疑，穿波斯羔羊皮大衣的人心中，波斯羔羊皮大衣的价值是否与市场的卖价相等。

一个星期四的下午，南希从商店下班后穿过六马路，往西去洗衣店。卢和唐约了她看一场音乐喜剧。

她走到洗衣店时，见唐从店里出来，脸绷着，表情反常。

“我在到处打听她的消息。”他说。

“打听谁的消息？”南希问，“卢不在吗？”

“我以为你早知道了。”唐说，“星期二起她既没有来这里，也不在住的地方。她把她的东西全搬走了，她对洗衣店一个同伴说要去欧洲。”

“就没有谁在哪里见过她吗？”南希问。

唐难过地咬紧牙关，灰眼睛里现出平静、冰凉的目光。

“洗衣店的人告诉我，他们昨天看见她从店门前过，坐了辆汽车，跟着个百万富翁，大概就是她和你日思夜想的百万富翁。”他说，声音嘶哑。

南希破天荒地在男人面前表现出了畏惧。她的手微微颤抖着，抓住唐的衣袖。

“唐，你这样说等于拉扯上了我，太不应该！”

“我没有这个意思。”唐说，声气变缓和。他把手伸进马甲的口袋。

“我有今晚的戏票。”他说，装出高兴的神气，“你愿不愿——”

南希见到谁表现出骨气就会佩服谁。

“我跟你去，唐。”她说。

三个月后南希又见到了卢。

一天黄昏，这位商店女沿着一所安静的小公园外围快步走回家时，听到有人叫她。她一转身，见到卢往她怀里扑来。

两人拥抱过后都昂起头，好像有千言万语要说。接着，南希发现卢已今非昔比，一身珠光宝气，裘皮大衣表现出裁缝的艺术天才。

“你这小傻瓜!”卢疼爱地大声嚷，“我看到你还在那家店干活，衣服穿得寒酸。你想抓大鱼抓到了吗？恐怕还一事无成吧?”

这时卢有了发现，见南希交的运比她更好，眼睛发亮，胜过自己的一身珠光宝气，脸比玫瑰红润，内心藏有满腔喜悦。

“不错，我还在那家店，不过下星期不干了。我抓到了鱼——世界上最大的鱼。卢，现在你不会介意，对吗？我要与唐结婚，是与唐！现在他成了我的人。怎么啦，卢?”南希说。

路口走来一位新巡警，年轻，脸上没有胡须。这些新成员给警察队伍添了彩，至少在人看来添了彩。新巡警看到一个身穿昂贵裘皮大衣、手戴钻戒的女人伏在公园的铁栏杆上伤心地哭着。她身边站着位苗条、衣服朴素的姑娘在好言安慰。新入伍的巡警装作没有看见，走了过去。他明智得很，知道这类事他手中握有的权力管不着，尽管他把警棍在人行道上敲得震天响。

卡克特斯来的买主*

得克萨斯州的卡克特斯市好就好在环境宜人，不会得花粉热或伤风感冒，因为开在这里的纳瓦罗－普拉特绸缎呢绒商场不容人嗤之以鼻。

卡克特斯市有人口两万。什么东西只要中意，他们都舍得大把大把花钱。大量银子流到了纳瓦罗－普拉特店里。这家砖砌的大商场占的地皮如果用来放羊，可以放十几头。在店里你可以买到响尾蛇皮领带、汽车，以及八十五元一件的黄色女大衣，其款式时尚，色调深深浅浅多达二十种。纳瓦罗和普拉特最先把货币引进科罗拉多河以西。他们原来放牧，但是有商业头脑，知道不花钱的青草吃光后，地球不会非停止运转不可。

纳瓦罗年纪五十五，有一半西班牙血统，阅历丰富，精

* 原名 The Buyer From Cactus City. 见：*The Frimmed Lamp*, *The Complete Works of O. Henry*, Garden City Publishing Co., Inc., 1937. ——编者注

明能干，年年春天远道到纽约进货。今年长途跋涉，他觉得有些力不从心。无疑，由于岁月不饶人，他一天要看几次表，盼望到午睡时间。

他对合作伙伴说："约翰，今年得你去进货。"

普拉特显得懒洋洋。

"听说纽约是个死气沉沉的城市。"他说，"不过，我会去，顺路我想在圣安东尼奥玩几天。"

两星期后，百老汇路南端齐茨鲍姆父子服装批发行来了个人，穿黑色长礼服，戴白色宽边软帽，系黑色绣花领带，硬领高三四英寸，从头到脚一望而知是得克萨斯打扮。

老齐茨鲍姆眼力如鱼鹰，记忆力如大象，脑子灵活得像木匠的曲尺。他迈着北极熊似的步子上前与普拉特握握手。

"得克萨斯的纳瓦罗先生好吗？"他问，"路途太远，他今年不想来，对吗？你普拉特先生来，我们同样高兴。"

"一点不错。"普拉特说，"你料事如神的本领我拿佩科斯县四十公顷旱地都换不来。"

齐茨鲍姆一笑，说："不用奇怪。我还知道埃尔帕索去年降雨量二十八英寸五，比常年多十五英寸，所以纳瓦罗－普拉特今年春天采购一万五千元服装，比少雨年份多五千。不过这事明天再谈，先到我办公室抽支雪茄，去去里奥格兰德一带的走私贩子味。我说你抽走私货就是走私货。"

时间不早，当天的生意已结束。普拉特抽了半支雪茄后，齐茨鲍姆走出办公室找到儿子。儿子正在对着镜子整理领带上的别针，打算走。

"阿贝，"他说，"你今晚带普拉特先生到处走走看看。

他们是十年的老主顾。以往纳瓦罗先生来，空闲时我陪他下棋。下棋当然好，可是普拉特先生年轻，而且初次到纽约，喜爱新鲜事。”

阿贝拧紧针上的保险扣，说：“好吧，我带他去。看过熨斗大厦，见过阿斯特大酒店的领班，再听听留声机放的《老苹果树下》，就到了十点半钟，得克萨斯人想钻进被窝睡觉。十一点有人约了我吃饭，走之前我会让温斯洛太太照顾他。”

第二天上午他到批发行谈生意，上衣翻领上别了束风信子。纳瓦罗－普罗特商场是好主顾，从不拖欠货款。

“你觉得纽约怎样?”齐茨鲍姆带着一脸曼哈顿人的傻笑问道。

“我不愿意在这地方住。”得克萨斯人答道，“你儿子昨晚带我逛了一圈。你们这里水好，但是卡克特斯市灯光亮。”

“百老汇路上的灯你觉得不多吗，普拉特先生?”

“灯多阴影也多。你们的马再好不过，我来以后没有见过哪匹马倒地死了。”

齐茨鲍姆领他上楼看样品。

“叫阿舍小姐来。”他对一名店员说。

阿舍小姐来了，绸缎呢绒商场的普拉特有生以来首次如沐春风。他睁大眼直勾勾看着阿舍小姐，身子一动不动，成了科罗拉多峡谷的花岗岩石壁。小姐发现了他的眼神，不由得脸红。

阿舍小姐是齐茨鲍姆父子服装批发行的名模，金发碧眼，皮肤皙白，三围甚至超过了 38—25—42 英寸的标准要求。她到齐茨鲍姆商场里已经两年，对工作熟悉。她一双眼睛明亮，然而冷漠。如果让她与传说中的蛇怪四目相对较量一番，蛇怪会不敌她而败下阵来。顺便还要交代一句，她了解顾客的心。

齐茨鲍姆说："普拉特先生，你看看这些浅色公主礼服吧，最适合你们那里的天气。阿舍小姐，先试这一套。"

名模飞快地进进出出更衣室，每次换一套，越换越光彩照人。她随心所欲摆出各种姿势，看得买主眼花缭乱，目不暇接。齐茨鲍姆在一旁介绍式样，巧舌如簧。模特脸上稍带微笑，然而不是模特表演时常见的笑，似乎含有一种厌倦或轻蔑。

普拉特看完后显得犹豫不决。齐茨鲍姆有些着急，唯恐来客另找别家。然而普拉特想的是该在卡克特斯市何处选址盖一座新房迎娶未来的太太，也就是眼下在更衣室脱下一套淡紫色晚礼服的那位人儿。

"不用急，普拉特先生。"齐茨鲍姆说，"今晚可以从容考虑。同样的价格你在别家买不到同样的货。大概你在纽约感到寂寞吧，普拉特先生？像你这样的年轻人当然希望有姑娘作陪。今晚带一位漂亮小姐出去吃饭怎样？阿舍小姐年轻貌美，你一定觉得称心。"

"她不熟悉我，对我一无所知，愿去吗？我也不了解她。"普拉特犹豫地说。

"愿去吗？"齐茨鲍姆眉梢一扬，学他的口气说，"当然愿去。我会为你介绍，她肯定愿去。"

他大声叫阿舍小姐。

阿舍小姐来了，换了件白上衣和一条朴素的黑裙子，表情平静中带着鄙夷。

“普拉特先生想请你赏光，一道吃顿饭。”齐茨鲍姆说完走了。

“没问题。”阿舍小姐眼望天花板说，“很高兴奉陪。西二十大街九百一十号。什么时间？”

“七点怎样？”

“好吧，但是请勿提前来。我与一位女老师合住，她不允许男人进房间。没有客厅，你只能在门口等。我会准时到。”

七点半，普拉特和阿舍小姐同坐在百老汇路一家餐馆里。小姐穿件素雅的黑色薄纱衣。普拉特不知道，小姐陪他吃饭是日常工作。

一名服务员很能干，普拉特还没经意就帮他点了像样的菜。

阿舍小姐对他嫣然一笑。

“我可以要点喝的吗？”她问。

“那还用问？想喝什么就要什么吧。”普拉特说。

喝的端给她后，普拉特一伸手拿开了。

“这是什么？”他问。

“当然是鸡尾酒。”

“我以为你要了杯茶。里面有酒，你别喝。你名叫什么？”

“熟朋友叫我‘海伦’。”阿舍小姐冷冰冰地说。

普拉特靠在桌上，身体前倾，说："海伦，你听我说。多少年来，一到草原上春花盛开时，我脑子里会浮现一个从未见过面也未听说过的人。昨天我一见你就知道你是我脑海中的人。明天我回去，你跟我走吧。我心中有数。你第一眼看我时，我就从你眼神里看出了底细。你别否认，该怎样你还得怎样。我来这里时，半路上买了件小东西。"

他把一枚两克拉的钻戒放到桌上，推到阿舍小姐面前，却被阿舍小姐用叉子叉了回来。

"别做傻事。"她严肃地说。

"我有十万家产。"普拉特说，"我要在得克萨斯建造一座最漂亮的房子给你住。"

阿舍小姐说："你这位买家休想买我，即使家财百万也休想，别叫我说难听的话。起初我觉得你与别人不一样，现在看来是一丘之貉。"

"与谁是？"普拉特问。

"所有买家。你们自以为我们年轻姑娘非陪你们吃饭不可，否则会丢掉工作，所以对我们说话就肆无忌惮。劝你死了心吧。我原以为你与别人不一样，看来错了。"

普拉特似乎突然醒悟，用手指敲敲桌子。

"想起来了！"他兴高采烈大声说，"北面尼科尔森那片地，一片大橡树，一个天然湖。把老房拆了，新房往后盖。"

"别废话！"阿舍小姐说，"对不起，惊醒了你的好梦，不过你们这些人最好有自知之明。我陪你吃饭只为让你高兴了好与老齐茨做成生意，别以为买了衣服可以捎我走。"

“你是不是在告诉我，你老是陪客户吃饭，而他们都——都说了与我一样的话？”普拉特问。

“都表演一番。”阿舍小姐说，“不过，我得承认，你有一点比他们强。他们只口说钻戒，你却当真拿出了一个。”

“你工作了多长时间，海伦？”

“你叫我海伦倒叫得亲切，可不是吗？我自食其力已经八年，没有成年时做过收款员，打过包，站过柜台，成年后当了服装模特。得克萨斯来的先生，这顿饭不喝酒你觉得有味道吗？”

“酒你别再喝，乖乖。你就不想想——我明天到批发行找你，带你挑一辆汽车再走。别的东西我们不用在这里买。”

“别说啦，你不知道我听到这些话有多恶心。”

吃过饭，他们逛了百老汇路，见到一个树木繁茂的小公园。普拉特一见到树，非拐到树下弯弯曲曲的小路走不可。灯光下，只见模特眼里噙着两滴晶莹的泪珠。

“你别这样，究竟怎么啦？”普拉特说。

“别担心。”阿舍小姐说，“嗯，就因为——嗯，刚一见面我以为你不是那种人，到头来只不过是一路货色。你送我回家呢，还是让我叫警察？”

普拉特送她到住的房子门口，两人在门里站了一会。她一脸鄙夷看着他，看得他几乎泄气。他伸手想搂她，却不料她一抬手在他脸上来了一巴掌。

他往后一退，一枚戒指不知从什么地方掉落在地砖上。

普拉特到处摸，总算找到了。

“财神爷，你的钻戒不顶用，拿着走路吧。”她说。

“这不是钻戒，是结婚戒。”得克萨斯人说，手心里亮出金戒指。

阿舍小姐在阴暗的门口目光炯炯地看着他。

“再见。”普拉特说，“明天我去批发行找你。”

阿舍小姐跑回自己房间，使劲一推那位老师。那位老师惊得从床上坐起，以为失火。“在哪儿?”她大声问。

“我正想知道。”模特说，“爱玛，你学过地理，应该知道。有一个城市叫卡——卡——拉加斯，对吗?”

“你怎么为了问我这样一件事叫醒我?”那位老师说，“只有个加拉加斯，在委内瑞拉。”

“那地方怎样?”

“哼，地震多，黑人多，猴子、疟疾和火山也多。”

“我不在乎，明天我去那里。”阿舍小姐快活地说。

警察奥罗恩的警徽*

不可否认，确有男女初次见面就堕入情网的事。互不了解而一见钟情很危险，但是这种事的确会发生，本篇故事即为一例。当然，这个故事还有更大题材，例如酒、警察、马、伯爵。

某次战争中有一支部队号称“轻骑”，载入了史册，遭遇过一两次伏击。轻骑兵有的来自西部野蛮人中的贵族，有的来自东部贵族中的野蛮人。咔叽制服一穿，两种人难以区分，所以他们成了好朋友和好伙伴。

埃尔斯沃思·雷姆森是纽约最早的荷兰移民后代，家财不算多，仅仅千万。他坐在轻骑部队的篝火旁吃罐头牛肉吃得快活。他把战争看成一场大型游戏，因此马球和铁板煎鲱鱼几乎被抛到了脑后。

---

* 原名 The Badge of Polieman O'Roon. 见：*The Trimmed Lamp*, *The Complete Works of O. Henry*, Garden City Publishing Co., Inc., 1937. ——编者注

部队中还有一个魁梧、帅气、可爱的年轻人，自称姓奥罗恩。雷姆森特别喜欢这个年轻人。有一仗很有名，打得激烈，当时西班牙人为此辩论得热闹，后来民主党人也为此吵得不可开交。在那一仗中，雷姆森与奥罗恩曾并肩往前冲。

战争结束后，雷姆森又打起了马球，吃起了铁板鲱鱼。有一天，一个魁梧、帅气、可爱的年轻人到俱乐部找他。原来是奥罗恩。老朋友重逢，两人马上又是抡拳头，又是骂粗话。奥罗恩面色憔悴，似乎不走运，却显得心情很好。然而，他的好心情看来是装出的。

“帮我找个工作，雷姆森。”他说，“我刚去过理发店，用得一分不剩。”

“没有问题。”雷姆森说，“我认识许多人，开银行、开商店、在闹市区干其他事的都有。你有具体想法吗?”

“有!”奥罗恩满怀希望地说，“今天上午我在中央公园闲逛，想起当骑警。我干这工作行。再说，我也只干得了这种事。我喜爱骑骑马，呼吸呼吸新鲜空气。你能帮我办到吗?”

雷姆森有把握，很快他办到了。于是，凡瞧得起骑警的人都会看到，在公园的路上，有位魁梧、帅气、可爱的年轻人骑匹栗色马精神抖擞地值勤。

现在得转到一见钟情的事，虽然这样做很可能使仍旧用皮表带的老先生皱眉头，还有老太太——哦，不对，她们虽然当了奶奶，但一想到那位傻乎乎却流传千古的罗密欧，心仍然会怦怦跳。

事情发生在雷姆森走到离他俱乐部仅几栋房子之隔的五

马路后。

五马路几乎挤得水泄不通，一辆汽车在一步步爬行着。车上坐着个司机和一位老先生。老先生的络腮胡已经雪白，头戴苏格兰呢帽。坐在汽车里除有头有脸的人物，谁也不配戴这种帽子，甚至酒商都不敢戴。但这两人并非重要角色，只须知道他们一个是车夫一个是车主而已。老先生身边坐着位年轻姑娘，美貌胜过石榴花，也胜过薄暮时分挂在夹竹桃树梢的一弯新月。雷姆森看到她后知道自己在劫难逃。他就差没有扑到她坐的车的车轮下，知道这一招是吸引车上人注意的下下策。汽车徐徐开过。诗人会说，车把雷姆森的心也带走了。纽约是座大城市，人口数百万，隔着段距离看像石榴花的女人很多。但雷姆森唯独希望再见到这一位，因为人人会情有独钟。

幸好纽约的老轻骑兵聚会，分了雷姆森的心，才不致使他失魂落魄。老轻骑兵人数不多，大概二十来个。他们吃吃喝喝，演说致辞，大骂西班牙人。快天亮时，战争的幸存者纷纷散场，但也有留下的，其中一人是骑警奥罗恩。他不胜酒力，腿发软，履行不了向警察局宣誓要履行的职责。

“我醉了，雷姆森。”奥罗恩对朋友说，“这些房子是怎么盖的，怎么会像风火轮一样转呢？人家会抢我的盾牌，把我揍个半死。我的脑子还清醒，说话也不结巴，可是两条腿不听使唤。再过三小时我要上岗。这下完了，雷姆森。对你说吧，这下完了。”

雷姆森笑容满面，指着自己的脸说：“看着我。你眼前的人是谁？”

“好朋友。”奥罗恩说，觉得头昏沉沉，“好朋友雷姆森。”

“不对！”雷姆森说，“你眼前的人是骑警奥罗恩。你看看自己的脸——不行，没有镜子你看不了。看我的吧，再想想自己的。我们不长得很像吗？今天我戴上你的警徽，骑上你的马，穿上你的衣服，足以以假乱真，叫公园里带孩子的小保姆、草坪上的游人看得发呆。就让我借用你的警徽，假冒你的身份，神气风光一番吧。这快活可以与痛打西班牙人相比。”

不一会，冒牌奥罗恩骑警骑着栗色马进了公园。两个长相不一的人制服一穿会看上去相像，两个模样相似的人制服一穿就成了孪生兄弟。雷姆森骑马徐行在小道上，尽情享受着千万富翁也难享受的真正快乐。

清晨，马车道上过来一辆两匹脾气暴躁的赤褐色马拉的敞篷四轮马车，这种事少见，因为一大早上公园的人都是无足轻重的小人物。车上坐着位老先生，络腮胡雪白，头戴苏格兰呢帽，坐车戴这种帽的都是有头有脸的人物。老先生身边坐的小姐曾叫雷姆森一见倾心，是位可与石榴花和一弯新月比高低的妙龄女郎。

雷姆森朝他们走去。在擦肩而过时，女郎与雷姆森的目光相遇。雷姆森分明看得出来，女郎脸上泛起一阵红晕。不过真动了心的人历来胆怯，看见了也不敢吱声。他骑马向前走了二十码，突然听到马蹄的快跑声，忙一回头。两匹赤褐色马脱缰了。

雷姆森一夹马肚，如离弦之箭直追敞篷四轮马车。冒牌奥罗恩骑警有了施展本领的机会。刚追三十秒，栗色马与赤褐色马跑齐了头，转眼朝后看看雷姆森，用警察坐骑独有的话说：

“哟，冒牌货，你当真管闲事吗？你不是奥罗恩，不过你往右一侧身，就可以抓到这慢慢跑的赤褐色蠢货的缰绳。好，正是这样！你手脚利索，奥罗恩也不过如此！”

雷姆森肌肉健壮，叫脱缰之马乖乖停了下来。赶车人放下缠在手上的缰绳，跳下座位，站到马前。栗色马佩服新骑手，跳着，踢着，还边取笑被制服的赤褐色马。雷姆森没有马上走开。他隐隐听到戴苏格兰呢帽的老先生说了些不大可能说，也没有必要说的话。他还清楚看到了一双紫罗兰色眼睛，女郎的一张笑脸和神情。那双眼睛像磁铁（比作别的有强大吸引力的东西也可），女郎的神情稍显吃惊，但也含有一个因动了真心而胆怯的人说不清道不明的成分。两人问他的姓名，衷心感谢他勇敢相助。戴苏格兰呢帽的人话特别多，说个不停，但真正善于表达的，还是女郎的一双眼睛。

雷姆森的心里很有自信。他有一个值得骄傲的姓氏，在上层社会说起也很有光彩。一笔小小家产能够一提，绝不会使他丢脸。

他刚要张嘴，又闭上了。

现在他是谁呢？是骑警奥罗恩。他的好伙伴的警徽他佩戴着，名声好坏在他的表现。如果把胜过石榴花的女郎和戴苏格兰呢帽的老先生救出鬼门关的是千万富翁、最早荷兰移民的后代埃尔斯沃思·雷姆森，那会把骑警奥罗恩置于何地呢？他会露馅、曝光、丢丑、解聘。爱情已经在望，但是还有比爱情更重的情分，那就是在打击外敌的沙场上结下的战友情。

雷姆森敬了个礼，眼望前方，说话了。“不值一提。”他不动声色说，“我们警察受聘做这些事，责无旁贷。”

他骑着马走了，知道自己言不由衷，但又别无良策。

一天值勤结束，雷姆森把栗色马骑回马厩，来到奥罗恩住的房间。巡警已恢复原样，帅气，可爱，正坐在窗口抽烟。

“你这家伙，你们所有警察，还有什么警徽、警用马、警服，再加喝两杯香槟都会醉倒的人，统统给我见鬼去吧！”雷姆森气冲冲地说。

奥罗恩一笑，显然得意洋洋。

他和颜悦色地说：“你真行，雷姆森！我全知道啦。他们到处打听，两小时前在这里找到了我。家里快闹翻天，我只好溜之大吉。我从来没有告诉过你，我家老爷子是阿兹利伯爵。想不到你在公园遇到了他们。如果你伤了我那匹宝贝马，我会跟你没完。我正要把它买了带回去。哦，对了，我忘了，我妹妹安杰拉很希望我今晚带你去旅店。我的警徽没有弄丢吧，雷姆森？辞职时我得交给局里。”

豆腐渣地区*

布林克不大高兴。要是换个教养、气质、财富不及他的人，准会张口骂起来。但布林克时时记得自己是个体面人物，而体面人物不应该出言粗鲁，所以，他只是显得有些烦，不大情愿，却还是坐着马车去了“是非窝”，就是百老汇的奥尔波特律师事务所。布林克的房产由奥尔波特律师代理。

“那些杂七杂八的材料怎么就得统统叫我签字呢?”布林克说，“我忙得不可开交，今天上午本来要去诺斯伍德，现在非多等一天不可。我最讨厌夜里乘车。几把好剃须刀塞到不知哪只箱子底了，这真是逼我去找笨手笨脚又闲话特多的剃头匠。拿支笔来吧，要不会划破纸的。[1] 划破纸的笔我才不要用哩!”

---

* 原名 Brickdust Row. 见：*The Trimmed Lamp*, *The Complete Works of O. Henry*, Garden City Publishing Co., Inc., 1937. ——编者注

① 以往质量不好的钢笔写字时会划破纸。

双下巴、花白头发的奥尔波特律师说："你先坐下，好戏还在后头。你怎么就不知道富人有富人的难处？要签字的文件还没有完，得明天上午十一点才能拿给你，只好再等一天。你布林克的鼻子不愿意也得让剃头匠捏两回，用不着剃头就算你幸运，着急什么？"

"要不是又得多签几件文件，我会马上叫你别管我的事。请给我支烟。"布林克说着站起来。

奥尔波特律师说："亚历山大，要是我忍心看老朋友的儿子让鲨鱼一口吞下肚，我会早就不管你的事，叫你滚开。好，胡话我们都别再说，亚历山大。明天除了让你签字签三十遍，还得劳驾你考虑一件大事，是有关人性和权利的大事。五年前我向你提起过，可是你不愿意听，因为急着赶车。现在这件事又得说了。那些财产——"

"不就是那些财产吗？"布林克打断了他的话，"奥尔波特先生，我记得你说的明天。到明天一揽子办吧，什么签字啦，财产啦，琐琐碎碎，杂七杂八的，都到明天。午饭跟我一道吃？就这样，我把你的话放在心上，明天十一点来。再见！"

布林克家的财产是地产和房产，法律上属可继承财产。奥尔波特律师曾开着自己有气喘病的小型汽车在市里带着亚历山大看过亚历山大拥有的一栋栋、一排排房屋。亚历山大是唯一的继承人。他看后觉得奇怪，怎么凭着这些房屋，奥尔波特律师就能在银行里存进大笔大笔钱供他花呢？

天黑时布林克到了一个俱乐部，想在那里吃晚饭。俱乐部里只有几个老古董在打牌，他们彬彬有礼地向他打招呼，眼神却大不客气，露出无情的鄙夷。人人都出去逛了，只有他还守在纽约，得在一大堆纸上把自己的名字写了一遍又一遍，活像个练字的学生。他心里不大好受。

布林克不再理会几个老古董，与走到身边的俱乐部管理员闲聊起来。

“伙计，我要去科尼岛玩玩。人家个个都出去玩了，我出不了纽约也得往河里跳。”

这俏皮话把管理员逗乐了。雇员有雇员的规矩，管理员守着规矩，笑声只持续了十六分之一秒。

“这当然！这当然！”他说，“布林克先生，要是我也去科尼岛，一定能见到你。”

布林克拿起份报纸，查看了星期天的轮船班次。一出俱乐部，叫了辆马车直奔诺斯河码头。像你我一样，他讲平等，排队买票，与普通人一起磨肩接踵上船。在甲板上，他的目光竟然死死地盯住了一位坐在张折叠椅上的单身姑娘。布林克先生并非有意，怪只怪那姑娘好看得不得了，让他一时间忘了自己是鸡群之鹤，才有了这个失态的举动。

姑娘也在朝他看，但不是盯着看。一阵风吹来，险些吹落了他的帽子。他伸手一抓，把帽子戴正。这个举动引起了误解，姑娘以为他在打招呼，点点头，微微一笑。于是，布林克马上坐到了她身边。这姑娘衣服洁白，皮肤缺少血色，比布林克印象中牛奶店里一类姑娘还要虚弱。然而，她青春可人，宛若桃李。从一双灰眼睛的纯真眼神中，你可以看出她的内心就像一池无涟无漪的静水。

“我们素不相识，你怎么贸然向我脱帽打招呼呢？”姑娘质问道，脸上却挂着笑。

“我不——”布林克本要实话实说，却一改口道，“是一见你不由自主就这样了。”

“不经人介绍，哪个男人想坐到我身边都没门!”姑娘突然不大客气地说。布林克把她的话当了真，果然站了起来，却听到姑娘得意地咯咯一笑，便又坐下了。

“看样子你不愿出远门。”姑娘说得有十二分把握。

“你是去科尼岛吧?”布林克问。

“我吗?”姑娘觉得意外，瞪大了眼，不屑地问，“哟，真奇怪！难道我是在公园里骑车?”姑娘的俏皮话来得有点尖刻。

“你不是在公园里骑车，我也不是在砌烟囱。”布林克答道，“到科尼岛我们就一道玩好吗?我没有伴，也没有去过科尼岛。”

“那得看你的表现。行不行到了那地方再说吧。”

为了不遭拒绝，布林克使出浑身解数。他得处处讨好她。借用他刚打的比喻，就像砌烟囱，他得块块砖都垒得稳当才能大功告成，他的讨好话要句句说得合适才会万无一失。然而，到头来，客套化作了坦诚。这不足为怪。由于姑娘态度坦诚，两人的交往从开头就不难。

他了解到，姑娘二十岁，名叫弗洛伦斯，在一家帽厂缝帽边，住在一间带家具出租的房间，同室好友叫埃拉，在一家鞋店当收银员。早餐喝瓶牛奶，伸手到窗台拿就行。外加一个蛋，头发梳好蛋也煮好。这样的早餐对谁来说都可谓美餐。

后来弗洛伦斯听到布林克这个姓扑哧一笑，说："姓布林克的人想象力丰富，你肯定不例外。姓史密斯的人一辈子辛苦，遇上姓布林克的可以趁机偷偷懒。"

船到科尼岛，两人登了岸。这片乐土上游人如潮，他们随着人流走大道，穿小径，游玩着。

布林克眼光犀利，善于分析，有真知灼见，对岛上大家喜爱的各种各样的亭、塔、楼看法独特。他身边的人熙熙攘攘，推推搡搡。有提篮子的撞上他，有难对付的孩子被他绊倒，哇哇哭，拽他的衣服。不懂礼貌的年轻人在有奖货摊前转悠，一手夹着来之不易的手杖，一手挽着来之太易的女友，嘴叼廉价雪茄，难闻的烟味直往他脸上喷。做宣传的拿着喇叭筒，喊声如雷，个个震得他耳聋。形形色色的乐器，铜制的、管形的、皮蒙的、带弦的，一个不让一个，响成一片。然而，最叫布林克受不了的是那帮无知大众，那些无产者。明明这里的娱乐场所是冒牌货色，拙劣可笑，只图热闹不图品位，这些人却争先恐后，喊喊叫叫，忘乎所以，几乎快活得发疯。他们粗俗，全然缺乏他那个层次的人具有的涵养、情趣，叫他瞧着不顺眼。

就在越想越厌恶时，他转身看了看站在旁边的弗洛伦斯。弗洛伦斯满面笑容，眼睛明亮得像一泓清泉，闪现出快乐的目光，似乎在说她应该感到快乐，应该眼发亮，因为她不同于现在跟她在一起的人，她的男友，一个本可以享受城市生活种种乐趣的人。

布林克并没有猜对她的心思，但突然奇迹般地对科尼岛有了一个正确的看法。

他眼前的人不再是一群粗俗、瞎快乐的人。现在他清清楚楚看到了成千上万个确有理想的人。他们的缺陷一扫而光。尽管这些光怪陆离的场所带来的欢乐虚假空幻，但他发现，五光十色的表象下也存在着实惠，心情失落的人能在这里得到所需的安慰和满足。你虽然吃不到浪漫生活的果肉，却可以尝到果皮；你能一展你的豪气，别看你的行为并无价值；你进行的冒险到头来其实使你毫发无损，但也够惊心动魄；你站上的魔毯本应载着你直飞仙境，实际上只越过几码距离，然而你毕竟站了一回魔毯，[①] 他不再把眼前的人看成愚昧无知之徒，而当做与他同样有理想的人。这地方不是诗中的意境或艺术的殿堂，然而，在这里，人们的想象神奇地把黄布变成了金箔，喇叭筒变成了银号角，号角声宣告快乐之神的驾临。

布林克自感惭愧，收起原有的一套想法，加入了追求理想的人的行列。

“什么都听你的吧。”他对弗洛伦斯说，“这么多好地方我们怎么开始玩呢？混到一伙吗？”

弗洛伦斯指着靠海的一个塔，说：“先从那里开始，一处接一处都玩遍。”

两人坐八点钟的船返回，又累又高兴，背靠船头的栏杆，听着意大利人弹琴。布林克把所有心事丢到了九霄云外。诺斯伍德化为了乌有。他何必为签字而心烦呢？得啦，签一百遍又何妨！现在他想着的是弗洛伦斯的名字。这名字

① 典出《天方夜谭》，站在魔毯上可到任何想去的地方。

与人一样美，他默默念了不知多少遍。

船在诺斯河渐渐逼近码头时，一艘褐色双烟囱外国远洋轮也驶了过来。布林克坐的船把船头对准码头走着。远洋轮突然转向，似乎想走河中心，轰隆隆加起速来，一头撞上科尼岛游船尾侧，发出一声巨响。

游船上六百名乘客在甲板上东摇西晃，惊慌失措，尖叫着。船长向远洋轮高喊，叫它别后退，顶住裂口别让水灌进来。但远洋轮像一头凶猛的锯鳐，不管三七二十一，抛下裂口的游船，全速往前闯。

布林克紧搂着弗洛伦斯，直到船身稳住才松开。弗洛伦期没有喊叫，没有恐惧的表现。布林克站到一条凳子上，伸手掀开盖板，拖出救生衣，往弗洛伦斯身上套了一件。谁知帆布已发腐，救生衣里的细软木粒一股脑儿冒了出来。弗洛伦斯抓了一把，哈哈笑起来。

“倒像早餐吃的东西。”她说，“脱了吧，没用！”

她脱下救生衣，扔到甲板上，叫布林克坐下，自己也挨着坐下了，握着布林克的手问：“你猜，船会不会靠不了岸？”说完，轻轻哼起了歌。

船长在乘客中跑来跑去，叫大家镇静，说船一定能靠岸，让妇女和孩子都站到船头，靠岸就先下船。船尾已快没入水里，但整条船如船长所说，果然平安无事。

布林克趁弗洛伦斯挽起他的一只手臂、握住一只手时说：“弗洛伦斯，我爱你。”

“这话我听得多了。”她轻轻答了一句。

“我与别人不一样。”布林克又说，“以往我对谁都没有这样动过心。我会与你白头到老，一辈子幸福。我很有钱，能让你万事不愁。”

“这话我听得多了。”姑娘又说，接着漫不经心地哼起歌来。

“别老说这句话。”布林克的声气变了，让姑娘觉得意外，便看着他。

“为什么不该说？我就是听得多了。”姑娘没有退让。

“什么人还对你说过？”他问道，生平第一次产生了嫉妒心。

“当然是我认识的人。”

“你就认识那么多人？”

“我不至于没有人理睬吧？”她带着几分得意，答道。

“在哪儿见到的这些人？我是说男人。在自己家吗？”

“才不是哩！在外面，就像遇见你一样。有时在船上，有时在公园，有时在马路上。我看男人的眼力好得很，是不是在打我的主意一接触就知道。”

“什么叫‘打主意’？”

“就是想吻你——我是说吻我。”

“有人真打这种主意吗？”布林克问，暗暗在咬牙。

“那当然。男人都一样，你是知道的。”

“你答应他们？”

“有答应的，但不多。不这样做他们哪儿也不带你去。”

弗洛伦斯朝着布林克目不转睛地看着，眼神天真得像孩子，似乎理解不了布林克。

“我与人交往不行吗?”她想不通，问。

“万万不行。”布林克答道，有些粗暴，“来了朋友在你住的地方呆着不好吗?为什么要到大马路上去找这个那个?”

她仍旧目不转睛天真地看着他。

“你没有见过我住的地方，所以这样问。我住在豆腐渣地区，那儿的房子像豆腐渣，墙上的砖一碰就掉一把灰，因此得了这个名。我住了四年多。客人来了没法呆，住这样的房子你敢叫谁来呢?我有什么办法?我们女孩总不能没有男性往来吧?”

“对，女孩要与男性往来。”他的声音有些嘶哑。

“马路上第一次有人对我说话时，我跑回家哭了一整夜。”姑娘说，“但慢慢我就习惯了这种事。在教堂我遇见的人许多都很好。雨天在外我会站到门口等，总能等到人撑伞过来。我想邀你到我家也不行，因为我没有客厅。布林克先生，你现在总知道我了吧?”

船安全靠岸。布林克陪着这姑娘走过一条条安静的大马路，心里有股说不出的滋味。姑娘最后在一个马路口停住脚步，伸出手，说:

“我在前面的路口就到家了。下午与你在一起很愉快，谢谢。”

布林克只低声答了一句，就往北走，雇了辆车。车往前行，只见右边出现一个大教堂的身影。他朝窗外的教堂挥了挥拳头。

“上星期我还给你捐了一千元，可是她遇见那么多人竟然都在你这里。这是怎么啦？是怎么啦？”他狠狠地嚷道。

第二天十一点钟，他用奥尔波特给他的一支新笔签字签了三十遍。

“现在该可以去诺斯伍德了吧？”他没好气地问。

奥尔波特律师说：“你脸色不好，去一趟有好处。但是我昨天对你说的话，也就是五年前对你说过的话，你还得多考虑。有批房子，总共十五栋，五年的租约已到期。你父亲想过变更租约的条款，实际上却没有动。这些房子的厅堂他打算不再分租，让他们用做会客室。房子在商业区，房客大部分是做工的年轻姑娘，现在她们迫不得已，只好跑到外面结交人。这一地区的红砖房——”

布林克发出难听的一声大笑。

“在豆腐渣地区，租金整整一百，我是房东，猜对了吗？”他说。

“房客是这样叫的。”奥尔波特律师说。

布林克站起身，把帽子往脑门上一扣。

“你看着办吧，改建也行，一把火烧了也行，夷为平地也行。不过，老兄，现在说什么都晚了，晚了，晚了！”他的话来得很粗暴。

虚荣心与貂皮*

基德·布雷迪被莫利·麦基弗的蓝黑色眼睛打动，退出了烟囱帮。爱尔兰妹的言辞和不渝的真情就有这么大力量！如果你是男人，那么但愿你在读了这个故事后半夜里就会被这种力量感化；如果你是女人，但愿一早起来你的爱犬就会用凉飕飕的鼻子亲亲你，让你高兴，也让你知道它健康。①

烟囱帮因地处烟囱巷而得名。大家都知道本城有个地方叫地狱厨房，烟囱巷是地狱厨房的延伸——一条小街，与沿河的第十一、十二大街平行，在德威特·克林顿公园处来了个急转弯。这个小公园很少有人光顾，烟囱巷的拐弯处也黑糊糊的。你想想，哪个厨房少得了烟囱？这里的情况一猜可知。地狱厨房里厨师人数众多，出类拔萃的当数烟囱帮。

这伙未见经传但很有名气的弟兄喜爱在街头巷尾打发时

---

* 原名 Vanity and Some Sables. 见 *The Trimmped Lamp*, *The Complete Works of O. Henry*, Garden City Publishing Co., Inc., 1937. ——编者注

① 狗无病时鼻子凉。

间，摆弄着指甲剪和小刀，站立整齐，像暖房里的百合花排列有序。要是有人偶尔经过看看他们，他们会说出几句不痛不痒的话表示自己的善意，听者听了也会当他们只是在吹过耳风。

然而，装样归装样，烟囱帮的人不单纯是街头巷尾的装饰品，在摆姿势、修指甲，他们真正的行当是“分割”别人的钱财。他们希望最好不声不响不费手脚靠巧取，但万一他们客气而对方不识抬举，结果不是进警察局做笔录就是到医院挂号。

警方对烟囱帮一直又怀疑又佩服。夜莺清脆的歌声要走进密林深处才能听到，所以，在烟囱帮狭长黑暗的地盘里，增援的哨声要到夜里才会响起。每当“烟囱”冒烟时，穿蓝制服的人就知道地狱厨房生火了。

基德·布雷迪向莫利保证走正道。在烟囱帮里，基德最爱面子，最有力气，最心细，最有办法，所以同伙都舍不得他走。

但是他要守法守纪过日子谁都二话不说。在他们的圈子里，听女友的话不算没男子气或不够朋友。

为了爱，你可以把女友打得鼻青脸肿，但女友叫你做什么你听从她理所当然。

一天夜晚，莫利眼泪汪汪求他改邪归正，他说：“把你的眼泪水龙头关上，我不再跟这伙人干了。就依你的办，太太平平过日子。我想好了，莫利，我去找份工作，明年我俩结婚。我这全是为了你。我们住到公寓去，房间里有缝纫机、大盆景、乐器。不清不白的事我们一件不做。”

莫利用手帕掸去基德肩上的灰，叹口气说：“哎，基德，听你说这话我比得到什么都强。我们没钱也能快快活活过日子。”

基德低头看看自己一尘不染的袖口和闪亮的抛光皮鞋，有两三分发愁。

他说：“最麻烦的是难得去服装店。能穿得漂漂亮亮时，我总要穿得漂漂亮亮。莫利，你知道，我不穿便宜货。这套衣服花了我六十五元。买衣服就这个样，便宜的穿不上身，我穿不来。要是我干活挣钱，就供奉不起操大剪刀的爷儿们。”

“那有什么关系，基德？你坐红汽车也好，穿蓝工作服也好，我同样爱你。”

还没长到打得过自家老爷子时，基德就迫不得已学了管道工的手艺。所以他重操起了这门光荣、有用的旧业。但他当的是辅助工，不是工头，而穿金戴银、吃香喝辣的只有工头的份，没有辅助工的份。

八个月时间里太平无事，可谓一晃而过。基德一直与管道和焊锡打交道，没有走回头路的迹象。烟囱帮照样拦路打劫，让警察伤透脑筋，或者硬抢晚归的行人，或者想新花招和平剥夺财物，好跟上五马路的服饰潮流，反正是守着不法之徒的那一套没有变。基德倒是恪守对莫利的诺言，尽管他指甲上的光泽没有了，为了盖住破损的地方，一条紫色丝领带要系十五分钟。

一天晚上，基德抱了一包东西来到莫利的住处。

“你打开看看，莫利！买给你的。”他不动声色坦然地说道。

莫利三下两下扯开包装纸，发出一声尖叫，把几个小孩子，还有洗锅碗瓢盆的麦基弗大妈，反正家里有腿的，引得全跑了过来。

莫利又发出声尖叫，只见一条黑黑的、长长的、软绵绵的东西像蟒蛇一样缠到了她脖子上。

“俄国貂皮，真货色。俄国出的最好的东西你都配得上。”基德得意洋洋地说，看见莫利的圆脸让黑貂皮衬得更可爱，有说不出的高兴。

莫利把手伸进皮手筒，冲到镜子前，几个小家伙被她撞倒在地。想做大美人吗？想有明亮的双眼，粉红的脸蛋，迷人的笑容吗？有办法！就是买俄国貂皮。你不妨试试。

当房间里只剩下两人后，莫利也过了兴奋的顶峰，有了一丝冷静。

“基德，你太叫人想不到了！”莫利说，心怀感激，“我出生以来没有穿过毛皮。不过，这俄国貂皮贵得惊人吧？我记得听人说过贵得不得了。”

“我什么时候拿过便宜货打发你，莫利？”基德一本正经说，“处理商品柜你看我拢过边吗？五块十块一件的货看过一眼吗？毛领二百五十元，皮手筒一百七十五元，俄国貂皮猜到这个价你才算懂行。我买就要买顶呱呱的货。莫利你瞧，穿在你身上多漂亮！”

莫利兴高采烈地紧紧搂着貂皮。可是，她的笑容一点点、一点点渐渐消失了，最后睁眼望着基德发愣。

基德知道她的心思，哈哈一笑，微红着脸。

“别胡猜!”他说，粗声粗气里带着疼爱，“我对你说过，那种事不干了。这东西是我花钱买的，自己挣的钱。”

“基德，自己挣的钱买的？一月七十五块买得起?”

“我月月攒。”

“八个月攒得到四百二十五块吗?”

“得啦!”基德说，有点心急了，“开始干活前我还存了点钱。你只当我又去拦路打劫了。不是对你说过洗手不干了吗？套上吧，出门逛逛。”

莫利不再怀疑，貂皮毕竟叫人喜爱。她傍着基德逛，派头像王后。这一带属低档地区，俄国貂皮以往从没露过面。消息不胫而走，街两边门口窗口不时会钻出人头来，要看看基德·布雷迪送给女友的漂亮貂皮。“啊”、“哟”的声音也不绝于耳，道听途说来的价格一个传一个，越传越高。基德走在莫利右面，神气十足像王爷。尽管在干粗活，他对派头的讲究和对昂贵衣物的喜爱不减当初。在一个路口，他看到了一群烟囱帮的人在溜达，衣着体面。这些人向基德的女友脱帽打招呼后，低声继续聊他们的。

在这对被人羡慕的情侣后，警察署的侦探兰塞姆也在逛，相隔三个路口。署里能在烟囱帮范围内大摇大摆走而太平无事的侦探唯有兰塞姆一个。他办事考虑周到，胆大无畏，还认为这一带的居民也有人的共性。许多人喜欢他，甚至为他提供办案线索。

“今天街上为什么热闹起来?”兰塞姆问一个面上少血色、穿运动衫的年轻人。

“基德·布雷迪送给女朋友一件水牛皮袍，大家都想看看。听人说这张皮花了九百元，穿在身上的确好看。”

“布雷迪干老本行不是干了快一年了吗?”侦探问道，“他与那伙人没来往了吧?”

穿红运动衫的答道：“没错，他在干活。不过，我问问，你是不是在追查什么毛皮衣?只当个管道工，布雷迪的女朋友能穿得起毛皮衣服吗?”

兰塞姆走到河边一个没人的地段，赶上了在逛街的那两位。他从身后碰碰布雷迪的胳膊。

“有句话问问你，布雷迪。”他不动声色地说，眼睛却留神地瞟了莫利左后肩上的漂亮毛皮围巾。基德一看是警察，马上没好气，皱起了眉头，跟侦探往街边走了两步。

“昨天你到西七大街赫思科特太太家修水管了吗?”兰塞姆问。

“去过。怎么啦?”基德说。

“她家有两件俄国貂皮货，失窃了，正是你去的时间，特征与这位小姐身上的吻合。”

“滚你妈的蛋!”基德气得大叫，“兰塞姆，你也知道，那种事我不干了。貂皮是我昨天买来的，在——”

基德突然闭了嘴。

“我知道你近来在规规矩矩干活。”兰塞姆说，“我不会跟你过不去。你说在哪里买的皮货就带我去看看。这位小姐也跟我们走一趟，貂皮照样围着。就我们仨，没别人知道。合情合理吧，布雷迪?”

“走吧!”基德表示愿意，但火气不小。谁知走了没几步，他突然停下，尴尬地一笑，看着莫利，莫利正一脸愁云。

“去也白去。”他有气无力说，“正是赫思科特家的貂皮。莫利，这东西价值百万你也配得上，但只好物归原主。”

莫利一脸痛苦的表情，紧挽着基德的手臂。

“唉，基德，你叫我的心都碎了。”她说，“我本来多么信得过你，可是现在他们会把你——我们哪里还谈得上有什么幸福呢?”

“快回去!”基德恶狠狠地说，“好吧，兰塞姆，把貂皮拿去。我们走吧。你等等——我倒想——不行，那事干了我也算孬种！你走你的，莫利。兰塞姆，你要怎么办都行。”

去沿河一带巡逻的警官科恩转过木材场后走了过来。侦探一招手，向他说明情况。

“没错，我也听说她家的貂皮失窃了。”科恩说，“难道东西在这里?”

他拿起莫利围的貂皮围巾，细看着。

“我在六马路卖过皮货。这件是豹皮，产于阿拉斯加。围巾值十二元，手筒——”

只听一声“啪!”基德一猛掌打到警官嘴上。科恩倒退一步又站稳了脚跟。莫利尖叫起来。侦探朝布雷迪直扑过去，加上科恩帮忙，给布雷迪带上了手铐。

“围巾十二元，手筒才九元，哪儿谈得上卖一千?”警官把打断的话还是说了出来。

基德一屁股坐到木头堆上，脸涨得发紫。

"得啦，我的八辈子俄国爷!"他气得直咬牙，"两件东西我才花了二十一块五。就算蹲半年大牢也比露了底强!我这人最要脸面，便宜货瞧都不瞧一眼。全在瞎吹牛!莫利，我挣的工钱哪会买得起俄国貂皮呢!"

莫利一头扑到基德怀里。

"满世上的貂皮、钱我都不稀罕，我只要我的基德。亲爱的，别发傻摆阔气啦!"

"你把手铐给他下了吧。"科恩对侦探说，"我快从警署出来时就知道了，那位太太的貂皮已经找到，就放在衣柜里。小伙子，你打我那一巴掌就算了，放过你这一回。"

兰塞姆把"貂皮"还给莫利。莫利眉开眼笑看着基德，把围巾围到脖子上，长的一头往左肩后一甩，大有公爵夫人的风度。

"一对小傻瓜!我们走吧。"警官科恩对兰塞姆说。

伯爵和婚礼的客人*

一天下午，安迪·多诺万在二马路房东家吃晚饭时，斯科特太太介绍他认识了一位新客，就是年轻姑娘康韦小姐。康韦小姐个子小，胆也小。她穿一件不起眼的暗褐色衣服，低着头吃饭，其实似乎吃得并不香。她羞答答抬起眼皮，只正视了多诺万先生一眼，小声说了一遍他的名字，又吃起羊肉来。多诺万先生彬彬有礼地一鞠躬，一笑，尽了礼数，同时也把这位穿暗褐色衣服的人忘到了脑后。

两星期后，安迪坐在前门的台阶上抽烟，突然听到身后有声响，便不由自主掉转头。

原来是康韦小姐走了出来，穿着身深黑绉纱衣，黑绉纱是种黑色薄布料，帽子也是黑色的，还蒙了块黑面纱，更是薄如蛛网。她站在最上一级台阶上，戴上黑色丝手套，周身

---

* 原名 The Count and The Wedding Guest. 见：*The Trimmed Lamp*, *The Complete Works of O. Henry*, Garden City Publishing Co., Inc., 1937. ——编者注

上下见不到一点白色或其他颜色；一头金发梳成一个平整漂亮的结，盘在脑后；脸谈不上漂亮，但这时两只灰色大眼睛注视着马路对过的天空，一脸哀伤，倒显得楚楚动人。

各位想想一身黑的年轻姑娘吧。对，就是穿黑色绉纱的姑娘。想想她的一身黑，一脸哀伤，凝视远方的眼睛，蒙在黑纱下的头发（当然，你得有一头金发）。尽管你的青春事实上已消逝，你还是只当自己尚没有跨过生活的门槛。你到公园散散步也许有好处，但得赶在一个合适的时间。只要你去，瞧吧，保管你会遇上这种姑娘。不过，我太不正经了，对吗？看到人家穿丧服还说出这种话，真是不像话。

多诺万先生的心目中突然间又有了康韦小姐。他扔掉还没抽的一又四分之一吋长的香烟，本来这段烟足够他享受八分钟，接着站了起来。他脚上穿的是双矮帮新款皮鞋。

“康韦小姐，今晚天气晴好。”他说。如果气象局听到了他说话的肯定语气，准会高高挂起四方形白色信号牌预报晴天。

“多诺万先生，心情好的人才会有好天气。”康韦小姐叹了口气说。

多诺万内心讨厌好天气。老天真是没心肝！康韦小姐心绪不佳，天就得刮大风，下冰雹，飘雪花才对。

“是不是你的哪位亲人——你是不是有了什么不幸的事吧？”多诺万先生斗胆问道。

康韦小姐犹犹豫豫说：“去世的是——并非亲戚，而是位——得啦，多诺万先生，我不想让你知道伤心事，使你也不痛快。”

“不痛快?”多诺万先生接着就说，“你这是说到哪儿去啦，康韦小姐。我乐意——不，我的意思是，我会对你产生无限同情。”

康韦小姐勉强一笑。可怜，这一丝苦笑更表现出了她的哀伤。

“‘笑一笑，世人跟着你笑；哭一哭，世人会笑你哭。’”她引出了一句名言，“多诺万先生，我知道这道理。我在这地方没有朋友或者熟人。你一直对我好，我非常感谢。”

原来，吃饭时他给她递过两次胡椒。

“单身一人在纽约困难重重，这不用说。”多诺万先生说，“不过呢，这地方要是慷慨大方，行起好来，又好得无可比拟。康韦小姐，你到公园里散散步怎样？你也许能散掉几分忧愁，对吗？如果你让我……”

“谢谢，多诺万先生。我现在心里正难过，只要你不嫌弃，能陪我一起去当然再好不过。”

两人进了闹市区一座围了铁栏杆的老公园，慢慢散着步，走到个僻静的地方在一条长凳上坐了下来。以往了不起的人物也来这里呼吸过新鲜空气。

年轻人的伤心与老年人的伤心有这样一点区别：如果有人分忧，年轻人的伤心便能减轻；而老年人无论有多少人分忧，他仍然同样伤心。

过了一小时，康韦小姐说出了真情：“去世的人是我未婚夫，我们本来打算明年春天结婚。多诺万先生，也许你只当我在说大话，他是位名副其实的伯爵。他在意大利有地产和城堡，大号是费尔南多·马齐尼伯爵。论风度，我没见过谁比他强。当然爸爸不同意。我们私奔过，爸爸追了来，又把我带回来。我以为爸爸准会与费尔南多决斗。我爸爸在波基普西开马行。①

“后来爸爸回心转意，同意我们明年春天结婚。费尔南多给他看了爵号和财产的证明，然后回意大利，准备在城堡安家。爸爸非常满意，但是当费尔南多要给我好几千元买嫁妆时，爸爸狠狠地骂了他。连戒指和别的礼物他都不许我接受。费尔南多坐船走后，我来到纽约，在一家糖果店当出纳员。

“三天前我收到一封波基普西转来的信，说费尔南多坐小船时发生意外事故死亡。我这才穿了一身丧服。多诺万先生，我的心跟着他一起永远埋进了坟墓。也许你跟我在一起太没意思，多诺万先生，可是我心目中唯独只想着一个人。你应该有快乐，有对你笑陪你玩的朋友，我不想多连累你。现在我们该回去了，好吗？”

姑娘们，请各位记住，如果你们看到哪个年轻人找镐和铲，就对他说你的心埋进了某某人的坟墓里。年轻人生性好盗墓。你们可以随便问问哪个失去了丈夫的人。穿黑绉纱衣的天使哭泣是因为心埋进了坟墓，要找回失去的心当然得采取些办法。可以肯定，从各方面看倒霉的是死者。

“那真是太可惜了。”多诺万先生轻声说，“别急，我们现在还不必回去。康韦小姐，不要认为你在这里没有朋友。

① 波基普西在离纽约不远处。

我非常为你惋惜。请相信我是你的朋友，我感到非常惋惜。”

康韦小姐拿出手帕揩了揩眼泪，说：“我的小像盒里放着他的像，以前从没给谁看过，现在我愿拿给你看，多诺万先生，因为我相信你是位真正的朋友。”

康韦小姐打开项链下的小像盒给多诺万先生看，多诺万先生聚精会神看了很久。费尔南多伯爵的脸的确值得细看，那是一位年轻、有教养、聪明人的脸，甚至可以说是一位美男子的脸，同时也是一位性格开朗、能干、也许会出类拔萃的人的脸。

“我房间里还放着一张大的，用像框框着。”康韦小姐又说，“回去以后我拿给你看。这两张像是费尔南多留下的唯一纪念品。不过他永远活在我心里，这是肯定无疑的。”

多诺万先生面临着一件微妙的事，就是如何取代康韦小姐心中那位不幸的伯爵。他看上了她，决心这样办。但这件难办的事似乎并没有叫他多伤神。他扮演的角色是位富有同情心和能排忧解伤的朋友。他干得非常出色，在接着的半小时里，两人边吃冰淇淋边谈痛心事，然而康韦小姐的灰色大眼睛里却不见半点哀伤。

这天夜晚，在两人分手前，康韦小姐跑到楼上，把像框用一块白色丝绸头巾包着拿了下来。多诺万先生睁大眼仔细看着。

“在去意大利的前天夜晚他送给了我这张像。”康韦小姐说，“小像盒里的像是照着这一张仿制的。”

“是位美男子。”多诺万先生称赞道，“星期天下午我们一道去科尼岛，行吗，康韦小姐？”

过了一个月，他们对司科特太太和别的房客说，他们已经订婚。

此后又过了一星期，两人同坐在公园里一条长凳上，月光下摇曳的树影中。但这一天多诺万一直显得闷闷不乐。到了晚上，又是一声不吭。这时，爱情的嘴再也闭不住，终于说出了它心中闷了多时的话。

“安迪，你怎么啦？今天晚上沉着脸这么不痛快是为了什么?”

“没什么，玛吉。”

“别瞒着。难道我还看不出来？你从来没这样过。有什么心事呢?”

“没大不了的事，玛吉。”

“肯定有，你就说吧。我敢打赌，你在想着别的什么姑娘。这算什么？如果你想要她，尽可以去找她。你别挽着我了，我不勉强你。”

“那我就对你说吧。”安迪不再推托，说，“不过呢，你不一定理解得了。你听说过迈克·沙利文，是吗？大家说他是个了不起的人。”

“我没听说过。”玛吉说，“如果他把你弄成今天这样，我可不乐意。他是什么人?”

“他是纽约最了不起的人。”安迪的声气里带着敬意，“他想对坦慕尼协会①和政界别的什么老家伙怎么样就能怎么样，站起来他顶天立地。如果你说迈克半句坏话，两秒钟

① 坦慕尼协会是美国民主党在纽约市一个有势力的政治组织，成立于1789年。

里会有一百万人对你群起而攻之。哼，要是他回故国一趟，哪一路的大王都要退避三舍。

“迈克与我是好朋友，在这地方要说名气我屁也不是，但迈克不但与大人物交朋友，而且与小人物、与穷人都交朋友。今天我在包厄里街[①]遇见了他，你猜他见了我怎样？走过来与我握手，说：‘安迪，我一直在关心你。你混得很不错，我听了非常高兴。你想喝点什么呢？’他抽了根烟，我喝了烈性酒。我告诉他，过两星期我要结婚。他听了说：‘安迪，你得邀我去。这事我记在心里，我来参加你的婚礼。’迈克亲口对我这样说，他是说话算话的。

“玛吉，你理解不了，如果迈克·沙利文来参加我们的婚礼，我砍下一只手作代价也值得。他的光临是我一辈子最大的荣幸。有了他参加婚礼，新婚夫妇就可以白头到老。你总算知道了我今天晚上的心事了吧？”

“既然你这么希望他来，为什么不请他来呢？”玛吉不以为然地问道。

“我不请当然有不请的原因，他来不了也有来不了的原因。”安迪难过地说，“请你别再追问，我不能告诉你。”

“你不肯说，我还不想听呢。”玛吉道，“无非是政治上的事。可是你对我没有副笑脸不应该。”

过了一会安迪才说：“玛吉，你对我的感情有没有对——对费尔南多伯爵的深？”

他等了很久，玛吉没有回答。后来，她突然靠到他肩上

① 包厄里街多廉价旅馆和酒店，是没钱人去的地方。

哭起来，泣不成声，紧抓着他的手，眼泪洒湿了黑绉纹布衣裳。

“得啦，得啦，得啦!”安迪抛开自己的烦恼，安慰道，“有什么大不了的事呢?”

玛吉抽噎着说：“安迪，我要是对你说了谎，你是不是不会与我结婚，不会再爱我了? 不过我觉得应该把实情告诉你。安迪，伯爵这个人根本就没有过。我从来没有过情人。但是别的姑娘都有，而且爱挂在嘴边说，她们越说越叫人不好受。你知道，安迪，我穿黑衣服显得漂亮，所以我到一家卖照片的商店买了那一张，还翻拍了一张小的放进我项链的像盒里，编造了遇上伯爵，后来他又死了的一套谎话，要不然我不能穿上这身黑衣服。说谎的人没谁爱，你会不要我，安迪，我也没脸见人。我没喜欢过别的人，只喜欢你。就是这么回事。”

然而，安迪没有松开手臂，反而把她搂得更紧了。她一看，只见他脸上没有了愁容，却笑了。

“安迪，你能……你能原谅我吗?”

“当然能。这事算什么!”安迪说，“把伯爵的事忘了吧。玛吉，你把事实真相全告诉了我。原来我也只是希望你别拖到婚礼后说。宝贝!”

玛吉知道她已经得到了原谅，红着脸一笑说：“安迪，原来你相信真有那么个伯爵呀?”

“不太相信。”安迪伸手摸出烟盒，“因为你那像盒里的照片是名人迈克·沙利文的。”

一是一，二是二*

我想，你一定非常熟悉舞台和吃舞台饭的人。你看过、喜爱过演员的演出。报纸上登评论，周刊上登笑话，议论百老汇地区的剧院、歌舞团的女演员、蓄长发的悲剧演员，你也知道了。我猜，对于神秘的演艺界的印象，归纳起来大致如下：

女名角嫁五个丈夫，戴假宝石，如果不加打扮，形象还不及你或你太太。歌舞团的演员离不了过氧化物漂白，跟私家汽车和阔佬关系密切。克尔·贝柳的真名实姓是博耶·奥凯利。约翰·麦卡洛留声机里的胡话是从埃伦·特里回忆录里盗来的。乔·韦伯比爱·休·萨森可笑，亨利·米勒比以前老多了。

剧场的人出了剧场个个去喝香槟，吃龙虾，直闹到第二

---

* 原名 Strictly Business. 见：*Strictly Businis*, *The Complete Works of O. Henry*, Garden City Publishing Co., Inc., 1937. ——编者注

天中午方休。这也难怪，电影叫这帮人吃尽了苦头。

吃舞台饭人的生活真相我们现在很少人知道，知道了这行当恐怕会人满为患。我们斜着眼满不在乎地瞧这帮演戏的，尽管在家里我们会对着镜子练讲演技巧和各种姿势。

近来对演员的看法有了些变化，不大说他们酗酒飙车，垂涎钻石，而说他们做事认真，好学，规规矩矩，有家有孩子有书房，置产业，与我们这些天天过日子离不了柴米油盐酱醋茶的人一样，生活有条不紊，波澜不惊。

对于那些有关演艺人的新老传说孰真孰假本篇暂且不论，作者在这里只想讲两个走南闯北的演员的一个小故事。这个故事真实性的证据也只有一件，就是基特剧院舞台入口铁把手上的抓痕，是一些急吼吼懒得脱手套拉插销的人用力一推时抓出来的。我亲眼见到彻里也总是这么一推冲进门，快得像燕子还巢，照例分秒不差开始化妆。

哈特与彻里两人的合作演出说来话长，鲍勃·哈特四年来在东部和西部的剧场来回跑，节目五花八门，有独角戏，有杂耍，有模仿，有踢踏舞。踢踏舞曾赢得不止一个剧场低音琴手赞许的目光，足以证明演技的精湛。这种事别的演员还不曾有过。

演员最大的快慰在于目睹别人在舞台上出洋相。为了享受这种快感，他常不惜从百老汇三十四大街到四十四大街最繁华的路段看天分不如自己的同行演出。一旦遇上演出的人闹了笑话，他就会起哄，进行对演员来说难度最大的肌肉锻炼——把巴掌拍得山响。

一天下午，鲍勃·哈特那张动人、严肃、广为人知的脸出现在同行的售票窗口，买了张乐池的票。

开头四个节目接踵而过，哈特先生懒得回想，越看越沮丧。其他观众叫着，晃着，吹着口哨，唯有鲍勃·哈特与众不同，拉长一副脸坐着不动，两手远远分开，就像孩子在帮奶奶绕毛线团一样。

但是，等到第八个节目威诺纳·彻里要表演时，他坐直了身子。

彻里个子小，但她的表演能似春光撩人。出场时她是村姑打扮，嫩如出水芙蓉，腰系棉布围裙，手提一篮雏菊，巧妙地让你知道在木头搭建的老式学校里，学到的不仅是识字、算加减，特别是老师叫你留校时。把系在身上的围裙一拉，她转身进场后只一眨眼又登台，变成了个纯真巴黎姑娘。艺术就是这般神奇，把往日的红磨坊重现在你眼前。

再往下的事你明白，鲍勃·哈特也明白。但是，他比别人更有收获，有了发现。他写了个剧本，长时间压在箱底，现在总算找到他写的海伦·格兰姆斯这个角色的最合适人选。鲍勃·哈特是演员，藏着个剧本不奇怪，也非特例。别的演员、杂货商、记者、教授、证券经纪人、庄稼人都写剧本，或搁在木箱里，或搁在书桌里、干草棚里、鸽笼里、口袋里、保险柜里、帽盒里、煤窖里，只等剧场经理要货。

但鲍勃·哈特与这些人不同，大作不会永不得见天日。他的剧本名叫《老鼠当家》。剧本完成后他没有吭过气，一直静心等待适合演海伦·格兰姆斯的人。现在演海伦·格兰姆斯的人找到了，又年轻，又活泼，又无拘无束而单纯，而且演技绝佳，他这个爱挑剔的人见了也无从挑剔。

演出结束后，他到经理办公室要来了彻里的住址。第二天下午四点，他来到西四十大街一所有霉味的老房子，递出自己的名片。

威诺纳·彻里穿件普普通通的衣服，布裙子也很朴素，头发挽着，眼光温和。这时，天还没有黑。看她这副模样，活像教会执事的女儿。

她细细看过名片后说："哈特先生，我知道你也是演员。找我有什么事?"

哈特说："昨天晚上我看了你的演出。我写了个小剧本，一直没有上演。只有两个角色，一个我演，另一个你演很合适。所以，想跟你谈谈这件事。"

彻里小姐说："请进。我也希望有这种机会。我想演个正经角色，不愿演杂七杂八的东西。"

鲍勃从口袋里掏出得意之作《老鼠当家》，念给彻里小姐听。

彻里小姐听了一遍后说："请再念一遍。"

又听过一遍后，她提出了明确的修改意见：打电话改成叫人送信；两人抢夺手枪的高潮出现前对话省略；海伦·格兰姆斯妒火中烧时说的话、做的事重写。哈特二话没说，同意照改。她立刻指出了这部作品的弱点，而他缺少的正是女人的这种直觉。临了，他凭着他的判断力、经验，认定《老鼠当家》会在演艺界成为一朵奇葩，他愿把四年来在剧场的积蓄全部投入。彻里小姐的决心比他下得慢。细嫩的一双手反反复复摸过额头，用铅笔敲过皓齿后，她才说出了她的主意。

“哈特先生，我觉得你的作品一定会成功。格兰姆斯这个角色我并不喜欢，但是可以演得活灵活现。你的演出我看过，知道你演另一个角色有能耐。但是，有的话得先说个明白。你现在的进账一个星期有多少？”

“两百元。”哈特说。

“一百元归我，女人开口要这个数目不为多。”彻里说，“我得靠这钱过日子。另外还得多少放几个压箱底。舞台很好，我喜爱，但还有更喜爱的，就是一栋乡间别墅，希望有朝一日能住进去，在院子里养几只小鸡小鸭。

“哈特先生，实话实说，我讲究办事一是一，二是二。如果你叫我扮演你剧本中的女主角，我很愿意，也有信心演好，但有件事不得不说。我生性容不得胡话，是个老老实实的人，我上舞台就为了挣钱，好像别人进商店进办公室为了挣钱一样。我要把钱攒够，到吃不了这口饭的那一天还能活下去。我不愿进养老院，或者落魄了去收容所。

“哈特先生，如果你真心叫我同台演出，不玩任何名堂，我答应下来了。剧场的一般规矩我知道一些，但这件事情是特例。你得明白，我在舞台上干是为了在发薪日拿到出纳员封了口的小马尼拉纸信封。我喜爱未雨绸缪，积谷防饥。告诉你吧，我现在怎样过日子：通宵餐馆是什么样我不知道，喝茶从不喝浓的，与剧场门口的男人破天荒地没有说过一句话，五家储蓄所有我的存款。”

鲍勃·哈特不紧不慢而又严肃地说：“彻里小姐，你有你的打算，我也不含糊，有我的打算。夜晚做梦时，我每次都梦见我住在长岛北海岸一栋五开间房子里，一个日本厨师在厨房烧鸭和蚌肉汤，丝绸衣服口袋里放着产权证书，躺在门外的吊床上看斯坦利[1]的《非洲行》，四周一个人都没有。彻里小姐，你对非洲还没有产生过兴趣?”

彻里答道：“那还没有。现在我有了钱就存银行，放进银行有四厘的利息。即使只按现在的工资计算，十年后每月的利息就可拿到五十元。我也有可能投些钱小打小闹，例如开个帽店或者美容院，让钱生钱。”

哈特说：“行，你的一套主意很好，无论如何都好，能够未雨绸缪，挣到了钱不大把大把花的演员寥寥无几。很好，彻里小姐，你办事一是一、二是二我很高兴，我的想法与你一样。我们的戏登台以后，我相信两人的收入比现在会不止翻一番。”

接下来《老鼠当家》走过的路是所有成功的剧本走过的路。他与彻里进行删节，改动，重新安排，对对话动动手术，变更台词，变过去又变过来，补充了又删；改剧名，改了新的又换上旧的，换上旧的再重新命名，手枪变匕首，匕首又变手枪。反正，增补删削，修改变动，能做的无所不做。

他们在公寓很少有人用的客厅里排练，排一回一小时差五分。排练的高潮在海伦·格兰姆斯扣动扳机，没有上子弹的枪发出咔嚓一响。每次这一响与落幕时间仅差半秒，这有客厅里那面老式钟可以作证。

的确，这出戏是扣人心弦的杰作。演出时用了一支真

---

① 亨利·莫顿·斯坦利（1841—1904），美国探险家和记者。

枪，上着真子弹。海伦·格兰姆斯是西部姑娘，身手不凡，又有胆量，爱上了父亲的秘书弗兰克·德斯蒙德，爱得发疯。他父亲老格兰姆斯是养牛大王，有一片牧场，家财百万。从布景看，牧场该在巴德兰兹或者阿默甘西特。鲍勃·哈特先生扮演的德斯蒙德下穿骑裤，脚裹绑腿，而家却在纽约。这就叫你想不通，他为什么要去巴德兰兹或者阿默甘西特。同时稍稍奇怪，为什么牧场里有绑腿，而且养牛大王的秘书还裹着绑腿。

然而，我知道，你也知道，无论承认不承认，我们都喜欢这类戏——介乎我国上演的《小蓝胡子》和《享白林》之间。

《老鼠当家》仅有两个半人物，其中的两个无疑是哈特和彻里，那半个是配角。由一名工作人员客串，只露面一次，身穿无尾半正式晚礼服，惊慌失措报告房子被印第安人包围，后来按主人的吩咐关小了炉子里的沼气火。

剧中还有一位姑娘，是五马路上的时髦女郎，也到了牧场，弗兰克·德斯蒙德还没破产时，曾是三马路的有钱公子哥，被她勾引过。这姑娘只有一张照片，是弗兰克·德斯蒙德挂在阿默甘西特（也许是巴兰德兹）的壁炉架上的，叫海伦看了当然妒火上升。

接着扣人心弦的一幕出现了。一天夜里，老格兰姆斯死于心绞痛，死时身边只有秘书一人，这是海伦在舞台的脚灯前独白时告诉我们的。就在这一天，老人收到东部寄来的一笔牛款六十四万七千元（也就是我们吃牛排付的钱），放在自己的书房里。这笔钱却不翼而飞，偏偏他咽气时只有弗兰克·德斯蒙德一人在场。

“天知地知我爱他，但是如果他做出这种事来——”你就杀了他，是吗？接着是对五马路那姑娘的咒骂，这姑娘没有登台。没有登台我们不能怪，剧场里的规矩是让你出场才能出场。

但这不是全剧的高潮，高潮在下面。海伦·格兰姆斯再有涵养也无法自制了。她认定弗兰克不仅是个伪君子，而且是个财迷。转眼间既失去了六十四万七千元巨款，又失去了一个英俊的意中人，就像伤寒病人病情陡然恶化一样，叫圣贤般的女人也会发疯。你就瞧吧！

两人站在书房里（是牧场的书房），书房里挂着麋鹿的头（阿默甘西特的麋鹿曾多而又多）。结局开始了。我觉得，看戏看得最有味道的莫过于高潮前的那一刻。

海伦认为弗兰克拿了钱。除了他还能有谁呢？票房的人在票房里干自己的事，乐队没有离座，其他人过不了守舞台门的人这一关，除非长了翅膀。

如前所说，海伦再也不能自制，对弗兰克·德斯蒙德说：“强盗，贼！更可恶的是你骗取了别人的信任。这就是你难逃的命运！”

说完，她一伸手拔出了三二手枪。

海伦接着说道：“但是我可以发善心饶你一命，让你活着受惩罚。我叫你看看，取你一条狗命易如反掌，何况你罪有应得，壁炉架上不是挂着那贱货的照片吗？这颗子弹本要穿透你的黑心肝，现在我让它穿透那贱货漂亮的脸。”

她说干就干。不是用假子弹，也没有靠舞台效果做手脚。海伦的枪一响，子弹（是真子弹）从照片上的面部穿过，击中墙上活动板的弹簧。板应声掉下，不翼而飞的六十四万七千元巨款失而复得，成捆的钞票和成袋的黄金就摆在眼前。真妙不可言！你知道其中缘由吗？彻里对着她住的公寓屋顶上的靶子苦练了两个月，练就一手好枪法。演戏时，她要一枪命中活动板上用墙纸蒙着的一个直径仅三英寸的铜盘。每天夜晚，照片要挂在完全相同的地方，她要站在完全相同的地方，每次手要稳，眼要准。

不用说，钱是老格兰姆斯秘密藏的，弗兰克除了工资分文未拿（工资是他的正当所得，只是我们在舞台上也好，别的地方也好，都见不着），纽约那姑娘其实早已与住在纽约布朗克斯地区的一个建筑承包商订了婚，弗兰克与海伦最后终成眷属。

哈特和彻里把演出准备得无懈可击后，在一所杂耍场里进行预演，使全场感动。能一个不漏地叫观众倾倒的戏可谓天才之作，少而又少，但这一出可以算。买票人看得哭了，坐在乐池里的也以泪洗面。

演出结束，经纪人签了张支票，用钢笔在支票上写了哈特和彻里两人的名字，使他们一周得了五百元。

这天晚上，鲍勃·哈特把彻里送到公寓挥手告别时已到十一点三十分。

彻里若有所思地说："哈特先生，进来坐一会儿吧。现在我们有了机会出头和挣钱，只不过能少开支一文就少开支一文，能积攒多少就积攒多少。"

鲍勃说："对！我也这样打算。你的办法是往银行里存钱，我天天梦见的是住进有日本厨师烧菜的那栋五开间房子，自由自在。凡能多攒钱的主意我都爱听。”

彻里又若有所思地说了句：“进来坐一会儿。我有一个主意向你谈，可以减少我们许多开销，帮你早日圆你的梦，也帮我圆我的梦。当然，凡事也得一是一，二是二。”

《老鼠当家》在纽约接连演出十周，成就斐然，这对一出杂耍场上演的戏来说是件很了不起的事。十周后开始巡回演出。用不着一路跟踪就可以断言，两年内能稳稳叫座，受喜爱的势头不减。

纽约一位演出场所的经理谈到哈特和彻里时说：

“来演出的人中像他们这样守规矩口碑好的还没有见过。看到他们俩的名字我就高兴。一个是男人的典范，一个是女人的典范。从不张扬，踏踏实实，半句废话不说，分分秒秒扑在工作上，演完戏马上回家。干这一行的人像他们这样不给我添麻烦，叫我一心佩服的，以后再也找不着了。”

故事的果壳已全部敲碎了，现在来看看果仁。

夏季快过完时，《老鼠当家》回到纽约作第二轮演出，或者在屋顶花园，或者在夏令剧院，场场卖票不成问题，而且是高价。鲍勃·哈特五开间房子的房款几近筹齐，彻里的银行存款单多得无法摆放，只好去买分层文件架。

无论你相信与否，我对你说这些事的目的在于使你认识到许多演员，甚至许多许多演员，都有雄心和恒心，他们并不亚于想当总统的人，也像想有朝一日在弗拉特布什[1]建起

---

① 弗拉特布什位于纽约的布鲁克林区，是很有社会地位的人的居住地。

个家的杂货店店员，巴不得当了伯爵夫人又当王妃的女人。我希望，我真能说，他们常会出奇制胜，美梦成真。

但是，且听我再往下说。

到纽约新建的威斯特伐利亚剧院首次演出《老鼠当家》时，威诺纳·彻里有些紧张，明明朝着壁炉架上那位东部美人的照片开枪，子弹却没有穿透照片击中铜盘，而钻进了鲍勃·哈特脖子的左下侧。哈特没料到会挨这一家伙，应声倒地。彻里也昏了过去，不过姿势非常优美。

观众以为，戏中的人物终成眷属或就此和解了，把眼前的悲剧当喜剧，高兴得鼓掌。幸好有人头脑冷静，遇到这种事处变不惊，立刻拉下幕布。舞台布景的两组人手脚也快，一组抬一个，把哈特和彻里抬了下去。下一个节目紧紧跟上。铃声一响，一切如常。

剧院门口刚好有位医生在拿着药等个病人，工作人员把他找了来。医生仔细检查过哈特的伤情后笑着说：

“老兄，你上不了头版头条新闻。如果再偏左两英寸，就会伤及颈动脉，麻烦就大了。现在你让管道具的人扯下随便哪个姑娘身上的花边一扎就可以回家了。回到家再找你那条街开美容院的包一包，便万事大吉。对不起，外面还有个重症病人在等我看。”

听医生这样一说，鲍勃·哈特睁开眼，觉得好多了。他看见文森特走了过来，这人是变戏法的，技巧高明，佛蒙特州布拉特尔伯勒人，原名萨姆·格里格斯，不苟言笑，无论到哪个地方演出，总要给在家的两个小女儿寄去玩具和枫叶糖。文森特与哈特和彻里在一个戏班里走南闯北，是两人的挚友。

“鲍勃，幸好你伤得不重。”文森特说，照例表情严肃，“那小个子姑娘为你发疯了。”

“哪个姑娘？”哈特问。

“彻里。”变戏法的说，“原来我们不知道你的伤势，没有让她过来。经理加上三个姑娘才把她管住。”

哈特说：“明摆着是出了意外，怪不得彻里。她身体不大舒服，要不然不会出差错。没有什么好埋怨的，她做事一贯认真。医生说三天以后我可以照常演出。叫她别急。”

“老弟，你脑子有病呢还是不通人情？”萨姆·格里格斯严肃地说，脸上的皱纹显得更深，“彻里为你哭得心都碎了，不停地叫‘鲍勃！鲍勃！’几个人把她死死拽住，才没有冲到你这里来。”

“她这是怎么啦？”哈特问，眼睛大睁着，“过三天可以照演不误，医生说伤得不重。连半星期的工资都不会损失。我心中有数，是事出偶然。她哭什么呀？”

文森特说：“你不是瞎了眼就是脑子笨。那姑娘爱你，见你受伤都快疯了。你究竟怎么了？不把她放在眼里吗？你该去听听，她怎么哭你喊你。”

“爱我？”鲍勃·哈特一骨碌从布景堆上坐了起来，“彻里爱我？这绝对不可能。”

“你真该去看看、听听她怎么闹。”格里格斯说。

鲍勃·哈特坐直了身子：“老兄，这不可能，不可能。老实说，我做梦都没有梦见过一回。”

这位跑江湖变戏法的说：“谁猜错了都不是人。她爱你爱得发疯。你怎么就没有长眼睛呢？”

鲍勃·哈特站了起来，说：“我的天，太晚了，太晚了！萨姆，你听我说，太晚了。不可能。你一定弄错了。完全不可能。出了差错了。”

“为了你，她在哭哭啼啼。”跑江湖变戏法的说，“就因为爱你爱得发狂，她跟三个人拼，大喊大叫你的名字，闹得他们都不敢拉开幕布。别糊涂了，老弟！”

鲍勃·哈特的眼直愣愣地大睁着：“爱我爱得发疯吗？我不是对你说，已经太晚了吗？老兄，是太晚了。彻里和我结婚都两年了！”

金子闪光*

有寓意的故事像叮人的蚊子。蚊子的口器刺破人皮肤，使人发痒。有寓意的故事打动人心，发人深省。我们干脆先看寓意故事吧。闪光的不一定是金子，但是如果你能紧紧捂住装检验金子的酸溶液的瓶子，那要算你聪明。

百老汇路紧邻华盛顿广场的一段是剧院密集区。这一带的演员说话与众不同，你听听吧："我对弗罗曼说：'甭想，周薪是一后带两个零，少一个子儿爷们都不干。'我说完就出门走了。"

灯火辉煌的剧院区西南有一两条街是美籍西班牙人居住区。在寒冷的北美，他们这样抱成团能感到一丝热带的温暖。这一带的最热闹地方有家餐馆，名号"避风港"，登门的多为南方来的流亡者，有智利人、玻利维亚人、哥伦比亚

* The Gold That Glitered. 见：*The Strictly Business*, *The Complete Works of O. Henry*, Garden City Publishing Co., Inc., 1937. ——编者注

人，还有中美洲山峦起伏的各共和国人、西印度群岛各岛屿的人。他们国家的政治火山爆发后，这些披斗篷、戴宽边帽的先生便纷至沓来，像火山灰降落。他们在这里研究对策，等待时机，募集资金，招兵买马，偷运武器弹药，遥控指挥。他们觉得避风港的气氛有利于他们东山再起。

避风港餐馆的菜肴无论南回归线或北回归线来的人吃都对胃口。且让我多说几句题外话，这对大家有好处。吃厌了法国口味的人们，快快来避风港吧！只有在这里，你才能吃到用西班牙厨艺烹制的鱼。青鱼、鲱鱼、墨西哥湾的鲣鱼一律如法炮制；番茄赋予这道菜以颜色、特性、精髓；辣椒使它生津开胃，可口无比；不知名的香草带来刺激和神秘感，总之妙不可言。在它的上下左右、前前后后（但绝不是里面），有一种若隐若现，似有似无的淡淡气味，只有物理研究会才能研究出气味从何而来。别以为避风港的鱼放了大蒜。仅仅是大蒜的灵魂飘飘然而过时送来一个飞吻，这道欧芹做盖面的菜便芳香长留。等到服务员孔奇托端来盘豇豆和一瓶葡萄酒时——呵，说到此为止吧！

有一天，汉堡至美国的轮船在五十五码头停泊下客，其中一位是佩里科·齐门内斯·比拉布兰卡·法尔孔将军，从卡塔赫纳来。将军的肤色比棕黄色马深、比栗色马浅，腰围四十二英寸，身高连鞋跟算在内五英尺四，留的两撇八字胡活像打靶游艺场老板，穿的一身礼服好似得克萨斯州国会议员，自命不凡的神态俨然是志在必得的代表。

法尔孔将军脑子里装的英语足够他问路用，便于他找到避风港所在的街。快走到时，他看到一栋漂亮的红砖房，房上的店招牌是西班牙文“西班牙旅店”。窗户里有块西班牙文牌子，上写“本店用西班牙语”。将军感到这地方正中下怀，走了进去。

老板娘奥布赖恩太太坐在舒适的办公室里，她一头金发。请注意，是一头无可挑剔的金发！此外，她面相可亲，身材丰满。法尔孔将军取下宽边帽，深深低头弯腰，手挥了个大圈，说了串西班牙语，像噼噼啪啪放鞭炮。

“西班牙人还是意大利人？”奥布赖恩太太亲切地问。

“我是哥伦比亚人，太太。”将军自豪地说，“我讲西班牙语。贵店窗口的牌子上写着贵店用西班牙语。是这么回事吧？”

“你不是在说西班牙语吗？我倒不会说。”老板娘答道。

法尔孔将军在西班牙旅店租了房住下。傍晚，他到街上闲逛，看北美这座喧闹的城市的街景，边走边想着一头金发的奥布赖恩太太。“世上最美的女人肯定要在这里找。我们哥伦比亚的美女没有一个能及。但是我法尔孔将军不该想美女，得把国事牢记在心。”将军心里在这样念叨，当然是用西班牙语念叨。

走到百老汇路的剧院区，将军简直不知所措。来来往往的汽车叫他不知如何对付。有一辆车的保险杠撞到他，撞得他碰到了一辆卖橘子的手推车。一辆马车擦过他身边，仅差一英寸，赶车人劈头盖脑一顿臭骂。他躲上人行道，不承想一台炒花生机突然一响，喷出的蒸汽直钻进他耳朵，吓得他跳起来：“哎哟，这是什么鬼地方！”

将军如惊弓之鸟逃出了人流，却不料被两个不怀好意的人同时盯上。一个是恶棍麦奎尔，他惯用一条强有力的胳膊，一根八英寸长的铅管；另一个是柏油路上的霸王，毒蜘蛛卡利，他的手段比较文明。

两人扑向送上门的货时，卡利快了一步，挥臂一挡，准确无误拦住了麦奎尔。

“让开！”他厉声命令道，“我先看见的。”麦奎尔自知对手诡计多端，服输退让。

卡利对将军说：“请问，你有些为难的事，对吗？我可以帮帮你。”他捡起将军的帽子，拍去帽上的灰。

卡利先生的一套办法屡试不爽。将军在车水马龙的大马路上吃尽苦头，不知所措，见有救兵，求之不得。

将军说：“我住在奥布赖恩的旅店，想回店里。你瞧，先生！纽约这地方人来车往，太吵，太快。”

卡利先生对人历来有礼，不忍心让哥伦比亚贵人冒险独自回旅店。两人走到西班牙旅店门口停了停，马路斜对过避风港招牌的灯光还亮着。卡利先生条条街都熟悉，一眼能看出这里是意大利人成堆的场所。他把所有外国人只分为两类：一类是意大利人，一类是法国人。他对将军说，相识就是缘分，应该去马路对过喝一杯，交个朋友。

一小时后，法尔孔将军与卡利先生坐在避风港的一角谈得起劲，桌上摆了不少酒瓶酒杯。将军把到美国来的秘密使命吐露了十遍，他称来纽约是为哥伦比亚革命军买武器，共两千支温彻斯特步枪，口袋里揣着卡塔赫纳银行两万五千美元支票，可在纽约的分理处兑现。别的桌上也有革命者在向共商大计的人谈他们的政治秘密，不过都不及将军声音高。将军一擂桌子，叫再来点酒。他向朋友说，他的使命是秘密使命，绝不能向任何人提起，然而声音震耳。卡利先生受到感动，热情被煽起，紧握着桌对面将军的手。

他诚恳地说："先生，我不知道你们国家在哪里，但是我愿意为它出力。我猜，它与美国一定是一株树的两根树枝。写诗的人和小学老师有时也说我们是哥伦比亚。[①] 你今天晚上撞见我是你的运气，纽约能帮你买到这批枪的人除了我找不出第二个。美国国防部长是我最好的朋友，他正在纽约，我明天找他。不过，先生，你得把支票牢牢放在内衣口袋里，明天我来找你，带你去见他。喂，你说的该不是哥伦比亚特区吧？"卡利先生突然起了疑团，说："两千支枪攻不下那地方。有人试过了，还不止用两千支。"

"哪儿的话！"将军大声说，"是哥伦比亚共和国，南美洲顶端的一个大国。错不了！"

"那就好。"卡利说，放心了，"现在我们回家吧，明天见。今晚我给部长写信约时间见面。把枪支运出纽约难，连麦克拉斯基自己也无能为力。"

两人在西班牙旅店门口分手。将军仰望月亮，长叹一声。

"你们纽约这地方不得了。"他说，"街上的汽车可谓横冲直撞，炒花生的机器把耳朵都震聋了。不过呢，卡利先

① 南美洲国家哥伦比亚与美国首都华盛顿所在地哥伦比亚特区的"哥伦比亚"英语分别为 Colombia 与 Columbia，仅一个字母之差。诗歌中哥伦比亚比喻美国，纪念美洲发现人哥伦布。

生，那些一头金发、体态丰满的太太——她们可了不得！当真了不得！”

卡利是到最近的电话亭，打电话到百老汇路另一头麦卡勒里餐馆，找吉米·邓恩。

“是吉米·邓恩吗？”卡利问。

“对。”对方回答。

“你……是……”卡利高高兴兴说，“你是国防部长。等我，不见不散。我现在钓到了条大鱼，你还从没见过。等于抱到了个金娃娃。我坐下一趟电车来。”

吉米·邓恩骗人有术，叫人上当如探囊取物。他从来不动用大棒，也瞧不起蒙汗药，不说假话。他看中了谁下手不用别的，只用最纯的酒，如果这种酒在纽约不愁找不到的话。蜘蛛卡利的最大理想是有朝一日能达到吉米的水平。

当晚，这两位君子在麦卡勒里店里碰面。卡利先作介绍。

“这家伙根本没脑子。他从哥伦比亚岛来。那里不知是闹罢工还是纠纷，或者出别的乱子，派他来买两千支温彻斯特步枪平息事端。他给我看了支票，两张各一万，一张五千，在纽约的一家银行取现。吉米，说实话，我恨不得他拿出二十五张千元大钞拱手送给我才好。现在没有办法，我们只能等他去银行提款。”

谈了两个小时后，邓恩说：“明天下午四点带他到百老汇路××号。”

卡利如期到西班牙旅店找将军，见这位肩负重任的斗士与奥布赖恩太太正谈得有滋有味。

“国防部长在等我们。”卡利说。

将军难舍难分。

他叹口气说：“唉，可惜公务在身，先生。你们美国的女人真美！看看奥布赖恩太太吧，她就是典型，太漂亮啦！她像天仙，比得上天后朱诺，就是你们说的大眼睛朱诺。”

卡利先生的确老练，换了别人，听了这话想想就会气馁。

他张嘴一笑，说：“不错！但恐怕你是喜爱一头金发的朱诺吧？”

奥布赖恩太太听到了他的话，昂起长着金发的头，朝已走开的卡利先生瞪了一眼。各位，不但在公交车上，对女性千万处处都要谨而慎之。

多情的哥伦比亚人跟着卡利先生到了百老汇路的一幢房子，先在候客室等了半小时，然后才进一间豪华的办公室。办公室的办公桌边坐了个胡须刮光、气度不凡的人在写东西。卡利先生以老朋友的身份，把法尔孔将军介绍给了美国“国防部长”，说明了将军的使命。

部长听过后为难地说：“哦，哥伦比亚！恐怕这件事不太容易。总统和我对这个地方态度不一。他支持现政府，而我——”部长对将军神秘而亲切地一笑，“法尔孔将军，你一定知道，塔曼尼战争后国会通过法案，规定所有武器弹药出口必须经过国防部。这样吧，如果我能给你帮忙，一定尽力，不然对不起老朋友卡利先生。但是必须绝对保密，原因我已说过，总统不赞成支持哥伦比亚的革命党。我叫我的秘书把武器库里的武器清单拿来。”

部长一按铃，秘书应声进了办公室。

“把轻武器库存表二拿来。”部长说。

秘书很快转身，拿来一张铅印的表。部长仔细看了一遍。

“从表上看，”他说，“九号武器库里有温彻斯特步枪两千支，由摩洛哥国王订购了，但是订购时忘了付款。我们的规定是付了现金交货。法尔孔将军，卡利是你的朋友，也与我要好。如果他愿意以出厂价买这批武器，绝无问题。对不起，失陪了，日本大使和查尔斯·墨菲约好了现在见我。”

这次会见后，一方面将军对亲密朋友卡利先生感激不尽，另一方面手段高明的“国防部长”接着大忙了两天，买来装步枪的空箱，往箱里塞满砖头，再放进租来的仓库里。另外一件值得一提的事情是，将军回西班牙旅店后，奥布赖恩太太走到他跟前，扯下上衣翻领上的一个线头，说：

“先生，我不愿管闲事，但是那个尖嘴猴腮、一双贼眼、探头探脑的家伙找你干什么?”

“哎呀呀!”将军叫了起来，“你千万别这样说我的好朋友卡利先生。”

“到后花园去，我想跟你聊聊。”奥布赖恩太太说。

我们假定他们谈了一小时。

“你说买下店里全部设备，再加租用这座漂亮花园，只要一万八吗?”将军问，“这花园不比我在哥伦比亚的差。”

“这价钱非常便宜。”太太叹道。

“哎，天呀!”法尔孔将军动了心，“战争和政治能给我什么呢？这个地方是片乐园。哥伦比亚无畏的英雄不差我一个，会继续斗争。我为什么要去杀人呢？要去争光呢？哼，别干啦！我到这里遇到了天仙。我们就买下西班牙旅店吧，你做我的人。钱用来买枪支是白扔。”

奥布赖恩把一头金发靠到哥伦比亚的爱国志士身上。

“噢，你真了不起，先生！”她发出幸福的感慨。

两天后是约定向将军交货的时间。租来的仓库里堆放着一箱箱子虚乌有的枪支，“国防部长”坐在箱上等朋友卡利带着上当的人来。

卡利先生准时到达西班牙旅店，进门只见将军坐在柜台后面翻账本。

“我决定不买枪了。”将军说，“我今天买下了这家旅店的设备。佩里科·齐门内斯·比拉布兰卡·法尔孔将军要与奥布赖恩太太结婚。”

卡利先生几乎昏倒。

“你这混账王八蛋！你这骗子！”他骂开了，“你用你们国家的钱给自己买安乐窝！鬼知道你们国家在什么地方！”

将军刚算好一栏账上的数目，说：“哼，你知道，政治就是这么个样，打仗闹革命算不上什么好事。老跟在战神屁股后面跑图什么呢？你看，开个旅店，娶个像天后朱诺一样的女人，多开心！还是个大眼睛天后哩。你看，她的一头金发多漂亮！”

卡利先生又一口气上不来。

“喂，卡利先生，难道你没有吃过奥布赖恩太太做的咸牛肉末？”将军最后深情地问。

似戏非戏*

我认识的一位报社记者有两张免费票，所以几天前的夜里我去一个杂艺场看一场演出。

其中一个节目是小提琴独奏，演奏者一表人才，年纪刚过四十，但已满头白发。我对音乐不太爱好，演奏只是过耳风，虽然眼没离演奏者。

“一两个月前这家伙的事让人知道了。”记者说，“他们把差事交给了我。本要做一篇专题报道，写得尽量轻松有趣。我报道当地新闻写得妙趣横生，老板大概很喜欢。不瞒你说，我眼下在写一个滑稽喜剧。当真我到了他家，了解了前后经过，不过这差事我没办成。回来我交上的稿是有关东城区一件丧事引人发笑的报道。那人的事我写得滑稽可笑似乎不大可能。也许你能写成一出独幕悲剧，供正戏开场前

* 原名 The Thing's the Play. 见：*Strictly Business*, *The Complete Works of O. Henry*, Garden City Publishing Co., Inc., 1937. ——编者注

演。我把经过告诉你吧。”

看过演出后，那位当记者的朋友向我提供了全部事实。

听完后我说：“我看这件事完全可以写篇令人捧腹的好文章。如果是真在剧院，这三个人真是演员，他们的表演也不会更荒谬绝伦。说真的，我想世界就是个舞台，世上的男男女女都是演员。让我引用一句莎士比亚的话：‘这件事是一出戏’。”①

“那你就写吧。”记者说。

“那行。”我说。我当真写了，为了是让他看看，他本来可以为他的报纸写出篇引人发笑的专题报道。

阿宾登广场附近有一所房子，底层开个小商店，卖玩具、文具和日用小商品，已有二十五年历史。

二十年前的一个夜晚，商店楼上举行过一次婚礼。寡妇梅奥太太是房主，也是店主。她有个女儿叫海伦，嫁给弗兰克·巴里。充当男傧相的人叫约翰·德莱尼。海伦十八岁，她的照片登在一家晨报上，紧靠在蒙大拿州比尤特发来的一篇有关女杀人犯的报道的大字标题下。但如果你仔细看看，再用脑想想，会发现这两者没有联系。你拿起放大镜读读她照片下的说明吧，原来她是下城西区的大美人之一。

---

① 本句引自莎士比亚的著名悲剧《哈姆雷特》第二幕第二场的结尾，但小说作者根据小说内容需要作了仿拟。原文是 The play’s the thing Wherein I’ll catch the conscience of the King。如不改动原文结构，可直译为“这一本戏是我可以发掘国王内心隐秘的东西”，意译则为“凭着这一本戏，我可以发掘国王内心的隐秘”。欧·亨利将原文的 play 与 thing 互换位置，成了 The thing is the play，可译为“这件事是一出戏。”

弗兰克·巴里与约翰·德莱尼是亲密朋友，却又是情敌。每次幕启时你等着看吧，两人都要各显身手。花钱听交响乐的人和买小说看的人就喜爱各显身手的场面。这只是整个事情的第一个可笑之处。这两个年轻人都追求海伦。最后弗兰克·巴里取胜，约翰握手祝贺，而且是诚恳地祝贺。

婚礼后海伦跑上楼戴帽子。她穿好了出远门的衣服。要与弗兰克去旧康福特角住一星期。楼下照例等着一大帮闹哄哄的人。

正在这时，只听得太平梯响，她房里跳进一个人，鬈曲的头发已经湿了，吊在额前。原来是约翰·德莱尼鬼迷心窍，发了疯，死乞白赖，要他没弄到手的人跟他远走高飞，或去里弗里艾，或去布朗克斯，或去其他气候宜人逍遥自在的地方。

海伦坚决拒绝了他。她气冲冲、恶狠狠地瞪着他，质问他为什么对正派人说胡话，讨个没趣。

没过多久，她叫他死了心，这位好汉也清醒过来。他深深鞠着躬，说自己“失去了理智”，“会在心里永远记着”等等。海伦叫他赶快再从太平梯下去。

约翰·德莱尼说道：“我要远走天涯海角。在你身边见到你成了人家的人我受不了。我要去非洲，到异乡客地去……”

海伦没等他说完，说道：“你快走吧，马上有人上来。”

约翰跪下一条腿。海伦伸出只雪白的手，让他一吻而别。

姑娘们，如果你嫁给了你一心一意要嫁的人，而你不愿嫁的人满头大汗跑来，跪在你面前，唠叨什么非洲，什么会在他心中永不凋谢的爱情之花，你觉得这种情况是丘比特这位伟大的娃娃神对你的恩赐吗？这是一次考验，姑娘们，让你知道你自己的力量，让你觉得你一定会幸福，你得把那个伤心和不幸的人打发到海角天涯，在他最后一次吻你的手指时，吻你指甲修得干干净净的手指时，你得感到庆幸。有了这种事你千万别随便错过。

你猜接着怎样了呢？正在这时门开了，新郎大步走进来找戴帽子戴了老半天还不见下楼的新娘。

约翰·德莱尼在海伦手上一吻而别，跳出窗口，爬下太平梯，往非洲去了。

我们先来点慢奏音乐吧，或者是小提琴的轻奏，或者吹吹黑管，或者拉拉低音提琴。再请你想象当时这场面。弗兰克气得七窍生烟，仿佛受了什么致命伤，尖叫一声。海伦跑过来揪住他，想做解释。弗兰克一把抓住海伦的手腕，把她的手从肩上甩开来，然后把海伦左右推着，一次，又一次，再一次（舞台监督会告诉你怎么推），推过三次往地上一摔，海伦缩成一团痛得哼着。他嚷着这辈子再也不愿见她，冲出屋子，来客个个惊得瞪大眼发呆。

这件事不是演戏而是生活的真实，当中二十年间，观众不是进了休息室，而是回到世界，结婚，去世，头发变白，或者发财，或者受穷，或者过得开心，或者常常发愁。二十年后，再把幕布拉开。

巴里太太继承了商店和房子。她已是三十八岁的人了，但如果参加选美比赛，无论粗看还是细看，都比许多十八岁的姑娘强。仍记得她婚礼上的滑稽剧的人已寥寥无几，但她并不讳言。她既不对人隐瞒，但也没把它卖给杂志社。

有一天，一位常光顾她店里买长格子纸和墨水的中年律师站在柜台外向她求起婚来。

海伦满面笑容地说："谢谢你看得起我，但是二十年前我与另一个人结了婚。他笨得像只鹅，但是我至今仍爱他。婚礼过后才半小时我就再也没见到他。你刚才想买的是哪种墨水?"

律师是老派头，隔着柜台鞠一躬，在她手背上吻一下表示恭敬。海伦叹了口气。分手时行此大礼固然庄重，却难免多余。她现在已经三十八岁，却仍然美丽，受人喜爱；从爱她的人那儿她似乎没有得到别的，只得到责备和分离。更糟的是，最后一位一走，她还损失了一名顾客。

生意日益清淡，挂起了"有房出租"的牌子。三楼有两间大房间，打算租给合适的房客。房客来得很多，因为巴里太太的房子又干净，又舒适，又有生活情趣，可惜来了又得离去。

有一天来了位姓雷蒙蒂的人，就是那位小提琴师，租了楼上前房。他的耳朵太娇气，受不了闹市区的乱糟糟、闹哄哄的声音，于是一位朋友叫他住进了这片噪音沙漠中的绿洲。

看脸蛋雷蒙蒂仍然年轻，眉毛是黑色的，下巴上留着短短一撮外国式棕色胡须，满头厚厚的头发却已全白。他有艺术家气质，所以举止文雅、大方，性格开朗，是阿宾登广场附近这所老房子的理想房客。

海伦住在商店上面这一层，其设计独特，走道很大，几乎成方形，靠里边墙是上三楼的楼梯，楼梯从墙的一边直伸到墙的另一边。海伦把过道既当客厅，又当办公室，放着她的办公桌，就在这里写业务信件。晚上坐在这里的一个大火炉边，一盏明亮的红灯下，或做针线活，或看书。雷蒙蒂觉得这地方的气氛合适，成了常客，向巴里太太讲巴黎的珍闻。在巴黎求学时，与他一道学习的有位琴师名声特大，又特健谈。

不久住进来的第二位房客长得一表人才，却郁郁寡欢，刚四十出头，长着把棕色胡须，令人莫测高深，一双眼睛不知在寻找什么，常四处张望。他也很满意海伦这样的房东。由于有罗密欧式的眼睛，奥赛罗式①的舌头，他赢得了她的好感。他常对海伦谈异国他乡的事，也很有分寸地暗示想与她缔结良缘。

当与第一个房客在一起时，海伦的内心不由得兴奋激动。听到他的声音她很自然地会回想起年轻时的恋情。这种感觉越来越强烈，她也无意摆脱，反倒认为他很像当时所爱恋的人。女人有女人的推理法（的确她们有时要进行推理），非一般的法则、理论、逻辑可比，海伦就是认为丈夫已经回到她身边。在他眼里，她看到了爱情，而女人对爱情是绝不可能看错的；也看到了无穷尽的悔恨，悔恨引起怜

① 罗密欧为莎士比亚著名悲剧《罗密欧与朱丽叶》中的男主角，看中世代仇家女、美丽的朱丽叶，最后两人殉情。奥赛罗为另一著名悲剧《奥赛罗》中的男主角，曾向威尼斯公爵之女讲述自己的身世，赢得公爵之女的爱情。

悯，怜悯很可能变成爱，爱又是构成家的必备要素。

然而她没动声色。当丈夫的近在咫尺却二十年不进门，再进门以后不能太便宜他，不能让他一伸脚就换到拖鞋，一伸手又有火柴点香烟。他得赔不是，得进行解释，甚至把自己骂上一通。要叫他受点罪，然后，如果他表现诚恳，方能和好如初。所以，她没动声色，不让对方看出她已经明白或有所察觉。

我那位当记者的朋友却看不出这件事有什么可笑！别人又偏偏派他来写一篇报道，把这件事写得热热闹闹，奇奇妙妙，滑稽可笑。且罢，我不愿多说同是吃笔墨饭的人的坏话，且把这件事说下去吧。

一天晚上，雷蒙蒂来到兼作办公室和客厅的过道，向海伦倾吐了爱情。这位钟情的艺术家说得情意绵绵又充满热情。他的话像心中的圣火烧出的火焰，他似在做梦又并非全在做梦。

没等海伦责怪他鲁莽，他又说道："但是在你答复我之前，我得告诉你，我的姓名不全，只知道叫雷蒙蒂。是我的经理叫起来的。我不知道自己的身份，身世，只记得睁开眼时我是躺在医院里。当时我还年轻。在医院我住了好几个星期，那以前的事我一概不知道。人家告诉我，我原来倒在街上，头部受伤，被人用急救车送进了医院。他们猜我是一头摔在了石头上。当时找不出我身份的证明，我本人又回想不起。出院以后我学拉小提琴，拉得很好。巴里太太，我不知道你的姓名，只知道我爱你。第一次见到你时，我就看了出来，你是世界上唯一中我心意的人，而且……"反正，这样的话有一大堆。

海伦觉得又变年轻了。她先是一阵得意和兴奋，但再一正眼看雷蒙蒂，内心一惊。这一惊是她没料到的，因而感到意外。原来，这位小提琴手早已成了她生活的一个重要组成部分，而她还一直无知无觉。

“雷蒙蒂先生，”她难过地说（请记着，现在不是在舞台上，而是在阿宾登广场附近的那所老房子里），“很对不起，我已经是有了丈夫的人。”

接着她把生活中发生的那件不幸事告诉他。作为主要角色，这件事以后有一天她还得对剧场经理和记者说。

雷蒙蒂拉起她的手，深深一躬，再一吻，回到了自己房间。

海伦坐下来看着自己的手直心酸。这难怪她，有三位求婚人吻过它，然后毅然走了。

一小时后，那位眼睛常四处望的莫测高深的房客进来了。海伦正坐在一把柳木摇椅上，织件棉毛混纺的东西，其实她并用不着这东西。他一步跨下楼梯，据说是来聊聊。坐到桌子对过后，他也倾吐了爱慕之情，还说：“海伦，难道你不认识我了？看你的眼神我知道你并没有忘记。难道你不能原谅往日的过错，记住持续了二十年的爱情？我非常对不起你，本来不敢回到你身边，但爱情战胜了情理。你能不能够、愿不愿意原谅我呢？”

海伦站起身，莫测高深的房客抓住她的一只手，紧紧地握着直颤抖。

她站着没动。可惜，舞台上没出现过类似的场面，表现过她的感情。

她的内心矛盾重重，少女时代对新郎难忘的爱情还留在她心里，记忆犹新。她尊重、珍视第一次的神圣选择，一颗心有一半被这次选择占据着。她割不断这纯洁的感情，是名誉感、忠诚与甜蜜难忘的回忆使她割不断的。但是她的心的另一半被别的东西占据着，被后来的近在咫尺的一个人占据着，所以，旧恋的人与新交的人在抗争。

就在她站着犹豫不决时，楼上传来轻轻的、动人的、如泣如诉的小提琴声。音乐像巫婆，会使一些最高尚的人都着迷。乌鸦啄到人的衣袖时伤不了人，但谁要是专心听音乐，音乐却能通过耳膜感染他的心。

小提琴声和小提琴师在呼唤她，然而名誉感和旧日的爱却在拖住她。

"原谅我。"他恳求道。

"你如果离开爱慕的人二十年，这二十年会是段漫长的时间。"她说，声音里带着伤感。

"能听我说吗？"他问道，"我把什么都告诉你吧。那天夜晚他走后我紧追上来，嫉妒使我发了疯。走到一条黑黢黢的街上我把他打倒在地，他没站起来。我仔细一看，原来是头撞在了一块石头上。我不是有意害死他，爱和嫉妒使我发了疯。我躲在附近，看到一辆救护车把他带走了。虽然你与他结了婚，海伦……"

"你是什么人？"海伦把手一抽，睁大眼叫道。

"你不记得我了吗，海伦？不记得一个一直最爱你的人吗？我是约翰·德莱尼。如果你能原谅……"

但是海伦走了。她跌跌撞撞、急急忙忙上楼，跑到小提琴师那儿。小提琴师已忘却了往事，但是在两次生命中都把她看成是自己的人。她边上楼，边哭着，嚷着：“弗兰克！弗兰克！弗兰克！”

多年后三人这样相遇了，就像弹子盘上的弹子又相碰了一样，然而我那位当记者的朋友却认为这件事没任何可笑之处！

心理分析与摩天大楼*

如果你懂人生哲理，不妨做做这件事：爬上一座高楼的楼顶俯瞰三百英尺下你的同类，把他们看成小爬虫。他们像夏天池潭里的黑水虫一样，有爬的，有窜的，有打圆圈的，反正这帮没头脑的家伙在漫无目标地乱动。从他们的行动看，他们还没有蚂蚁聪明，因为蚂蚁走到哪儿都知道回家的路。蚂蚁是低等动物，但常常是它到了家舒舒服服，你却还没有归宿。

在高楼顶上的哲学家看来，人不过是只慢慢爬的可怜的小甲虫。无论是经纪人、诗人、百万富翁、擦皮鞋的、美女、瓦匠的帮工、政治家，走在街上都成了小黑点，在只有你的大拇指宽的街上躲避着比它们大的黑点。

依此类推，只要是站在高处看，城市本身就变成了奇形

---

* 原名 Psyche and Skysraper. 见 *Strietly Business*, *The Complete Works of O. Henry*, Garden City Publishing Co., Inc., 1937. ——编者注

怪状的建筑物和乱七八糟的线条莫名其妙地汇集之所；浩翰的海洋只是养鸭子的池塘，甚至整个地球都会像一只打飞了的高尔夫球。生活的细节全部不复存在。哲学家凝视着头顶浩瀚无垠的天空，听凭他的思想在这种新观点的指引下驰骋。他觉得他是永恒的后裔、时间的孩子。由于他与永恒一脉相承，那么宇宙也就属于他；想到将来他的同类能跨过神秘的空间之路，往来于星际之间，他不禁兴奋起来。他站立的这座高耸的钢筋铁骨大楼在地球上如同喜马拉雅山上的一小颗尘埃，而地球又不过是无数旋转的原子中的一个。他的头顶，也就是那些忙忙碌碌的黑爬虫居住的毫无价值的城市的上空，是清澈的、无边无际的宇宙。与宇宙比起来，黑爬虫的雄心、成就、胜利、爱，又算得了什么呢？

哲学家肯定会有这些想法。他们综合了世界上所有哲学流派的精神实质，结尾恰如其分地用了个问号，代表站在高处的深沉和思想家经过深思熟虑的思想。当哲学家乘电梯下来以后，他的眼界开阔了，心平静了，对宇宙起源的高见无与伦比。

然而，如果你刚好也名叫戴西，年方十九，在八马路的一家糖果店工作，住在过道边一间又小又冷的四十平方英尺①房间里，每星期挣六元钱，吃一毛钱一顿的中餐，早上六点半起床，干到晚上九点，从没研究过哲学，那么你站在摩天大楼顶上时，对事物也许会另有一种看法。

有两个人为不懂哲学的戴西害着相思病。一个是乔，他

① 四十平方英尺折合国际单位制为3.7平方米。

开了家店，这是在纽约最小的店，大约就公共建设公司的工具箱那么大，贴在商业街摩天大楼的一个拐角上，活像燕子窝。卖的货有水果、水果糖、报纸、歌曲集、香烟和正当令的柠檬水。到隆冬天寒地冻时，乔缩进店里，水果也搬了进去。这一来，店主、店主的货、一个醋瓶大小的火炉、一名顾客，便把整个店堂塞得满满的。

乔不是异国他乡人，而是个能干的美国青年，正加紧攒钱，希望戴西将来能帮他花。他已三次向她求婚。

“戴西，我攒了不少钱。你知道我有多想你。”这是他的爱情序曲，“我的店算不上很大，不过呢……”

“嗯，还不大吗？”不懂哲学的人答道，“可是我听说沃纳梅克[①]还想叫你明年让点地盘给他的店呢。”

戴西一早一晚都经过乔的小店的拐角。

每次她都离不了要说：“你好，小老板。你店里的货好像又少了嘛！该是卖掉了一大包口香糖吧？”

乔每次总是不急不忙张开笑脸，答道：“我这店虽小，你进来没问题，戴西。什么时候只要你愿意，我连店带人都归你。你就不巴望这一天早点儿来吗？”

“什么店！”戴西把鼻子翘上天，显出不屑的神气，“火柴盒！你还说要我进来？哎哟，你非得扔掉一百磅糖果我才能进来站得了脚，乔。”

“扔就扔呗，我不在乎。”乔恭顺地答道。

戴西总是处在一个狭小的天地里。在糖果店里，她夹在

① 约翰·沃纳梅克（1838—1922），美国商人。

柜台与货架间，只能侧着身子走路。自己住的房间要说有什么舒服的，就是用不着迈开步。墙跟墙靠得太近，墙上的纸弄出的声音都会使房间变成一座通天塔。她可以一只手点煤气，一只手关房门，同时眼睛欣赏着镜子里的一头金发。乔的照片放在梳妆台上的描金镜框里，有时候她也会……不过每次她一看就会想起乔那间躲在高楼大厦角落上肥皂盒似的滑稽小铺子，扑哧一笑把感情就笑没了。

继乔之后几个月，又有一个人来追求戴西。这人寄居到戴西住的房子里，叫达布斯特，懂哲理。虽然年纪轻轻，却一望而知是个有学识的人。他的知识是从百科全书和实用手册上取来的。至于说智慧，他甚至还没沾上边。他知道，也会告诉你水是由什么构成的；豌豆炖牛肉有助增长肌肉；能背出《圣经》中最短的诗；能说出钉二百五十六块接头处四寸宽的屋顶板需要多少磅钉；伊利诺斯州的卡纳基[①]有多少人口；斯宾诺莎[②]的理论；麦凯·通布利先生[③]客厅第二个当差的名字；胡瑟克隧道的长度；母鸡孵蛋的最佳时间；德里夫特至宾夕法尼亚州雷德班克弗尼斯铁路的邮政人员的工资；猫前腿有多少块骨头，等等。

达布斯特有这些知识不吃亏。他知道的数据像芫荽菜的嫩尖，如果他认为你喜爱闲谈像喜爱酒宴，他就会给宴席配上这些嫩尖。另外，他把这些数据也当做餐桌上发起攻击的

---

① 卡纳基是一个极小的地方。此处作者的意图无非是说明达布斯特的知识浅而无实际意义。

② 斯宾诺莎（1632—1677），荷兰哲学家。

③ 麦凯·通布利未见经传。

掩体。他会向你打排炮似地问起你一连串的数字，例如1.5英尺×5.75英寸的铁条的重量；明尼苏达州斯内灵堡的平均年降雨量。就趁你只有招架之功没有还手之力的时机，一叉子把盘子里最好吃的一块鸡肉叉到手。

这一位手中有利器，而且还算英俊，头发油光，又正当年，看来只有个可怜巴巴小店的乔遇上了劲敌。乔还没有武器御敌，而且即使有，他的小店也没地方可放。

一个星期六下午四点来钟光景，戴西和达布斯特双双到了乔的小小商店前。达布斯特戴着顶丝绸礼帽；戴西呢，戴西是个女人，那顶帽子是故意炫耀给乔看的，看过了才能再装进帽盒里。他们来表面上是为买一块菠萝口香糖。乔把口香糖递给站在店外的这两人。他见到礼帽脸既没发白，腿也没发软。

戴西介绍过两位追求她的人认识后说："达布斯特先生带我到楼顶看风光，我还从没上过摩天大楼。我想楼顶上一定好玩极了。"

"哼！"乔说。

"站在高楼顶上不仅看得远，而且使人受益不浅。戴西小姐去一趟一定会玩得高兴。"达布斯特先生说。

"楼顶上跟这地方一样。那儿风大，戴西，你穿的衣服够吗？"乔问道。

戴西见他的眉毛皱了起来，羞涩地笑着说："那当然！我里面的衣服穿得多。乔，你活像装在箱子里的木乃伊。你刚才是多进了货吧？多进了一品脱花生还是一个苹果？你的货架满得都堆不下啦！"

戴西开过这个常开的玩笑后便咯咯笑起来，乔只好跟着笑。

达布斯特说："这——这位先生的地盘跟这栋大楼比起来是小了点。我看大楼边这块地方大约有三百四十英尺长，一百英尺宽。按比例计算，你占的地方是半个比卢奇斯坦，你旁边的大楼有美国落基山以东地区再加一个安大略省①和比利时那么大。"

"是这样吗，万事通？"乔坦然说，"你的算术真行呀！请问，如果你闭上嘴一又八分之五，一头公驴能吃下多少磅打成包的干草呢？"

几分钟以后，戴西和达布斯特先生走出电梯，上了摩天大楼的顶楼。然后再上一段短而陡的楼梯，到了楼顶。达布斯特牵着她的手走到栏杆边，让她看地面大街上移动的小黑点。

"那是什么呀？"她问道，一边浑身直发抖。她以往从没有到过这么高的地方。

这一来达布斯特就是充当起高楼顶上的哲学家这个角色，启发她的思想，让她认识宇宙的广阔。

"两条腿的动物！"他严肃地说，"你想想看，仅仅到了三百四十英尺的高空，它们就变得这样小，只不过是漫无目的来来去去乱爬的虫。"

戴西突然叫了起来："哎呀，不是什么虫，是人！我看到了一辆汽车。哎呀，天哪！我们就站得这么高？"

---

① 安大略省位于加拿大，面积为94533平方公里。

“你到这儿来。”达布斯特说。

他让她往远处看，一座大城市似乎变成了一片排列整齐的玩具。尽管时间尚早，因为是冬天的下午，有的灯已经亮了起来，这儿一盏，那儿一盏，像是星星。南面与东南的海湾和海与天空混为了一体。

“我不爱看。我们下去吧。”戴西说，蓝眼睛里流露出不安的神情。

然而哲学家哪里会放过这个机会？他要让她看到他思想的博大，对无垠宇宙的了解，以及对数字的惊人记忆力。这样，她就不屑于去纽约最小的货摊上买口香糖。于是他滔滔不绝地谈论着人类的渺小，奇形怪状就是因站在这么一点点高的地方往下看，人竟然变得只有一块一元银币的三十分之一大小。所以，人们应该信奉恒星系之说和艾皮科蒂塔①的箴言，随遇而安。

“你不该把我带来。照我看，到了这么高的地方，人看起来像跳蚤，我心里直害怕。我看到有个人也许就是乔。得了吧，吉米！我们还不如去新泽西州！得啦，我在这儿害怕！”

哲学家不知趣地笑着。

“整个地球在宇宙里也只有一颗麦粒大。你看天上吧。”他说。

戴西往天上细看着。短短的一天即将过去，天上的星星

---

① 艾皮科蒂塔（60—120），希腊斯多葛派哲学家。该派哲学认为美德乃善之最高形式，同时人不应为情感或生活中所发生之事物所动。

越来越多。

达布斯特说:“那儿的一颗星是金星，就是俗称的‘晚星’，离太阳六千六百万英里。”

“胡说!”戴西说着激动起来，“你把我当什么人啦?我们店里的苏齐·普赖斯，她哥哥给了她一张到旧金山的票，才三千英里。”

哲学家不以为然地笑着。

“我们这个世界距太阳九千一百万英里，比太阳还远二十一万一千倍的第一星等恒星有十八个。如果其中一个熄灭，三年内我们还能看到它的光。六星等的星有六千个，它们的光到达地球需要三十六年。用十八英尺的望远镜我们能看到四千三百万颗星，包括十三星等的星，它们的光到达地球需要二千七百年。这些星的每一颗……”

“你在乱说一气!”戴西气得大叫着，“你就想吓唬我。你叫我害怕了，我要下去!”

她直跺脚。

“牧夫座中的一等恒星……”哲学家又开口了，语气温和。但他没再往下说，因为广阔的天空中出现了奇观，他不是想借机发一番感慨，而是想根据记忆进行解释。在讴歌大自然的人眼中，天空的星星发出柔光是为了地上散步的幸福情侣。如果你在九月的某个夜晚挽着你心爱的人，你会觉得踮起脚能伸手摸得着星星，哪儿会想到星光到达地球要走上三年呢!

原来，是西边天上突然出现一颗流星，把摩天大楼楼顶照得如同白昼，在空中划出一道闪光的弧，直伸到东边。流星一边飞一边嘶嘶响，戴西吓得尖叫起来。

“带我下去!”她扯开嗓门直嚷，“你——你满脑子就只有算术!”

达布斯特带她到电梯边，进了电梯间。她横眉瞪眼，电梯缓缓下降时她还在打哆嗦。

一出摩天大楼的旋转门，哲学家就不见了戴西。她跑得无影无踪，他站着发愣，纵有满脑子数据也无济于事。

乔这时没生意，正闲着。他挤在满店的货物中好不容易才转过身点着根烟，把只冰冷的脚踏到微微发热的炉子上。

突然门开了，戴西闯了进来，又笑又叫，把水果、糖果撞得满地都是。她一头扑进乔的怀里。

“乔，我刚从摩天大楼顶上下来。还是你这里暖和，舒服、像个家！乔，你什么时候叫我来我就来。”

仙人掌*

时间的最显著特征是其相对性。众所周知，快淹死的人会回忆起大量往事。因此人们能相信，在脱下手套的短时间里，整个求婚过程可以重现一遍。

站在单身公寓桌边的特里斯代尔正是如此。桌上放着个红瓦盆，盆里长的绿色植物形状奇特。它属仙人掌科，其叶又长又细如触须，在最轻的风中也能随风摇摆，像挥手向人打招呼。

特里斯代尔的一位朋友站在餐具柜旁，抱怨没有人陪他喝酒。他是新娘的亲哥哥。两个男人都穿一身礼服。公寓里光线暗淡，两人衣服上的纸屑却亮晶晶，像夜空中的星星。

特里斯代尔慢慢解开手套钮扣，刚过去的几小时里的事在脑海迅速闪过。他似乎还能闻到教堂一排排花的芳香，听

* 原名 The Cactus. 见：*Waifs and Strays*, *The Complete Works of O. Henry*, Garden City Publishing Co., Inc., 1937. ——编者注

到无数懂礼貌的人压低声音在说话，女人的衣裙窸窣作响，而牧师把她与另一个人永远结合在一起时慢条斯理说出的话更是一遍遍在耳边回响。

他明知无望却无法摆脱，脑子似乎总在捉摸他为什么和怎样失去了她。事实无情，使他突然有了空前发现——发现了自己的真面目。他曾装模作样、自鸣得意，现在伪装脱去，原形现出。他吃了一惊。没想到，他掩饰灵魂的外衣在别人眼里一直那么破烂可怜。是虚荣和自负作怪吗？他有这两个致命弱点。她身上不存在这两个弱点，但为什么——

当她缓步走向圣坛时，他还一厢情愿地打着自己的算盘。他认为，她脸色苍白是由于在想着另一个人，而不是她即将托付终身的人。但这种可怜的安慰好景不长，当那个人牵她的手时，她马上抬头用清纯的目光看着那个人。他知道自己已被抛到了脑后。后来这种目光再一次出现，他看到了它的含义。他的自负完了，荡然无存。为什么会出现这个结果呢？他们两人不曾起过争执，没有——

他第一千次把前几天大势突然急转直下时的所有事又回想一遍。

她一直把他当偶像崇拜，而他把她的敬重视为理所当然。她向他奉献的一颗心是那么难得；她谦逊（他是这样想的），佩服他（他还可以发誓说）且诚恳。她认为他的优点多得不得了，才能高得不得了，是千里、万里挑一的人。他接受她的敬仰像沙漠吸收雨水，吸收了却开不出花结不出果。

特里斯代尔沮丧地解开第二只手套时，又一件往事清晰在目，说明他的自负已到愚蠢可悲的程度。

那是一个晚上，他向她开口了，要她与她的偶像、他这位伟大人物共度一生。他记得那天晚上她的美丽动人，痛苦得不堪回首。她的头发如波浪自由起伏，她的相貌、声音叫人倾倒。有这等等难道不够吗？由于这等等，他开口了。两人交谈时，她说了句：

“卡拉瑟斯船长告诉我，你的西班牙语说得好极了，就像西班牙人一样。为什么你有这本领却瞒着我？你简直无所不能。”

怪只怪卡拉瑟斯是个白痴。无疑，他特里斯代尔也有过错，不该在俱乐部把词典里看到的几句西班牙谚语卖弄一番（他常这样卖弄）。卡拉瑟斯同样是个对他佩服得五体投地的人，不知他卖弄的这点学问的底细，就添醋加油地说了出去。

哎，糟糕！她的佩服令他洋洋得意。他听了没有否认，竟受之无愧。他并不精通西班牙语，却让她为自己戴上一顶西班牙通的桂冠而没有推脱。他戴着觉得荣耀，没料到柔软的桂冠里有刺，以后会刺痛他。

她多高兴、多羞怯、多激动啊！见到他这个了不起的人物倒在了她的罗裙下，她受宠若惊。当时他敢肯定，现在也能肯定，她的眼神明白无误表示了应允，但出于腼腆，没有马上回答。“我明天答复你。”她说。他认为胜券在握，一笑，答应等待。

第二天，他在自己的房里等得心焦。中午她的马车夫来了，意外地送来种在红泥盆里的仙人掌。没有写信，没有捎话，只有一个标签挂在仙人掌上，写着个看不懂的外国字，也许是盆中植物的学名。他等到晚上，仍然没有等来她的答复。她的傲气重，自尊心强，没有去找他。两天后的一次晚宴上，他们见面了。两人照例打招呼，但她看着他时却现出惊异、紧张的神情。他彬彬有礼，却口吻坚决，等着她解释。凭女人的敏感，她觉察到了他态度的不妙，脸变得冷若冰霜。就这样，两人从此疏远。他错在哪里呢？该责怪谁？现在他认了输，在自负的废墟中寻找答案。如果——

房间里另一个人说话了，一通牢骚打断了他的思绪。

“喂，特里斯代尔，你这是怎么啦？满脸不高兴，好像不甘心只当了陪衬，倒该成亲。你看看我吧，也是个陪衬，却跑了两千里，远道而来，坐条有大蒜臭、蟑螂到处爬的香蕉船，从南美来这儿做这宗赔本生意。你看我就没有负罪感。我只有一个亲妹妹，现在成了人家的人。得啦！喝一杯，别再苦恼。”

“谢谢，我现在不想喝。”特里斯代尔说。

“你的白兰地真难喝。”另一位走过来站到他身边，“以后到雷东达角我那儿去，尝尝老加西亚的走私货。跑一趟值得。喂，这东西我熟悉得很。特里斯代尔，这株仙人掌你从哪儿弄来的？”

“一位朋友送的。”特里斯代尔说，“你知道是什么仙人掌吗？”

“那当然！热带品种。在雷东达角每天见到几百株。这一株标签上有名称。认识西班牙文吗，特里斯代尔？”

“不懂。”特里斯代尔说，显出一丝苦笑，“标签是西班牙文吗?”

“对。当地人觉得它的叶片像在做伸手招呼人的动作，所以起了一个名，叫‘本托马梅’，意思是‘来带我走吧’。”

梦中的吻*

塞缪尔·坦西只不过在廉价药房当店员，瘦长的身躯里却有罗密欧的真情、莱拉的忧郁、达太安的浪漫、梅尔诺特①的非分之想，可惜他不善表达，有羞怯的致命弱点。他喜爱那些天使般的女人，一心想救助、拥抱、抚慰、征服她们，但命运之神却与他过不去，让他见了女人口难张，脸发烧。

时钟指着十点时，坦西还在与一些朋友打台球。他每隔一天可在晚七点后下班休息。即使与同性在一起，坦西也腼腆拘束。脑海里他敢作敢为，豪气过人，可实际上不像二十三岁的青年，举止太不大方，又寡言少语。

---

* 原名 The Enchanted Kiss. 见：*Roads of Destiny*, *The Complete Works of O. Henry*. Garden City Publishing Co., Inc., 1937. ——编者注

① 罗密欧是莎士比亚悲剧《罗密欧与朱丽叶》中的男主人公；莱拉是英国诗人拜伦叙事长诗《海盗》和《莱拉》中的人物，海盗首领；达太安是法国作家大仲马的小说《三个火枪手》中的风流人物；梅尔诺特是英国剧作家利顿的喜剧《里昂贵妇人》中的人物，花匠之子，冒充王子赢得了贵妇人的爱。

一听时钟敲响十点，坦西丢下球杆，用枚硬币敲着柜台，叫服务员收钱。

“坦西，有什么急事?”有人问，“与谁约会吗?”

“坦西有约会？不可能。皮克大妈定了规矩，他十点得回家。”另一个人说。

“没这回事。”一个血色不好的年轻人在抽大雪茄，也插了一嘴，“卡蒂小姐要下楼开门，在门厅跟他接吻，他唯恐去晚了。”

这句挖苦话正中坦西要害，说到了实情，只有接吻属子虚乌有。接吻是他梦寐以求的事，痴心妄想的事，太遥远，太高不可攀，想了也白搭。

坦西生性胆怯，只冷冷地白了挖苦他的人一眼，算是惩戒，便离开台球房，下楼走到街上。

他暗恋卡蒂·皮克小姐已有两年。由于是暗恋，皮克小姐像颗明亮而神秘的星一样令他神往。皮克太太挑挑拣拣收了几个房客，坦西是其中之一。其他年轻人与卡蒂打打闹闹，捏条小虫吓唬她，追她，毫无顾忌地跟她嘻嘻哈哈，坦西见了心变得冰凉。他的爱慕表示得太少，只不过用颤抖的声音问候一声“早上好”，或者吃饭时偷偷看几眼。偶尔喜从天降，夜晚出奇迹，卡蒂没有人约，留在家，能与他在客厅打打积分纸牌，这时他会脸发烧，如痴如醉。哪有在门厅与他接吻的事？得啦，他倒害怕这样哩！不过，又怕又求之不得。

然而，这天晚上同伴的挖苦反而壮起了他的胆，使他产生了奋斗、拼搏、天不怕地不怕的祖先固有的勇气。海盗、冒险家、多情种、诗人、放荡不羁的艺术家的精神他兼而有之。皮克小姐的青睐就是皮克小姐的青睐，她两片甜蜜的嘴唇就是甜蜜的嘴唇，并不像天上的星星高高在上，可望而不可即。他莫名其妙地觉得自己命运多舛、可怜，伤感至极，自然而然想到要寻找安慰。附近有家酒店，他跑去要了苦艾酒。这种酒无疑最适合他的心境，是不得志的人、孤苦伶仃的人、情场无奈的人常喝的酒。

他喝了一杯，又喝一杯，再喝一杯，喝得神情恍惚起来。坦西平时并不喝酒，短短几分钟里连吞下三杯苦艾，他的酒力明显不支。俗话说酒能浇愁，坦西从未试过，现在不过是想用酒解除一腔苦闷。

出了酒店，他不屑地朝皮克家的方向轻蔑地哼哼鼻子，然后转身走进了一条陌生而热闹的大街，就像哥伦布往茫茫大海开始航行。这个比喻并无不当，因为坦西的脚成年累月几乎没有迈出过药房，只在药房和住地间穿行。他的航线定在这两个港口间，遇上逆流也不掉转船头。

坦西漫无目的走着，不知是由于对这一带生疏，还是由于刚刚壮起了胆要去闯荡，或者有鬼使神差，他最后走进了一条没有行人，没有灯光，没有声响，空荡荡，家家户户关着百叶窗的街道。走着走着，路突然到了尽头（圣安东尼奥西班牙人建的老城区中的许多街道都会这样），迎面立着一堵高高的砖墙。不过，路并没有堵死，左右各有一条狭窄的通道，铺着鹅卵石，没有灯。路的右边有一个矮坡，坡上砌着五级石灰石台阶，台阶的一侧连着一堵同样高的砖墙。

坦西坐到台阶上，想着他爱慕的人，着急这姑娘根本不知道他爱上了她。后来又想到了皮克大妈，觉得这胖大妈虽眼盯得牢，心地却好，见到他和卡蒂在客厅打牌没有不高兴的表示。没有不高兴的表示原因在于药房开给他的工资不低。说来可怜，这份工资使他算作了皮克家的星级房客。他又想到卡蒂的父亲皮克船长。这人叫他又怕又厌恶，貌似体面，其实游手好闲，乱花钱，还搜刮老婆辛苦挣来的。他性格古怪，据说一直是这么怪。

夜晚渐冷，起了雾。闹市区离他已远，那儿的电灯一闪一闪像幽灵，照着上空的雾，光线成圆锥形，飘忽不定，颜色五花八门叫人说不出名目。现在他的眼睛已经适应了黑暗，看出横街而立的墙头顶盖上竖着一排尖铁。墙后朦朦胧胧现出一个个山峰似的锐角形，锐角形中又东一个西一个夹着小平行四边形。看了半天，坦西终于明白过来，这些山峰原来是圣梅塞德斯修道院。由于观察的角度关系，这座古老雄伟的建筑才显出这模样。一阵悦耳的歌声传来，更使他觉得没有错。是纯真的修女在唱圣歌，甜美圣洁的高音唱得和谐动听，远飘至修道院外。修女在几点钟唱歌呢？六点、八点、十二点？他犯糊涂了。坦西靠到石灰石墙上呆呆出神。接着出现了怪事。空中到处飞翔着白鸽，盘旋一阵后落到修道院墙上。墙本来是坚硬的石头砌的，却长出了许多发亮的绿眼睛，盯着他，眨着。坑坑洼洼的路上，一个坑里蹦出个穿粉红衣的小精灵，赤着脚翩翩起舞。天上出现了成群结队、打着蝴蝶结的猫，迤逦而过，场面壮观。歌声越来越响。这个季节没有的萤火虫一闪一闪从眼前飞过。夜幕下莫名其妙听到有人在轻声说话，却听不清说些什么。

坦西坦然看着这些现象。他的认识进入了一个新境界，同时觉得心静如水，明如镜。

突然他不愿再坐，想往前闯，起身拐进了路右面黑黢黢的狭窄通道。通道一边是高墙，再往前有两排房屋，都黑灯瞎火。

这个地区曾是西班牙人的天下，虽经百年风雨，混凝土加土砖砌的房子仍旧阴森森傲然而立。在昏暗的通道抬头望，可以看到天幕下摩尔式建筑的阳台的轮廓。他感到阵阵冷风在石墙的夹缝中穿过，脚不时碰到半埋在石板里的铁环，发出叮当响。这一带的街道如今已冷落萧条，当年来往的却是高傲的西班牙贵族，一个个高视阔步，志得意满，不曾料到印第安人已举起战斧，拓荒者已端起步枪，要把他们赶出美洲大陆。坦西跌跌撞撞走在旧世界的土地上，抬头一看，尽管夜色茫茫，却见阳台上站着靓丽的西班牙安达卢西亚美女，有的在开心地笑，有的在静听仍在回荡的刺耳音乐。还有的神色恐慌，竖起耳朵，仿佛在等待夜幕下会传来骑士的马蹄声，其实马踏石头的声音百年前就消逝了。这些女人没有开口说话，但坦西听到了缰辔声、踢马刺上的齿轮声，时不时还有一声恶狠狠的外国话，只不过见不到马和骑马人。他并不胆怯。人影也罢，人声也罢，都吓不倒他。害怕吗？不！害怕皮克大妈吗？害怕见他心爱的姑娘吗？害怕酒鬼皮克船长吗？没有这回事。不怕这些幽灵，也不怕鬼魂般纠缠着他的歌声。唱什么歌！他来露一手看看！他放开嗓门，没腔没调地唱着：

当你听到叮叮当当的铃声，

就知道今夜古城不得太平！

鬼也好，怪也好，听了都得明白，不要来惹他。

坦西说不清自己在这条闹鬼的小道上走了多久，只知道最后到了条宽敞的路。在离路口几码远处，他看到路口有一间门面寒酸的小糖果点心店。从窗口往里瞧，见到这家店陈设可怜，卖的散装汽水、烟、糖果全是便宜货，还发现了皮克船长，正在凑着煤气吊灯点香烟。

坦西走到路口时皮克正好从店里出来，两人正面相逢。他发现这次面对面，自己竟能坦然，不禁心头一喜。分明是皮克！他一抬手，两个手指头“叭”地弹得很响。

见药房店员表现得胆大，皮克倒胆怯了，一脸惊恐。以往，他这张脸叫别人的脸只有惊恐的份。船长眼睛小，下巴肥得打褶，表情贪婪邪恶，是典型的异教徒的丑恶嘴脸。紧挨这家店有条沟，沟边停着辆马车，马车门关着，背朝坦西，车夫坐在车上一动不动。

“哟，是坦西！”皮克嚷嚷着，“坦西，你好！抽支烟，坦西。”

“哟，是皮克！”坦西的嗓门也大，“这么晚了，还在鬼混什么，皮克？跑到冷清清的地方，车门关着！呸，皮克！”出言能这么大胆，坦西得意洋洋。

“车里没人。”皮克若无其事地说。

“谁在车里谁倒霉。”坦西的话没有好气，“皮克，你听着，我看见你就来气。你这酒糟鼻子混蛋！”

“哼，这小子喝醉了！我以为他想找茬，原来是喝醉了。”皮克说，且高兴起来，“坦西，回去吧，别在街上找人闹事。”

但就在这时，一个穿白衣服的人从马车里跳出来，一声尖叫划破夜空：“塞缪尔！塞缪尔！快救我，塞缪尔！”听声音是卡蒂。

坦西朝她冲去，但大个子皮克船长往前一拦。大千世界，无奇不有！一贯胆怯的年轻人一挥右手，大个子船长倒到地上，破口大骂。坦西飞跑过去把卡蒂抱进怀里，成了得胜的武士。卡蒂仰着头，坦西吻了她。这一吻如同闻紫罗兰，如同触电，如同喝蜂蜜，如同饮香槟酒！他的梦想终于成真。

卡蒂心神定了后说：“塞缪尔，我知道你会来救我。你知道这些混账东西要把我怎样吗？”

“给你拍照片吗？”坦西说，自己也不明白为什么说出这样的傻话来。

“不是！他们要吃掉我。我亲耳听到他们这样说。”

“吃掉你？”坦西问，想了想又说，“不可能，没有菜盘怎么吃？”

但是他突然听到了声响，忙一转身，只见船长和一个长相凶恶、留长胡须、披皮纹外套、穿红灯笼短裤的矮个子已经逼近。矮个子几个箭步窜出二十英尺，抓住了他。船长揪起卡蒂，任凭卡蒂乱叫，塞进马车，接着自己也上了车，扬长而去。矮个子把坦西高高举过头顶，跑进店里，然后一手掀开一只装了半桶冰块的大桶，另一手把坦西扔了进去，盖上桶盖。

这一扔扔得不轻，坦西人事不知了。等醒过来，只觉得背部和四肢冷得厉害。睁眼一瞧，见自己仍坐在石灰石台阶上，面对着墙和圣梅塞德斯修道院。他首先想到卡蒂那个令人神魂颠倒的吻。接着想起皮克船长的暴行，自己奇怪而神秘的经历，跟那凭空冒出的矮个子之间的莫名其妙的遭遇战。这等等使他的心不能平静，使他愤怒，但是没有给他不真实的感觉。

“明天我再去那地方，敲断丑角矮鬼的脊梁骨。”他狠狠地咕噜着，“凭什么跑过来多管闲事，抓住他没有见过面的人往冰桶里扔!”

但他想得最多的是那一吻。“早该这样，”他心里在念叨，“卡蒂求之不得，她叫我‘塞缪尔’叫了四次。那条街我再不去了，古怪事太多。叫人猜不透，她怎么会说人家要吃了她呢?”

坦西有些昏昏欲睡，但过了一会他决定再往前走。这次他进了左面的街，开始一段是平路，后来渐渐成了下坡，通到一大片没有灯光的空地，就是往日的练兵场。他看到左面几百码外沿练兵场有一线灯光，马上认出了那是什么地方。

墨西哥风味美食，原来曾风行一时，到现在摊点却所剩无几，都在那个狭窄地带。几年前，历史遗迹阿拉莫广场上夜夜支起帐篷，像过狂欢节，过农神节，[①] 盛名远播。设摊的数百，光顾者成千上万。阿拉莫广场彻夜热闹非凡，成了

① 古罗马节日，在十二月中旬。

圣安东尼奥夜猫子的聚集地。人群川流不息，有来寻找风流小姐的，有来听古怪的西班牙歌手唱歌的，有来吃形形色色墨西哥美食满足口腹之欲的，有吹牛闲逛的，有看热闹的，有游客，有牧场主，有一家大小。开酒瓶声，手枪碰手枪声，人与人对话声，数钱币声，笑声，眼睛的亮光，宝石的亮光，匕首的亮光，这等等是夜晚的旋律和风光。

但是现在好景不再。节日般的盛大场面不见了，只剩下六七顶帐蓬，几个火炉，几张桌子，依旧留在废弃的古练兵场里。

坦西晚上常到小摊吃美味的辣味肉末，一道墨西哥人的拿手菜，里面有剁碎的鲜肉，香草，辣椒，风味独特，火辣辣，对南方人的胃口。

这道菜的香味叫人馋涎欲滴，顺风飘到坦西的鼻子里，使他忍不住想吃。他刚转身往那方向走，只见黑黢黢的广场里冲出一辆马车，直奔墨西哥人的帐篷。摇曳的灯光下晃过几个来回的人影。接着马车又疾驰而去。

坦西走过去坐到一张桌边，桌上铺着花油布。这时没有人来车往。另一张桌边坐着几个毛头小子，边吃边闹哄哄。守摊的墨西哥人懒洋洋无精打采。这地方波浪不兴。城市夜晚的噪音撞上广场四周黑黝黝的房屋外墙，变得微乎其微，听得分明的只有火炉偶尔发出的劈啪声和刀叉调羹声。一阵东南风吹来，吹得人昏昏沉沉。天空没有星星，像个铅盖将地球死死盖住。

就在这种静谧的气氛中，坦西偶一回头，看见一队鬼影似的骑兵冲进广场，杀向一队来阻挡他们的步兵，但是他并没有害怕。他看得到枪炮交火时耀眼的光，却听不到声音。在享口福的人满不在乎，照吃不误，无心看双方交战。坦西也懒得猜这些只交战不呐喊的兵是哪国兵，只见墨西哥女人走来招呼他，要了辣味肉末和咖啡。这女人上了年纪，操劳过度，脸皱得像苦瓜皮。她从火炉边的一只桶里舀了菜后又回到附近黑洞洞的帐篷里。

过一会，坦西听到帐蓬里有声音，是有人在哭，在用西班牙语苦苦哀求。接着出来两个人，灯光下看得清楚，一个是那上了年纪的女人，另一个是男人，衣着华丽。女人揪着男人，在要什么，男人却不给。男人挣脱身后狠狠把女人打进帐蓬，女人哭哭啼啼没有再出来。那男人看到坦西，忙走到坦西坐的桌旁。坦西认了出来，是他光顾的小摊的摊主，拉蒙·托雷斯，墨西哥人。

托雷斯年约三十，几乎纯西班牙血统，外表英俊，性格高傲，待人却彬彬有礼。这天夜晚他穿得格外阔气，一身威风凛凛的紫色天鹅绒斗牛士服，缀满珠宝绣满花，衣上和手上几颗特大的钻石光闪闪。他拖过一把椅子与坦西面对面坐下，慢条斯理卷着一支香烟。

“你好，坦西先生。”他说，黑而亮的眼里的怒火依然未灭，“今天晚上见到你很高兴。坦西先生，你光顾我这里已经多次，我觉得你这人可靠，够朋友。要是叫你永远离开，你乐意吗？”

“就是再也不来了吗？”坦西问。

“不是。我说错了，是永不离开，就是永远不死。”

“没有这种事。”坦西说。

托雷斯把胳膊肘撑在桌上，吸了一大口烟才说话，每说一个字都吐出股灰色的烟：

“坦西先生，你猜我多大年纪？”

“二十八九，至多三十。”

墨西哥人说：“今天是我生日，已经满四百零三岁。”

“这就证明我们这里空气好，使人延年益寿。”坦西随口说。

“不在于空气。我告诉你一个秘密，让你受益无穷。坦西先生，你仔细听听。二十三岁时我从西班牙到墨西哥。你猜那是哪一年？是一五一九年，跟着科尔特斯·埃尔南多①的大军。我到你们国家是在一七一五年，攻占阿拉莫我亲眼见到了，这些事仿佛都是昨天的事。三百九十六年前，我学到了长生不老的秘诀。你瞧瞧我这身衣服，还有珠宝钻石，坦西先生，你不会只当都是我卖辣味肉末挣钱买的吧？”

“当然不会。”坦西马上说。托雷斯哈哈大笑起来。

“不瞒你说，还当真是！不过，卖的不是你现在吃的这种。我另有一种，吃了能长生不老。你信不信？我有一千个主顾，每人每月给我十比索。你算算，每月一万比索！乖乖！你说我怎么会不穿得漂亮？刚才你见到了想拖住我的那个老妈子吧？她是我老婆。我娶她时还年轻，才十七，漂亮得很。现在你瞧，照样也老了，还凶得很。我没有变，一直年轻。今天晚上我穿了这身衣服，决心再找个年龄相配的老

① 科尔特斯·埃尔南多（Cortes Hernonda，1485—1547），西班牙人，1519年率军征服墨西哥。

婆。这老妈子想抓破我的脸，哈哈！坦西先生，你们美国人也一样。”

“你是说一样吃补品？”坦西问。

托雷斯凑近坦西，身子几乎趴到了桌上。“你听我说，辣味肉末的料不是牛肉、鸡肉，是人肉，年轻细嫩的姑娘的肉。奥妙就在这里。你要月月都吃，还得在月圆前那天吃，才能长生不老。坦西，你看我信任你，够朋友吧？今天晚上我买了个年轻姑娘，很漂亮，水灵灵，又丰满。明天做成辣味肉末。哎哟，买这姑娘我花了一千美元，是从一个美国人手里。这人顶呱呱，大家叫他皮克船长。先生，你怎么啦？”

原来，坦西一跳而起，碰翻了桌子，他耳边响起卡蒂的话：“他们要吃掉我，塞缪尔。”看来，卡蒂丧尽天良的父亲果然要让她遭这样的厄运。他刚见到广场里冲出的马车竟然是皮克船长的。卡蒂在哪儿呢？也许已经……

他还没有拿定主意怎样办时，帐蓬里传来一声尖叫。墨西哥老太婆跑了出来，手拿一把明晃晃的刀，嚷着：“我把人放了，再不能让你杀人了。他们会绞死你。你这忘恩负义的家伙，你这妖魔！”

托雷斯哼了一声，向她扑去。

墨西哥老太婆大喊大叫着：“拉蒙，你本来是爱我的呀！”

墨西哥人挥手一击，说：“你老了！”老太婆倒在地上一动不动。

又听到声尖叫，帐篷的门帘一撩，卡蒂站在了门口，面无人色，手腕被绳紧紧缚着。

“塞缪尔，快来救我呀！”她大叫着。

坦西勇气百倍，绕过桌子，向墨西哥人猛扑。正在这时，全城响起午夜的钟声。坦西伸手逮托雷斯，逮到的却只有毛绒绒的天鹅绒和冷冰冰的钻石。接着，衣裳华丽的斗牛士在他手中变为一具干尸似的人，四百零三岁，皮包骨头，面如树皮，胡须全白，脚踏拖鞋，衣裳破烂，嘴哇啦哇啦乱叫。墨西哥女人从地上爬起来，大笑着，她伸出只深褐色的手，拧着老家伙的脸。老家伙还在哀号。

“你去呀，去找年轻姑娘呀！”墨西哥女人大声说，“拉蒙，让你变成这副模样的是我！你每个月吃延年益寿的辣味肉末，可惜让我误了你的时间，本该昨天吃的错记成了明天吃。现在全完了。滚吧，混蛋！你这老东西哪配得上我！”

坦西放开白胡须老头，说：“年龄配不配是你们家的私事，不用我操心。”

他拿起桌上一把刀，三下两下割开救下的美女手腕上的绳索，这天夜晚第二次亲吻了卡蒂·皮克，第二次赏到了甜蜜、美妙、心花怒放的滋味，多日的美梦也第二次成真。

突然，一把冷冰冰的刀插进了他后心窝，只觉得全身的血在慢慢凝固，又听到那长生不老的西班牙人在咯咯笑，看到广场晃动起来，最后晃得天旋地转，自己便人事不知了。

坦西再睁开眼时，发现自己仍旧坐在台阶上，面对静寂无声的修道院黑色的身影。后心窝还冷冰冰，还痛得厉害。他怎么又回到了这地方呢？他双脚发麻，好不容易才站起来，伸伸手，手也僵了。他靠到石墙上，回想着这天夜晚两次走下台阶后莫名其妙的经历，一些细节叫他难以置信。他究竟是在梦中遇见了皮克船长、卡蒂、古怪的墨西哥人呢？还是当真遇见了这些人，却由于脑子犯昏，才生出奇奇怪怪的事来呢？他突然灵机一动，喜上心来。几乎我们每个人在一生中的某个时刻，或者为了原谅自己的愚蠢，或者为了抚慰自己的良心，会相信真有命运。我们会树立一个大智大慧的命运之神，它能给人种种暗示和信号。坦西就是这样，他通过这天夜晚一连串的事看出了命运的昭示。他的所有经历都以同一结局而终，那就是吻了卡蒂。这一吻仍留在他的记忆里，越回忆越清晰，越叫他心醉。显然，这天夜晚命运之神向他举起了一面镜子，让他看到无论走哪一条路，都有什么在等着他。他立刻转身加快脚步回家

* * * *

卡蒂小姐穿件合身的浅蓝色休闲长袍躺在自己房间的靠椅里，烤着炉中快灭的火，一双小脚没有穿袜子，套在天鹅毛滚边的拖鞋里。她靠着盏小灯，在看星期天报纸的社会新闻，两排雪白的小牙齿有节奏地动，咬着什么好吃且经咬的东西。她的眼光落在花边新闻上，耳朵却留意着外面的动静，还时不时瞟一瞟壁炉架上方的钟。每当柏油人行道上传来脚步声，她的圆下巴就会暂停有规则的一上一下的动作，漂亮的眉毛跟着扬起，耳朵开始静听。

终于，她听到了铁门的门闩咔嗒一响，忙一跳而起，快步到镜子前，理理额前的头发，整整衣襟，女人的这些动作

的目的在于让即将到来的客人见了她着迷。

门铃响了。卡蒂小姐忙中出错，没有把灯拨亮，反而拨暗了。她轻手轻脚快步下楼到门厅，一扭锁打开门。坦西先生侧身进了屋。

“哟，怎么啦？是你坦西先生呀！”卡蒂小姐说，“都已经深更半夜了，把我叫醒给你开门，好意思吗？你这人真糟糕！”

“我回晚了。”坦西兴冲冲地说。

“不算晚才怪！我妈老记挂着你。汤姆·麦吉尔那家伙可恨，每次你十点还没有回来他就说你到外面找哪个姑娘了。我讨厌麦吉尔先生。得啦，坦西先生，回晚了就回晚了，我不想多责怪你。哟，我把灯拧反了。”

卡蒂小姐轻叫了一声。她心不在焉，没有拨亮灯，倒拨灭了灯。眼前一片漆黑。

坦西听到一阵银铃般的咯咯笑声，闻到股天芥菜的醉人芳香，感到一只柔嫩的手摸到了他的手臂。

“我真笨！你摸得到路吗，塞缪尔？”

“我——我——我好像有火柴，卡——卡蒂小姐。”

咔嚓一声，火柴划着了，追踪命运却无胆量的人伸着手臂，让火柴光照亮了一出戏叫人扼腕的最后一个场景：一位姑娘鄙夷地撅起没有被人吻的嘴，慢慢取下灯罩，让人点燃灯芯，然后不屑地手一挥，指指楼梯。在命运的排行榜上本居榜首的坦西走上楼梯，就此完蛋，成了不幸儿。我们可以想象，这一刻，历来手脚麻利的命运之神正方寸大乱，已把事情弄得一团糟。

寻宝记*

傻瓜有各种各样。请各位耐心坐着，如果我没有指名道姓，都别站起来，好吗？

我什么傻事都干过，除了一件之外。我挥霍了祖传家业，打算过结婚，爱打扑克，打网球，做过空手买卖，结果钱财很快东零西散。但是，有一种丑角我没有当过，就是寻宝人。很少有人犯这种昏。但是，在所有跟在财神爷屁股后跑的人中，谁也比不上他们兴冲冲。

然而，我要说句离题的话（秃笔离题在所难免）：我是个傻乎乎的情种。我见到梅·玛莎·曼格姆后立刻迷上了她。她年方十八，皮肤白得像新钢琴的象牙键，仪态端庄，容貌美丽，楚楚动人如天仙，只可惜被贬生活在得克萨斯州草原上的一个冷冷清清的小镇。论气质，论魅力，她摘取比

---

* 原名Buried Treasure. 见：*Options*, *The Complete Works of O. Henry*, Garden City Publishing Co., Inc., 1937. ——编者注

利时或其他王国王冠上的红宝石易如反掌，但她自己并不知道，我也没有点破。

你能理解，我想使梅·玛莎·曼格姆成为我的人，希望她陪伴我，每天把拖鞋和烟斗放到夜晚找不着的地方。

梅·玛莎的父亲留着大胡须，戴副眼镜。他的生活离不开昆虫、蝴蝶，有飞的、爬的、嗡嗡叫的、钻进你脖子的、落到黄油上的，形形色色。他是昆虫学家，这样说八九不离十。他天天用网捕空中飞虫，用大头针钉住，写上名称。

他这一家只有他和梅·玛莎两口。在他眼中，梅·玛莎是人类中的优秀物种，因为有了梅·玛莎，他该吃时有吃的，衣服不会穿反，酒瓶里不会缺酒，而人们都说，科学家往往心不在焉。

除我之外，还有一个人在打梅·玛莎·曼格姆的主意。此人叫古德洛·班克斯，年纪轻轻，大学刚毕业回家。书本知识他应有尽有，包括拉丁文、希腊文、哲学，特别是数学和逻辑学中的高等分支。

如果他不把他的学历和知识逢人便说，我会很喜欢他。但即使如此，你也会当我和他是好朋友。

我们一有机会就聚在一起，因为我们俩都想从对方口中套出梅·玛莎·曼格姆的心向哪个方向偏——这不过是说说而已，古德洛·班克斯绝没有这种心思，我的意思是情场对手往往这样干。

也许你会说，古德洛爱看书，爱动脑，讲究礼貌、修养、衣着，我给你的印象是爱打垒球，爱参加周五晚上的辩论会（这与文化有关），还是名好骑手。

但是在我们的交谈中，在我们去梅·玛莎家时，以及从梅·玛莎的话中，古德洛·班克斯和我都看不出她偏向谁。梅·玛莎生来态度坦然、口风紧，在摇篮里就懂得如何叫人捉摸不透她。

前面我说过，曼格姆老头常心不在焉。然而天长日久，有一天他发觉了（一定是哪只小蝴蝶告诉他的），有两个年轻人在布网，想套住照料他舒舒服服过日子的年轻姑娘——他的女儿，反正是法律上属于他的人。

我没有料到科学家能应付这种事。曼格姆老头轻而易举把我和古德洛归为脊椎动物的最低等级，只不过没有贴标签。他将我们归类时说的是英语，拉丁语只用了三个词：Orgetorix，Rex，Helvetii。[①] 刚好，拉丁文我仅懂这三个词。他告诉我们，如果再撞见我们到他家附近来，就要把我们收拾做标本。

我和古德洛·班克斯躲了五天，避风头。等我们再有勇气去梅·玛莎·曼格姆家时，她和她父亲不见了踪影，竟然搬走了，租的房子大门紧闭，标本、家具一扫而空。

梅·玛莎没有给我们留下一句话，山楂树上不见白纸留的条，门柱上没有粉笔做的暗号，连邮局里也找不到明信片，总之线索全无。

古德洛和我，特别是我，费了两个月心机寻找远走高飞的人。我们与车站的售票员、马车行的人、列车乘务员，以

---

① 意为“古瑞士之王奥格托里斯。”奥格托里斯曾企图征服全高卢，但未遂愿。

及当地唯一的警察交朋友，拉关系，但没有结果。

从此我们两人成了更要好的朋友，也成了更誓不两立的冤家对头。每天下午干完活，我们到辛德酒店的后房见面，一道玩骨牌，话里互设陷阱，想套出对方有否发现。情场对手往往这样干。

且说古德洛卖弄学问有一套妙法，使我显得只念过“简丫头可怜，死了只小鸟，没有伴玩了”之类童谣。我很喜欢古德洛，虽然不把他在大学里学到的学问放在眼里，但我向来脾气好，所以没有发火。再说，我想摸到他是否有梅·玛莎消息的底细，与他相处只好忍气吞声。

一天下午闲聊时他对我说：

“埃德，万一你当真找到了她，又能怎样呢？曼格姆小姐是个有头脑的人。也许她的大脑还有待开化，但你注定满足不了她的需要。同我交谈过的人，唯有她能欣赏古代诗人、作家，以及继承和发展了他们人生哲理的近当代文人的才气。难道你不觉得你找她是白费时间吗？”

我说：“我理想中幸福的家是得克萨斯草原上一栋八开间房子，四周橡树旁有一泓清水。客厅里有架钢琴，带自动弹奏器的。牧场上起码有三千头牛。门外停辆四轮马车，柱子上拴匹小马，随时等候女主人吩咐。牧场挣的钱梅·玛莎·曼格姆爱怎么花就怎么花。她天天陪着我，给我收拾拖鞋、烟斗，以免晚上找不着。这是我的理想。你学的那些课程、知识、哲理比起我的理想来不过是个无花果，而且是小摊上发干的无花果。”

古德洛·班克斯重复了句：“你满足不了她的需要。”

我回答说："别管她需要什么，反正见不到人了。我会尽快找，用不着哪个大学帮忙。"

"没牌好打啦!"古德洛说，放下一张牌。我们喝着啤酒。

不久后，一个我认识的年轻人从农场到了镇上，拿来张蓝色纸，是折了几折的。他说他爷爷刚刚去世。我强忍住眼泪。他接着说，老人把这张纸珍藏了二十年，最后当做遗产留给了家里人。其他遗产只有两头骡子和一片不毛之地。

这张纸年代已久，蓝颜色，还是主张废除奴隶制的一派人和主张从美国分离的一派人干仗的年头使用的。纸上写的日期为一八六三年六月十四日，记载了十头毛驴驮的金银埋藏地点，其价值达三十万元。山姆，即爷爷老朗德尔，是从一名西班牙教士那里听来的消息。埋宝藏时教士在场，多年前——不对，是多年后，死在老朗德尔家。老朗德尔把教士的口述记了下来。

我问小朗德尔："你父亲为什么不去找呢?"

他答道："没等去找眼睛就失明了。"

我又问："为什么你自己不去?"

他说："这张纸我早十年前就听说了。可是一年中首先要春耕，接着玉米地要除草，除完草要给牲口备饲料，接着眼见到冬天。年年这些事都要做，没完没了。"

我觉得这些话完全有理，当场决定与李·朗德尔一道寻宝。

纸上的交待很清楚。驮财宝的一队毛驴从多洛雷斯县一个西班牙人的居住地出发，在指南针指引下往南到了阿拉米托河。驴队趟过河后把财宝埋在两座大山间一座形似驮鞍的小山山顶。埋宝地堆了一堆石头做标记。几天后除西班牙教士外，所有人都被印第安人杀死，秘密仅为一方独知。我觉得很有希望。

李·朗德尔提议买一套野营装备，雇一个测量员测出从西班牙人住地到藏宝地的路线，挖出那三十万元后去沃思堡观光。正因为没有受过高等教育，我有一个省时省费用的办法。

我们找到州土地局，根据从西班牙人住地到阿拉米托河的所有测绘资料，绘制了一张用他们的话来说“顶用的”简明地图。我在地图上标了一条往南到河边的线，图上每段测出的距离和方位都准确无误。我们按图索骥，找到了过河地点，并且确认这个地点就是洛斯阿尼摩斯十五英里测绘图上清楚标明的一个重要地点——西班牙菲力普国王的一块封赏地。

这样一来我们用不着雇测量员测路线，省了许多开销和时间。

于是，李·朗德尔和我备了辆两匹马拉的车，带上各种用品，赶了一百四十英里路，来到离我们要去的地点最近的小镇奇科。我们在镇上雇用了县测绘员的一名副手，他为我们找到了洛斯阿尼摩斯测绘图上标的地方，偏离我们简明地图的地点以西五千七百二十巴拉。[1] 他在那地方放了块石头，喝过咖啡吃过咸肉后坐邮政马车回到奇科。

---

① 巴拉为西班牙单位，合0.835米。

我很有把握把那三十万元弄到手。李·朗德尔只能分三分之一，因为所有开销由我掏了腰包。有了这二十万，梅·玛莎·曼格姆在天涯海角我都能找到。用这笔钱，我还能叫曼格姆老头的蝴蝶标本又飞起来。一切全看财宝能不能找到！

我和李搭起帐篷。河对岸有十九座小山，山上长满雪松，但是没有一座像驮鞍。我们并不心灰意懒，表象不可靠。正如情人眼里出美女，你觉得像驮鞍就是驮鞍。

我和知道财宝秘密的人的孙子仔细在长满雪松的山上找，不亚于女人找身上东躲西藏的跳蚤。在沿河上下游两英里范围内，每座山的山顶、山坡、山腰、山脚、山凹，坡陡的、坡缓的，我们无不搜索，花了四天时间。最后我们套好花马和暗褐色马，拉着吃剩的咖啡、咸肉，行走一百四十九英里回到孔乔市。

返回的路上李·朗德尔嚼了许多烟。我忙于赶车，因为回家心切。

空手而归后不久，古德洛·班克斯和我又在辛德酒店的后房一道玩骨牌，探对方底细。我告诉他，去寻宝了。

“如果发现了那三十万，我能挖地三尺把梅·玛莎·曼格姆找到。”我对他说。

“她的需要你满足不了。”古德洛说，“我会找到她。不过，你说说，那笔财宝草草埋了，你怎样发现埋宝的地点呢？”

我一五一十告诉了他，让他看了简明地图，图上清楚标了距离。

他满不在乎地扫过一眼后，往身后一靠，发出一阵在大学学来的盛气凌人的狂笑。

笑得缓过气后他说："得啦，吉姆，你是个大傻瓜。"

我不动气，捏住手中的双六，说："该你下注。"

"十二。"古德洛说着用粉笔在桌上画了两个叉。

我问："我傻在哪里？许多地方有人挖到过金银财宝。"

他说："傻在你画线确定河边的地点时忽略了磁差。那地方的磁差是偏西二十二度。你把铅笔给我。"

古德洛·班克斯在一个信封背面迅速画了条线。

他说："从西班牙人的住地由北往南画条线代表的距离是二十二英里。据你所说，这条线是依照一个小指南针画出的。由于磁差的关系，你在阿拉米托河寻宝的地点应距你去的地点以西六英里九百四十五巴拉。吉姆，你看你多傻！"

我问："你说的磁差是怎么回事？我原以为数字就是数字，可靠得很。"

古德洛说："磁差指指南针与子午线之间的偏差。"

他自以为了不起地一笑，但接着我从他脸上看出了寻宝人的一种特有的急切和贪婪的神情。

他摆出有大智大慧的人的神气，说："有时候，地下埋了金银财宝的传说并非没有根据。那张说明藏宝地点的纸你能不能让我看看？如果我们一道——"

结果，本是情场敌手的我和古德洛成了寻宝的搭档。我们在最近的火车站坐车到奇科。在奇科，我们雇了辆有篷带扎营装备的马车，再请了同一位测绘员，按古德洛说的磁差修正了路线。修正完毕，打发他回了家。

到目的地后天色已晚，我喂了马，在河边生火做饭。古德洛本来应该帮一把，但是他上过大学，做这一类具体事不合适。

然而，在我干活时，他会说些古人的至理名言，想让我欣赏。他大段大段引用希腊文的译文。

“这是阿那克里翁[①]的一段，曼格姆小姐很喜爱，我刚朗诵过。”他解释说。

“她的需要我满足不了。”我把他说过的话重复一遍。

古德洛说：“还有什么比与古典名著为伴，生活在学识和文化的气氛中更舒心的事吗？你老是诋毁教育。你连最简单的数学都不懂，不就白费了力气吗？如果我不用我的知识指出你的错误，你哪年哪月才找得到财宝？”

我说：“你先看看河对岸的山，我们找不找得到还难说。我仍旧怀疑什么磁差。我从小就听说，针指的方向是正北。”

时间正值六月，第二天上午艳阳高照。我们一大早起身吃饭。古德洛被早上的景色迷住了，我烤咸肉时他朗诵起了诗，不是济慈的就是凯利或雪莱的。河水浅得像山涧，我们准备到对岸长满雪松的尖顶小山寻宝。

我在洗早餐用的铁盒时，古德洛拍拍我的肩说：“好哥们，让我再看看那张宝贝纸吧。我相信上面说清楚了那驮鞍形的山怎样爬。驮鞍我从来没有见过。吉姆，是什么模样

① 阿那克里翁（Anacreon，公元前约570—?），古希腊抒情诗人，作品多歌颂爱情。

的呢？”

我说：“文化丢了一分。我一见能认出来。”

古德洛看着老朗德尔留下的那张纸时，突然说出了一句大学里没人说的脏话。

“你过来，快看！”他举起那张纸对着阳光，又用手指着。

在那张蓝色纸上我有了新发现，看见几个白色的字和一个数：“莫尔文，[1] 1898”。

“这又怎么啦？”我问。

“这是水印。”古德洛说，“纸是1898年造的，纸上写的年份是1863，明摆着的伪造。”

我说：“这我就说不上了。朗德尔一家是乡下人，朴实可靠，没有念过书。说不定是造纸的人想捣鬼。”

古德洛·班克斯一听发了火，但也不乏上过大学的人应有的节制。他摘下眼镜，恶狠狠地瞪着我。

“我常说你傻你就是傻。”他说，“你上了乡巴佬的当，还把我也拖下了水。”

“我怎么拖你下水了呢？”我问。

“就怪你无知。”他答道，“我看出了你打的算盘有两个大错。只要上过几天学的人，都不会出这种错。你害我花冤枉钱，跟着你上当寻宝。我不干啦！”

我站起身，拿着刚洗的一把湿漉漉的大白勺子指着他。

“古德洛·班克斯，你上了几天大学有什么了不起。

① 莫尔文（Malvern）为美国的一个地名。

上大学的人个个我见了觉得刺眼，对你更瞧不起。你那点学问有什么用？让你倒了霉，朋友见了你讨厌。得了吧，什么水印不水印，磁差不磁差！我才不信哩！我不管那一套，要寻我的宝。”我说。

我又用勺子指着河对岸一个驮鞍形小山。

“我要去那座山寻宝。”我又说，“你去不去听便。要是为一个水印或什么磁差你就不干了，当真是个没出息的人。你看着办吧。”

河边远处升起一团灰尘，从赫斯珀勒斯去奇科的邮车来了。古德洛挥手招呼。

他气愤地说：“我不再上当了。现在谁信那张纸谁是大傻瓜。哼，吉姆，你傻到了家。好自为之吧！”

他拿起自己的东西，爬进邮车，气冲冲扶正眼镜，一溜烟走了。

我洗完盘子，把马换了块草地拴住，然后趟过河，在雪松间慢慢往驮鞍形小山山顶走去。

六月的这一天天气好极了。我出生以来从没有见过这么多鸟，这么多蝴蝶、蜻蜓、蚱蜢，从没有见过这么多空中飞的，地上爬的。

在驮鞍形山上，我从山脚细细搜索到山顶，没有见到埋宝的迹象，没有石头堆，树上不见往日留下的刻痕，朗德尔老头那张纸上说的三十万元财宝无影无踪。

下午天气转凉，我从山上下来。突然在树丛中出来后我走进了一个景色如画的绿色山谷，山谷中有条小溪，流入阿拉米托河。

可是我意外地看到了一个人，以为是野人，吃了一惊，他披头散发，一脸胡须，在追一只翅膀鲜艳的特大蝴蝶。

“大概是疯人院逃出来的。”我想，心里奇怪他怎么会不与有教养有学问的人住在一起，跑到这样偏僻的地方来。

我往前走了几步，发现小溪边有座藤叶覆盖的小屋。在一片草地上，我看到梅·玛莎·曼格姆在摘野花。

她直起腰后眼盯着我。我第一次看到她白如新钢琴键的脸上泛起了红色。我一句话不说朝她走去。她摘的野花不知不觉慢慢从手上掉到了草地上。

“我知道你会来，吉姆。”她毫不隐瞒地说，“爸爸不让我写信，但我知道你会来。”你不难猜到接着发生的事，因为我的车和马就在河对岸。

我常怀疑，如果所读的书不能为自己所用，读那么多书究竟有什么意义？如果只会让别人受益，自己益从何来？

梅·玛莎·曼格姆与我生活在一起。我们在橡树林里建了栋八开间房子，钢琴带自动弹奏器，牧场上养了三千头牛。

夜晚我骑马回家时，烟斗和拖鞋早已不知去向。

可那又有何妨？谁还在乎——在乎这一点呢？

玫瑰的玄机*

雷夫纳尔——集旅行家、画家、诗人于一身的雷夫纳尔，把手中的杂志往地上一扔，股票经纪所的职员萨米·布朗本坐在窗前，见了一跳而起。

“怎么啦，雷夫？股评家在说你的股票坏话吗？”他问。

“好作品完了。”雷夫纳尔漫不经心地说。当雷夫纳尔漫不经心说话时，谈的都是大事。他捡起杂志，胡乱翻翻。

“萨米，即使你这样不懂文学的人也看得明白。”雷夫纳尔严肃地说，他谈小事一律用严肃的口气，“一本杂志本来登的都是爱伦·坡、洛厄尔、惠特曼、布雷特·哈特、杜莫里埃和拉尼尔一类名家的作品，嗯，你一听这些人准知道是怎么回事。再看这一期摆在你面前的文章吧：一篇介绍战舰的司炉和煤仓；一篇揭秘怎样做腊肠；一篇小说连载写华

* 原名 Roses, Ruses and Romance. 见：*The Voice of the City*, *The Complete Works of O. Henry*, Garden City Publishing Co., Inc., 1937. ——编者注

尔街国际优选发酵粉交易；一首‘诗’歌颂逃出总统枪口的熊；另一篇‘小说’出自一个年轻女人之手，她仅当了一星期间谍，在城东以做工装裤作掩护；还有一篇‘小说’写什么车库和汽车制造，标题里有‘丘比特’，也有‘司机’。一篇文章谈海军战略，附有西班牙无敌舰队和斯塔腾岛新渡船的插图。一篇文章报道一位政界要人把五马路上的一位美女打得鼻青脸肿，又拒绝投票支持一条有失公正的法令，反而赢得美女芳心，但报道没有说事情发生在道路卫生部还是议会。编辑还用了十九页吹嘘发行量如何大。萨米，这期杂志等于是为好作品发的讣告。”

萨米·布朗坐在窗口一张舒适的皮扶手椅上。他一身棕色衣服颜色鲜艳，格子清晰，而他的背心口袋里露出头的四根雪茄也是棕色，二者相得益彰。鞋为浅黄色，袜子灰色，衬衫天蓝色，雪白的硬领又高又挺。一只黑蝴蝶赶来助兴，落到白衣领边，翅膀张着。最后应捎带一笔的是萨米的脸，圆得讨人喜爱，血色也好。一双眼睛给人的感觉是，他不热衷于什么好作品，也没有什么浪漫的事。

雷夫纳尔住房的窗口对着一个老花园，园里的大树和灌木都很有些年头。其实，整栋公寓都对着花园，另一侧临街，有一道高高的砖墙把公寓与街分开。与雷夫纳尔房子之间隔窗相望的是栋年代非常久远的私宅，半隐半现在夏季的绿叶丛中。这栋住宅像座被围攻的城堡，城市冲着它紧闭的门大喊大叫，在墙外挥舞着洁白的支票，开出了投降的条件。树上落满灰，围攻一阵紧过一阵，但是吊桥一直没有放下，叫阵不起作用。宅内住着位老先生，他爱自己的家，不愿意卖。对于这栋被围攻的私宅，就交代这几笔。

萨米·布朗每星期到雷夫纳尔的公寓来三四次。他是诗人俱乐部成员，因为布朗家出过名家，尽管萨米本人做买卖，与诗歌断了缘。好作品完蛋了他也无动于衷，能拨动他心弦的是股票行情自动收录机的歌唱。如果赌赛马、赌棒球，他也内行。他爱坐在雷夫纳尔窗口的皮扶手椅里，雷夫纳尔并不计较。萨米似乎喜欢听他谈话。股票经纪所的这位职员处处体现出时代的特征和世人事事以利为重的恶习，雷夫纳尔常常拿他当靶子来抨击时弊。

出于从生意场学来的精明，萨米说："我知道是怎么回事，杂志没有登你自以为得意的诗，你就不高兴了。"

雷夫纳尔平心静气地说："要是在华尔街，或是遇上妇女俱乐部竞选主席，你这样猜高明。可是这一期杂志发表了我的一首诗。反正，好歹也算诗吧。"

"念给我听听。"萨米说，望着刚喷出的一口烟往窗外飘去。

雷夫纳尔有其致命弱点，人人如此，让人可下手之处肯定有。如果某某人想使我们变得无懈可击，那是因为他看到了我们有懈可击。雷夫纳尔大声念了杂志上发表的诗：

四朵玫瑰

我把一朵玫瑰插到你头上——
（白玫瑰，象征价值）；
你把一朵挂在胸前——

（红玫瑰，爱的标志）；
你从枝上又摘下一朵——
（黄玫瑰，意味永恒）；
你还给了我一朵——却带刺；
成为痛苦的回忆。

“写得绝妙。”萨米赞赏地说。

“还有五句没念。”雷夫纳尔心怀不满地说，“每念一句自然得停停。当然——”

“呵，那就念完吧，老兄。”萨米抱歉地说，“我不是有意打断你，你知道，我对诗歌外行。我听诗一句结尾就以为一首诗结尾，从来如此。你把没有念完的都念完。”

雷夫纳尔叹口气，放下杂志。萨米高兴地说：“不念也行，下次再听。我得走了，五点有个约会。”

他往绿树成荫的花园又看一眼走了，不成腔调地吹着口哨，吹的是屋顶花园一出戏剧中的曲子。

第二天下午，雷夫纳尔在给一首十四行诗润色。他靠窗半坐半躺，窗外是那位不爱金钱的男爵受到围攻的花园。突然，他坐直身子，口中念念有词。

透过大树可以清楚看到老宅的一扇窗，窗上挂着白窗帘，一位玉人倚窗而立，是位他写诗时一直梦想着的天使般的人儿。雷夫纳尔从未见过。她正处妙龄，清新如朝露，光彩照人，美丽胜过诗人歌颂的鲜花，使人忘记花园外车来车往的喧闹，只当花园是公主的闺房。她站了一会走开了。尽管马车的咔嗒咔嗒声和电车的轰鸣不绝于耳，但他依然听到了她走开时唱的几个音符，只觉得宛如莺啼。

所以，这一幕使他振奋，使他领悟，它似乎是对他断言好作品终了的质疑，是对这位不再相信青春和美的永恒的诗人的当头一棒，其力量可以使人幡然醒悟。于是，雷夫纳尔心目中的世界完全变了样，屋外拉着重货的马车隆隆而过的声音成了烘托爱情主旋律的低音伴奏，卖报人的叫卖声成了鸟儿的歌声，老花园成了王公贵胄的大庭院，看门人有了门神的威武，他自己已是披盔戴甲的武士。

所以他喜出望外。在这座城市中不见了踪影的爱神竟然又在砖石林立的地方现了身。得让全城知道，爱神又找到了。

下午四点，雷夫纳尔眼望着花园对过。叫他充满希望的窗口摆了四个小花瓶，每个瓶里插着一枝盛开的大玫瑰，或红或白。再一细看，只见她站在窗口，眼直视他这边，神情忧郁，模样却使玫瑰相形见绌。突然，她发现了他爱慕的目光，悄然走开，但留下了吐出芳香的象征。

对，是象征！如果他不明白，那就太笨。她读了他的诗《四朵玫瑰》，动了心，是他的诗导致了今天这一幕。当然，她肯定知道诗人雷夫纳尔住在她家花园对过，她肯定也在杂志上见过他的照片。她含有柔情蜜意的举动怎能视而不见呢？

雷夫纳尔发现玫瑰花旁还有个小花盆，盆里插着根植物。他毫不犹豫地拿出在剧场用的望远镜，躲在窗帘后用望远镜看，是豆蔻天竺葵！

他不愧为诗人，出于本能从书架上拿出一本叫你能万事不求人的书，翻到《花的语言》部分。

“豆蔻天竺葵——代表约会。”对了！喜神做事从不半途而废。如果光临，她会给你带来礼物。只要你同意，她会坐到你的壁炉边。

雷夫纳尔笑了。情场中，男人认为已经获胜会笑起来，女人获了胜会不再笑。男人获了胜战斗便结束，女人获了胜战斗刚开始。想到她在窗口放四朵玫瑰让他看，他简直心花怒放！她一定善解人意，富有诗情。下一步是如何见面。

口哨声一响，门开了，萨米·布朗走了进来。

雷夫纳尔又笑了。他的一脸喜气连萨米·布朗也看了出来。萨米穿着时髦的衣服，别着马蹄形领带别针，脸胖乎乎，说话出口就是俚语，但对雷夫纳尔佩服得不得了。经纪所的这位职员不知道，除他光临诗人这间昏暗的房间外，还有一位未曾露面的漂亮新客也看中了这间房。

萨米坐到窗边的老座位上，往花园里灰蒙蒙的树叶丛中看。接着，看看表，马上站起身。

“乖乖，四点二十了！我得走，老兄。四点半我有约会。”他大声道。

“既然四点半有约会，何必跑来？”雷夫纳尔挖苦说，“我看，你们生意场上的人连分分秒秒的时间都不放过。”

萨米走到门边又站住了，脸色绯红。

他像遇到保证金已用光的客户，只好解释：“实话实说吧，雷夫，我来了才知道有。老兄，不瞒你，对面老房子里有个漂亮妞勾了我的魂。我这就招了吧：我们私下里婚都订了。老爷子不点头，但是不顶用。他牢牢守着女儿。我从你这里能看到伊迪丝的窗口。她要出门买东西时便给我发暗号，让我与她相会。今天在四点半。也许我该早点向你说明，但我知道你不会往心里去。再见!”

“你怎么知道暗号是什么意思呢?”雷夫纳尔笑着问，但笑得勉强。

“多亏玫瑰。今天四朵，意思是四点在五马路和二十三大街的十字路口。”萨米三言两语回答了。

“那么天竺葵呢?”雷夫纳尔不甘心喜神当真远去，追问道。

“表示半个钟头。”萨米在过道里大声说，“明天见。”